徳間文庫

Fの悲劇

岸田るり子

徳間書店

目次

〈ペンション・エイドウ〉

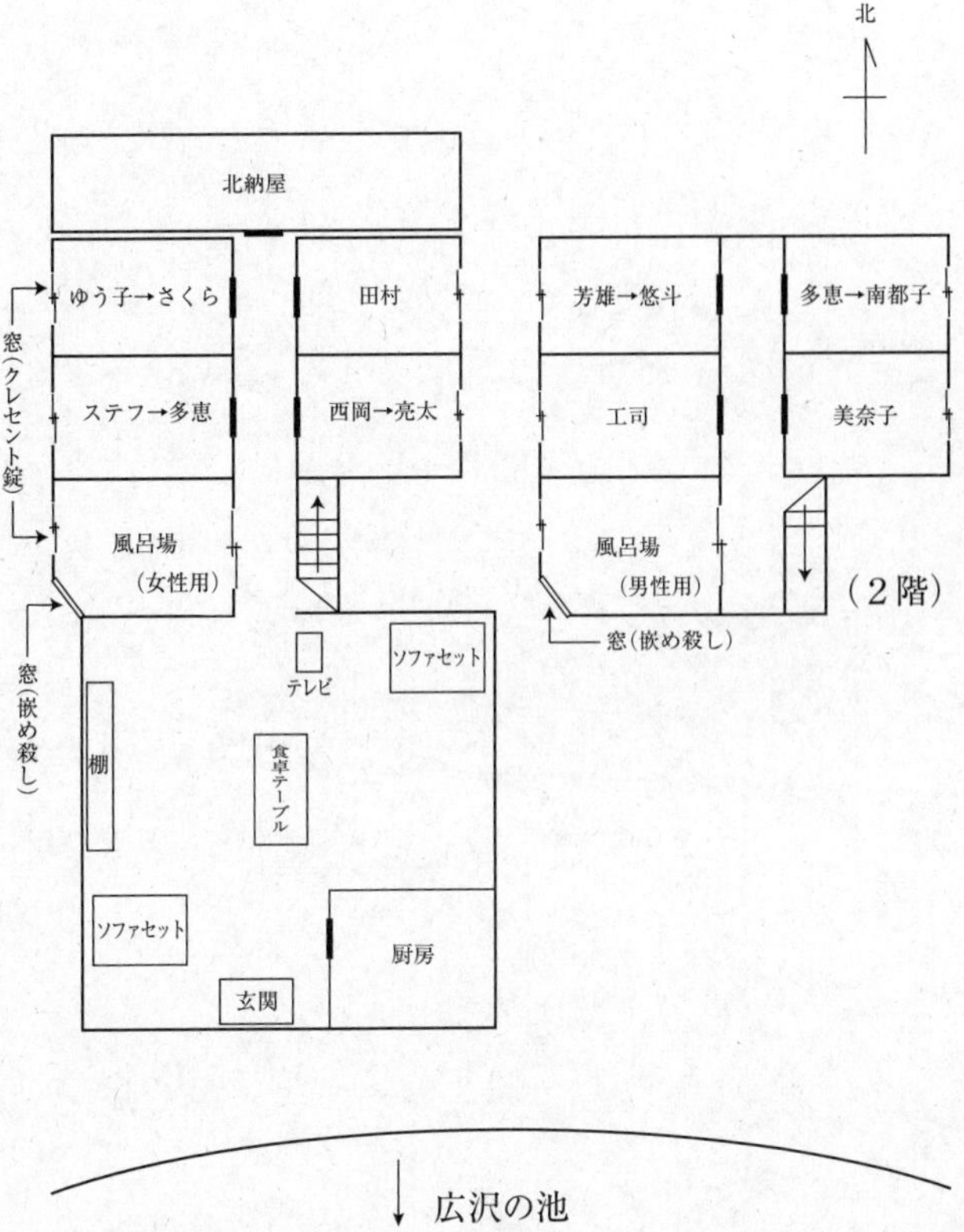
北
北納屋
ゆう子→さくら
田村
芳雄→悠斗
多恵→南都子
窓（クレセント錠）
ステフ→多恵
西岡→亮太
工司
美奈子
風呂場
（女性用）
風呂場
（男性用）
（2階）
窓（嵌め殺し）
窓（嵌め殺し）
テレビ
ソファセット
食卓テーブル
棚
ソファセット
厨房
玄関
広沢の池

第一章　空想の家

——二〇〇八年——

水面をかすめて吹き抜けてくる秋の風は、泥と藻の混じった淡水特有の匂《にお》いを運んでくる。ここらあたりは、田んぼや畑に囲まれていて、京都市内にしては珍しい田園風景だ。ゆるやかに山の方へ入っていく石段を登り切ると、湿気《しけ》た土の上に敷かれた石畳が奥へと続いていた。生い茂る緑がどんどん深まっていくその道をまっすぐ歩いていく。

二十メートルも行くと、木々に囲まれ、その家はひっそりと佇《たたず》んでいた。

今時珍しい瓦《かわら》屋根の木造家屋だが、それほど古い印象はない。白い壁に黒い柱、重厚な木の扉はつややかに光っている。

民家にしては大きめの表札に書かれているカタカナを目で追った。

「ペンション・エイドウ」

間違いない、私がさがしていたのはこの家だ。

改めて自分の描いた絵を広げて、実物と見比べてみた。

数年の歳月の間に、少し高くなり、枝が伸びた樹木以外は、細部まで、私が子どもの頃に描いた絵と酷似している。

まだ記憶の不確かな幼い頃、私はここへ来たことがあるのだ。

私には、子どもの頃からおかしな特技があった。

絵を描いている最中に、時々トランス状態になるのだ。そんな時、見たこともない風景や人物を夢遊病者のように描きはじめ、そして、それはたいていの場合、空想の世界ではなく現実だった。

天橋立《あまのはしだて》に引っ越すまでの幼少期、私は、京都市内の修学院《しゅがくいん》離宮《りきゅう》近くのマンションで育った。

幼稚園の頃は、かなり発達の遅れた子だったことがいまだに苦い記憶として残っている。女の子としても、貧弱な体型だったし、運動神経も鈍く、他の園児がすでにある程度の文法を使って会話ができる年長組になっても、二語文を話すのがやっと、性格は引っ込み思案だった。

まわりにとけ込むことが難しかった私は、みなが遊んでいるのについていけず、自由時間は一人でぽつんとしていることが多かった。孤立している私を心配した先生が、ある日クレヨンと画用紙を渡してくれた。

初めてクレヨンを握った時のことは、今でも鮮明に覚えている。なにをやっても不器用な私が、クレヨンを持つと、まるで水を得た魚のように、すらすらと白い紙の上に線を走らすことができたからだ。

その時、園で飼っていた亀を描いたのだが、その絵を見て、先生が褒《ほ》めてくれたのが嬉しくて、それからというもの、園でも家でも、一人で絵を描くことに熱中した。

そうやって磨きをかけたせいで、ますます絵だけは得意な子どもになった。

ある日、私は同じすみれ組だった女の子の家の絵を描いた。そこに病気で寝ているおばあさんと、空中に浮いた人間の形をした黒い影のようなものを、なんの意図もなく描いたのだ。

その絵は、彼女の家の中のもの、たとえば本棚やちゃぶ台の位置、飾ってある置物まで克明に描かれていた。彼女の祖母が病気で寝ていることも事実だったので、その女の子は私の絵を見てびっくりした。

それだけなら驚かれるだけで終わったのだが、その三日後に、そのおばあさんが亡くなってしまったから、幼稚園の先生や周囲の人間は気味悪がった。

私は実際に見たことのない絵を描いたのではなく、本当に見たものや、誰かから聞いた話を、いったん記憶のどこかにしまい込み、すっかり忘れてしまった頃に突然思い出し、そのまま絵に描いてしまっていたのだ。しかし、自分では、見たり聞いたりした事実をすっかり忘れているので、一種のテレパシーが働き、そんな絵を描いたのではないかと恐ろしくなった。

不安がる私に、母は理路整然と説明した。

母の説明は、こうだった。私には映像記憶といって、眼に映った対象を写真のように細部までくまなく記憶する能力があるのだという。

すみれ組のその女の子の家に、私は実際に行ったことがあり、そこのおばあさんが病気で余命幾ばくもないことを母から知らされていた。だから、あれだけ克明に彼女の家を描けたし、あたかも、そのおばあさんの死を予告するような黒い影を描いたのだと。

それにしても、病人の上にそのような黒い影を描くのは、縁起でもないことだから、二度とそんな絵を描いてはいけない、と母から厳しく注意された。

また、私はある日、夜の池に浮かんでいる若い女の人の絵を描いた。女の人はグレーのブラウスにエンジ色のスカート、同色のコートを羽織っていて、黒々と光る水に足だけ沈めていた。上半身は水上に露出していて、水面には、皓々《こうこう》と輝く月が映っている。顔と胸は月光に照らされて、まるでフラッシュをたいたみたいに青白く光っていた。目がうっすらと開いているが顔はやすらかだ。組んだ両手にピンクと白と黄色の菊の花束をかかえている。それだけなら驚かないが、その人の胸にはナイフが突きささっているのだ。自分でも描いた直後にぎょっとなったが、それでもナイフの柄を塗る指先は止まらなかった。

その絵を見たとき、母の顔は一瞬青ざめ、しばらく押し黙っていた。私は、何か答えが欲しくて母の顔をじっと見つめた。

しばらくの沈黙の後、ぼそぼそと小さな声で、これは本で見つけた絵をそっくり記憶したものだと言った。何かおかしな絵を私が描くたびに、母は「そこへは行ったことがあるの、あなた」と説明していたのだが、その絵に関してだけは違っていた。本で見た、というのだ。

私は母のその言葉に安心したと同時に、果たしてそうなのだろうか、と疑いの気持ちを持った。

だが、闇につつまれた池に浮かぶ女の人の死体をどこかで自分が見た――そんなことは想像するのも恐ろしいことだ。母の言うとおり、これは絵本か何かで見たのだ、と自分で自分に言い聞かせた。

悲しいことに、私の絵が発端で、両親は絶えずケンカしていた。

父は「こんな気味の悪い絵を描く娘をよくも……あの疫病神《やくびょうがみ》は」といったようなことを母に罵《のの》り声でいい、「疫病神だなんて……あなただって望んだことじゃないの……あの子のおかげであなたの事業だって助かったわけだし……」「それを言うな、うるさい！」「でも……絵があの子にとって唯一の表現方法なのだから許してやって」そんなことを母が泣きながら言っているのが聞こえてくることがあった。

母も心のどこかで私の絵を嫌っているのが声の調子から理解できた。

父の事業と私がどう関係あるのか、それは後日、父が亡くなってから知ることとなった。

私は父の「疫病神」という言葉を思い出すと、今でも、突然胸に悲しみがこみ上げてくることがある。涙は出てこなかったが、自分の根っこの部分を拒まれたような気がして、心の隅っこでもう一人の小さな子どもの私がひっそりと泣きだす、そんな感覚だった。

それでも、絵を描くことがやめられなかったのは、言葉の遅かった私には、他に表現方法がなかったからだ。

そして、ある日、私は今自分が立っている目の前の家の絵を描いた。確か、小学校に入学してまもなくのことだった。

　その絵を見て、母は露骨に不愉快な顔をした。またもや、私の絵が母の記憶から何か嫌なものをひっぱり出してしまったのだと幼心に感じた。

「ここも、ほんとにあるおうちなの？」と私は恐る恐るたずねた。普段だったら、肯定する母が、「いいえ、それはあなたの空想の家よ」と切り捨てるように言った。

　絵本で見たのですらない。この絵の家は私の空想のたまものなのだ。では、なぜ、母はこの空想の家をいやがるのか、と疑問に思ったが、それ以上追及する気にはならなかった。

　絵の家はやはり存在していたのだ。私はここへ来たことがある。そのことを何らかの理由で母は思い出したくなかったのだ。

　絵にまつわる私の生い立ちの不幸は、それだけでは終わらなかった。ある日、小学校から帰った私は例によって突き動かされるように絵を描いた。

　その絵は普段は渋い顔こそすれ、冷静に私の描いたものを分析する母を驚愕《きょうがく》させた。いままで母を青ざめさせた絵のたぐいはいくつかあったが、私はついに地雷を踏んでしまったのだった。

　それは母が赤ん坊にタオルケットをかけている姿だった。窓があいていてそこから風がそよそよと吹き、外に干してある赤ん坊用の衣類や黄色いシーツが揺れている光景を描いたのだった。

その平和な絵のどこが母を怒らせたのかはわからない。にこりと笑う絵の中の母親の笑顔に悪魔的なものを感じたからだろうか。いや、そんなことはない。それは紛《まぎ》れもなく優しい母親が我が子にタオルケットをかけている光景だ。赤ん坊の方もそれに応えて笑い返している。

私は母親の溢《あふ》れんばかりの愛情を絵の中で表現したつもりだった。母と赤ん坊の頃の私をイメージし「今度こそ母に喜んでもらえる」という願いを込めて描いたのだ。

ところが、この絵は、池に浮かぶ女の死体や、空想の家より母には衝撃的だったようだ。絵を見てショックを受けた母は、三日間寝込んで、それからしばらく私を見ても笑わなかった。

私は、母の反応にひどく傷つき、自分の唯一の表現方法だった絵を諦《あきら》めることにした。

小学校へあがってからは、勉強に遅れのあった私は、ひらがなやカタカナ、漢字、足し算引き算を覚えるのがやっとだったので、殆《ほとん》どの時間をそのことに費やすようになった。得意だったはずの絵の成績は、小学校では普通だった。それには、父も母もあからさまにほっとしているようすだった。

二年生の秋のことだった。学校で「家族」という主題の絵を描かされることになった。そのテーマをきいた瞬間、私は緊張し、背筋に冷や汗をかいた。暫《しばら》く学校を休みたくなったが、一方で逃げたくないという思いもあった。

私は、なんとか父や母を安心させる絵を描くことに努めた。

それは、父がこちらを見て笑いかけている絵だったのだが、顔には殆ど力を入れないようにした。その日、学校の窓からきれいなうろこ雲が見えていたので、そのもようばかり丁寧《ていねい》に描いた。

持って帰って母に見せると、しばらく絵を吟味《ぎんみ》していたが、特に機嫌を悪くしたふうでもなくその絵を机の上に置いた。帰ってきた父に見せてもいいという意味だと受け取れた。父は絵のことで私のことを嫌うのをやめてくれるかもしれない。そのことで、ぎくしゃくしていた父と私の関係を母も修復したかったのだろう。

ぴんと張りつめた緊張感の中、私たちは父が帰ってくるのを待った。

父は夜遅くに酔って帰ってきた。

母は父に絵を見せた。もう私の絵をそんなに嫌うことはないのではないか、そんなニュアンスが言葉の端々からうかがえた。

私の絵を手に取り「いやあ、ええ男に描けてるやないか」と言ってにっこり笑った。

翌日、父は上機嫌で朝食を食べると、私の描いた絵に合うしゃれた額縁を買ってくるから、と約束して仕事に出かけた。

私たち家族は、今までにない平穏な日常を取り戻したかに見えたが、その日の夜、父は交通事故で亡くなった。横断歩道を渡っている父を暴走トラックがブレーキ一つ踏まずに跳ね飛ばしたのだ。父の死はとてもあっけなかった。跳ねられた衝撃で投げ出された父の持ち物の中に、寺町の商店街で買った額縁が出てきた。

母は、父の買った額縁に私の絵を入れて位牌《いはい》の入った仏壇に飾った。

父が亡くなって暫くして、アメリカに住む伯父夫婦が線香をあげにやって来た。この伯父はビジネスで成功し、大金持ちなのだと母からきいたことがあった。伯父夫婦には、子どもがいなかったため、私が生まれたことを知ると、まるで自分たちに子どもを授かったみたいに喜んでくれたらしい。

私たち家族が住んでいる家の頭金は、私が生まれたことを喜んだ伯父が出してくれたものだった。伯父たちにとって、私が唯一の子孫という意識があったからだという。私に「さくら」と日本らしい名を付けてくれたのもこの伯父たちだった。

私が生まれたとき、いずれは養子に欲しいと懇願されたが、もちろん私を手放すことなどできないと母は断った。二人目を産むのが難しい体になってしまったこともあったのだろう。母の話によると、その後、伯父夫婦は、私を養女にするのは諦めて、東洋人の養子をもらったという。

アメリカから飛んできた伯父夫婦は、十歳くらいの男の子と一緒だった。息子のピエールと紹介された。名前は外国人みたいだが、見た目は東洋人で、日本語も「てにをは」を時々間違えるが、ちゃんと話せた。アメリカから来た彼は、あまり日本に慣れていない様子で、そのことが私を安心させた。子どもの世界は、強弱がはっきりしていて、早熟な子は、相手の子を敏感に値踏みする。早くもいろいろな面で落ちこぼれてしまった私は、クラスでは軽視される存在となっていたので、同世代の子どもの前では本能的に萎縮《いしゅく》した。ピエールは穏和で物静かな性格だった。私が話しかけると、理解しようと、必死で耳をかたむけてくれたので、普段無口な私が饒舌《じょうぜつ》になったことを鮮明に覚えている。

私たちは、一緒にブロックをやったり、絵を描いたりして兄妹みたいに仲良く遊んだ。英語の得意なピエールは、私にアルファベットを教えてくれた。彼の名前の綴《つづ》りは、Ｐｉｅｒｒｅと書き、フランス人に多い名前だそうだ。

「どうして、フランス人の名前なの？」

「知らない。元々ベトナム人だったからかも」

「ベトナムって？」

「フランスだったことのある国なんだ。僕はきっとその国の孤児で、パパとママにもらわれたんだ」

本なんかで読むと、孤児といえば不幸な子のイメージなのに、ピエールは屈託なくそう言った。

「それ、伯父さんが言ったの？」

「いいや。学校の友達が言ってた。ベトナム人の孤児だって」

「どうして、そんなこと友達がかってに言うの？」

「パパとママが言ってくれないから」

「覚えている？　その国のこと？」

「いいや、全然」

人見知りの激しいはずの私は、彼の変わった生い立ちまで聞かされてしまったから、ますます彼とうち解けた。

私は彼に今習っている漢字を教えた。

「さくらって、どんな漢字なの？」

「さくらはひらがななの」

「だったら簡単だ。僕にも書ける」

そう言ってピエールは、「さくら」と画用紙にたどたどしく書いた。

「あなたのお父さんがつけてくれた名前なの。漢字だと、木偏にツ、その下に女と書いて、春に咲く、『桜』という花のこと」

学校で漢字がダメな私も、ピエールの前では胸を張って教えることができた。よく意味が分からない彼は、しばらくぽかんとこちらの顔を見ていたから、私は噴き出した。

「それ、どんな花なの？」

「木に咲くピンク色の花なの」

私は、昔、花見に行ったときの記憶を頼りに桜の絵を描いてピエールに見せた。すると彼は、私の絵にひどく感心して、欲しいと言い出した。私は彼がアメリカから持ってきた、ドナルドダックのぬいぐるみと交換した。

ピエールはアメリカの友達のことや学校のことを私に話してくれた。

もし、私が伯父の養女になっていたら、今頃アメリカで暮らしていたのだ。向こうの学校で、アルファベットを覚えるのに苦労していたことだろう。いや、英語だったら、日本語みたいに漢字やカタカナがないので、日本の学校にいるほど大変ではなかったかもしれない。伯父とピエールの顔を見比べながら、そんな止めどない想像を膨らませた。

伯父夫婦が帰ってしまってから、私は、しばらくピエールがいないことの寂しさに耐えられず、布団の中で泣いた。

母は「実はね」と私に告白した。伯父夫婦は、私が大人になり、ビジネスセンスのあるいい相手と結婚してくれたら、ピエールと一緒に自分の会社を継いで欲しいと考えていたというのだ。だから、私の誕生日のたびにそこそこのお金を贈与してくれていたのだと。それは私が六歳くらいまで続いたが、それ以降、事業があまりうまくいっていないことを理由に、送金はなくなったらしい。

私のおかげで父の事業がどうのと夫婦げんかの度《たび》に言っていたのはそのことだったのかと思い、空《むな》しい気持ちになった。

そのお金は、食品の加工工場をやっていた父が新しい事業展開をする際に使ってしまい、今では一円も残っていない。それどころか、借金まであるのだと母は残念そうに言った。

「あのお金さえあったら」

父が死んだ直後、お金に困った母はため息まじりによくそんなことをつぶやいていた。

私はそんなお金に興味はなかったが、ピエールのような親戚ができたことは嬉しかった。

母はしばらくパートで働いていたが、生活が苦しかったので修学院離宮のマンションを手放すことになった。

結局、経済的に頼る人もいないので、私たちは、天橋立で旅館を営んでいる母方の祖母のところへ引っ越した。母は旅館の仕事に追われ、私のことに殆ど干渉しなくなった。

暫く、ピエールと文通を続けていたが、それも年に一度のクリスマスカードだけとなった。

地元の小学校は、教室の窓から日本の三景である天橋立が見えるのんびりとした学校で、私は窓から海をぼんやり眺めて過ごした。

海の真ん中を走る砂州《さす》は、湾の入り口にできた砂嘴《さし》が発達し、対岸までに至った地形のことを言うらしいが、神話によると、天橋立はイザナギ、イザナミの神が天への上り下りに使われた浮き橋で、イザナギノミコトが昼寝をしている間に倒れて天橋立となったといわれている。

宮津湾にのびる松林とどこまでも広がる地平線に見とれながら、ゆっくりと平穏な時を過ごした。学業も小学校の高学年くらいになるとどうにかついていけるようになった。

学校が終わると、私は、潮風を浴び、どこまでも続く青い海とその先の地平線を眺めながら橋立栈橋から一の宮栈橋までの松の木並木を散歩し、イザナギとイザナミが天に上り下りする光景を空想した。

日が暮れて、家に帰っても、大人はみなばたばたと動き回っていたので、私は、一人で本を読んだりテレビを見たりしながら過ごすことが多かった。

そんな、平和な日々が続いた五年生の夏休み、私は、母に内緒でこっそり絵を描くことを始めた。天橋立の風景や海をたくさん描いたが、例によって、どこかで見たはずなのだが、記憶にない風景も私の脳のファイルから引っ張り出して来て描いた。

私に注意のいかなくなった母に、絵を始めたことがバレることはないと思ったが、念のために、押入の天井板をはずして隠しておいた。

のんびりした年月もあっというまに過ぎ、高校を卒業するとすぐに旅館の手伝いをさせられるようになった。元来接客業が向いていない私は、客にお愛想の一言も言えない上に、なにをやっても段取りが悪く、予約の日程や運ぶ料理を聞き違えたり、とんでもない失敗を頻繁にやらかして、祖母をあきれさせた。

度重なる失敗のせいで従業員にも蔭《かげ》で笑われるようになった。自分には旅館業は向いていない。そう思ったが、他に行く場所がなかったので肩身の狭い思いをしながら働いた。

そんなある日、祖母が脳卒中で倒れた。旅館にいてもあまり役に立たない私は、祖母の世話をするために毎日病院へ通った。祖母が眠っている時は、絵を描いて過ごした。

ある日、祖母は、私の描いた、瓦屋根の家の絵を見て小さな悲鳴をあげた。

――あんた、ここへ行ったことがあるんか？

私は、祖母の驚き方に、またしても自分の絵が家族を傷つけることになるのではないかと怯《おび》え、暫く必死で首を横に振っていたが、祖母の目に咎《とが》めだてするような色が感じられなかったので、「もしかしたら行ったのかも……」と白状した。

祖母の反応からすると、これは実際にある家なのだ。これは空想の家だと母が嘘《うそ》をついたのは、よっぽど不愉快な理由が隠されているからに違いない。そんな不安に駆られながら祖母の話を待った。

——あんた、ゆう子のこと、聞いたことあるんか？

ゆう子？　そんな名前は知らない。それには本当に私は否定するべく、首を横に振り続けた。

祖母は、突然、ゆう子という叔母のことを話しはじめた。ゆう子は映画の主役までやったことのある売れっ子女優だった。彼女が最後に過ごしたのがこの絵の中にある家とうり二つだったのだという。

聞いた直後は、祖母が認知症になり、そのような妄想にとりつかれているのではないか、と疑った。もし、それが事実だとしたら、なぜ、母はそのことを私に隠していたのだろう。

それから病院へ行くたびに、祖母からゆう子の話をきくことになった。祖母にしてみれば、女優になった器量よしの娘が本当は自慢だったのだ。

話を聞いているうちに、祖母の話は本当のことだと納得したが、うちのような地味な家にそんな華やかな人がいたことがあまりに意外だったので、嬉しい反面、なかなか受け入れることができなかった。

祖父が、このゆう子のことを嫌っていたのだと祖母は悲しそうに語った。だから、叔母は、高校から宮津を出て、京都市内に下宿したのだという。

ゆう子は、祖母が営む橋立旅館の救済者でもあったらしい。祖父が事業に失敗し、借金まみれになってしまったため、旅館を手放さなくてはいけなくなったことがあるそうだ。ゆう子が、モデルの仕事をするようになり、CMなどの出演で稼いだお金をつぎ込んでくれたおかげで借金はなんとか返せたものの、その後、祖父は、飲み屋の女と姿をくらまし、いまだに行方知れずなのだという。

祖母も母も男をダメにする業みたいなものを背負っている、と心ない陰口を、旅館の誰かが囁《ささや》いているのを耳にしたことがある。

祖母が「あの子はほんまに可哀想な子やった。家族に尽くすだけ尽くして」とベッドの中で涙するのを見て、なんだか切ない気持ちになり、私ももらい泣きした。

その時から、私は、ゆう子という叔母の話に積極的に耳を傾けるようになった。もうこの世にいない人なのに、気にかかる存在となったのだ。

ゆう子は、祖母の話によると、女優、桐岡葉子《きりおかようこ》としてデビューしたが、まもなく映画界から忽然《こつぜん》と姿を消した。その後、京都のペンション近くの池で何者かによって殺害されたというのだ。叔母の死は、社会面にほんの小さな記事が掲載されただけで、世間では殆ど話題にならなかった。

　結局、ゆう子の葬儀はひっそり家族だけで、おこなわれた。

　少なくとも、私は祖母からその話をきくまで、そんな叔母がいたことすら知らなかった。しかし、いくつかの符合に私ははっとなった。そういえば、叔母の写真を子どもの頃に一枚だけ見たことがあるような気がするのだ。七、八歳くらいの時のものだろうか。母の横で両の手のひらを重ねてカメラに向かってポーズするすばらしい美形の少女がいた。あれがゆう子だったのだ。その隣にいる母はその愛らしい笑顔に自分の陽気な部分をすべて吸い取られたみたいに、暗い顔をしていた。

　母が叔母の話をしたくないのは、不可解な死に方をしたからというだけではないと私は直感した。自分を冴えない女に貶《おとし》めてしまう叔母の美貌《びぼう》を、思い出したくなかったのだ。私の描いた家の絵を見て、母はすぐにそれと分かった。そこに私と一緒に行ったことがあるのだ。

　祖母から話を聞いてからというもの、私は、女優だったゆう子のことが頭から離れなくなった。桐岡葉子の痕跡を追いかけたい衝動に駆られ、ビデオ屋で、彼女の主演した映画「さよなら、私の愛する人」「淡水の妖精」のビデオを探した。だが、二十年以上前のそんな古いビデオは宮津市のどのビデオ店でも見つからなかった。

京都に行ったおりにも探してみたが、今とちがってそれほど邦画が盛んでなかった時代の日本映画といえば、一流の監督のものしか置いていなかった。

私にそんな叔母が本当にいたのだろうか。あれは病気になった祖母の絵空事ではないだろうか。

そんなことをあれこれ考えているうちに、叔母が存在したという証拠をどうしても突き止めたくなった。

ネットで桐岡葉子の名前を検索してみると、映画のタイトルとキャストの名前がでてきたが、殺害されたという記事はでてこなかった。

私は、図書館で新聞の縮刷版から叔母が亡くなった当時の記事を探した。祖母から訊《き》いていたのを頼りに、今から二十年前の、つまり一九八八年の縮刷版すべてに目を通し、ついにその年の十一月、都新聞に叔母の死を報じる記事を見つけた。

7日午前6時ごろ、京都府京都市山越北〇町のペンションの住人、藤野木《ふじのき》ゆう子さん(27)がナイフで胸を刺され、広沢の池に浮かんでいるのをペンションの経営者、英堂《えいどう》多《た》恵《え》さん(55)が発見した。警察では殺人事件と見て、捜査をしている。

その記事を読んだ瞬間、あまりの衝撃に頭がくらくらして、その場で失神しそうになった。新聞を床に落とし、図書館の棚に寄りかかると、なんとか倒れるのを防ぎ、乱れる呼吸を整えた。

ナイフで刺されて池に浮かぶ女の死体。それは幼稚園の頃に私が描いた絵だった。あれは絵本で見たものを描いたのではなく、ゆう子の死体を実際に私はこの目で見たのではないか。いや、そんなはずはない。叔母が亡くなった時、私はまだ赤ん坊だったのだ。いくらなんでもそんな年齢に、そんな死体を目にするはずがない。では、誰かが私にその話をして、それをイメージして描いた絵だったのだろうか。祖母以外のいったい誰が私に叔母の話をしたのだろう。

もう一つ不可解なのは、あの絵は明らかに夜だ。池の水面に皓々と輝く月が映っていたではないか。この記事を見る限り、英堂多恵が叔母を発見したのは、明け方だ。なのに私が描いているのはなぜか、夜なのだ。やはり、これは本で見つけた絵を模写したものなのだろうか。

この記事から藤野木ゆう子が女優桐岡葉子だと気づく人はいないだろう。他の新聞の同じ日の記事にくまなく目を通したが、女優として叔母の死を報じているものは一つもなかった。桐岡葉子は、失踪《しっそう》したままいまだに行方知れずになっていると、世間は思っているのだ。

時代の流れの速いこの時世に、女優としての叔母を覚えている者がいったいどれだけいるかは定かではないが、一部の人の記憶には、残っているはずだ。

一九八八年といえば、私が一歳くらいの時だ。叔母が死んだとき、すでに私はハイハイくらいできていたのだろうか。それとも、発達の遅かった私は、まだ寝返り一つうつことができなかったのか。当然のことながら、その頃のことはまったく記憶にない。

祖母は辛抱強いリハビリの末に、なんとか杖《つえ》をつきながら歩けるようになった。それからまもなく、追い出されるように退院した。

私は、また、旅館の仕事に戻るのが嫌だったので、母の反対を押し切って、京都市内で仕事を見つける決心をした。

絵を諦めきれなかった私は、市内で美術にかかわる仕事を探した。そうしているうちに、知り合った画商が店番を募集していたので、そこで働かせてもらうことになった。

いつか自分の絵の個展をしたい、そんな密かな夢を抱いていた私は、絵を画商に見せようとしたが、そのタイミングを逃して、ただ店番を続ける日々となった。

ただでさえ訪問客の多くない業種の上に不況のあおりで、ますます客が減っていた。ひどい時など、一日中誰とも話さないことがあった。なにごとにつけても手際の悪い私には、旅館の仕事と比べれば天国だったが、店がつぶれてしまうのではないかと、別の心配をしなくてはならなかった。

画廊の定休日を利用して、叔母が住んでいたペンションを探そうと何度か広沢の池に足を運んでみた。

なかなか見つけることができなかったので、思い切って、池に面した国道沿いにある喫茶店で絵を見せてたずねた。

「ああ、ここは、『ひろさわ茶屋』さんとこがやったはるペンションです。ここからやったらちょうど真北のほら、あのあたりにあります」

喫茶店の女が指で示したのは、池の向こう岸だった。

そうしてついに見つけたのだ。叔母が最後に過ごしたペンションを。

私は、ペンション・エイドウを見つめながら、もう一度心の中で、やはり実在したのだ、と繰り返した。

私の絵には正面と斜め横から見た二つの構図がある。木造で、平屋と二階建ての建物が組み合わさった設計になっているところも実物と一致している。

この家に来たことがなければ、引っ張り出すことのできない記憶だ。映像記憶というのは、幼少期によく見られる能力らしいのだが、私の場合、いつまでたってもこれが消えなかった。だから、この年になっても、まだ、昔見た光景が突然、脳に蘇《よみがえ》ってくることがあり、克明に描き出すことができるのだ。

ペンションに近づくと、玄関の扉が開き、誰かが出てきたので、私は立ち止まった。ジーパンに淡いピンク色のTシャツを着た若者だ。前のベンチに腰掛けて本を読みはじめた。

「あの……すみません」

青年は顔を上げた。切れ長な目にほっそりとした輪郭の青年だった。私と同じくらいの年齢だろうか。

「ここのペンション……えーと……」

私はすばやく玄関の木の看板に目を走らせた。

「エイドウ……の方ですか?」

私はたどたどしい口調で訊いた。青年は、はあまあ、と曖昧《あいまい》な返事をした。

「ここの経営者の英堂多恵さん、いらっしゃいます?」

青年の顔が微《かす》かに反応した。あらためていったい何の用なのだといぶかる目で私の顔を見た。

「もし、いらっしゃったら、お話ししたいんですが……」

「おばあちゃんに何の用ですか？」

おばあちゃん……つまりこの青年は叔母、藤野木ゆう子の死体を発見した英堂多恵の孫にあたるのか。

第二章　再会

――一九八八年――


「岩沢《いわさわ》君、岩沢君でしょう？」

そんな声がどこからともなく聞こえてきたのは、芳雄《よしお》が寒さに悴《かじか》みながら、ペンション・エイドウの玄関前の落ち葉を箒《ほうき》で集めている時だった。

手を休めて声の方を振り向くと、顔半分を大きなサングラスで覆《おお》ったショートカットの女が視界に入ってきた。見知らぬ女だとまず思った。が、見知らぬ女がなぜ自分の名前を知っているのだ？　そんな疑問を抱き、女が何を言ってくるのか黙って待った。

女は、芳雄の方に近づいてきて、真正面からこちらを見据えた。

「岩沢君よね。そうよ、間違いないわ。私よ、私。忘れたん？」

サングラスをはずしながらそう言ったので、女の顔を真正面からしっかりと見据えた。

大きな目の中で少し茶色がかった瞳がせわしなく動いている。芳雄の頭にすぐさまある名前が浮かんだ。

「藤野木ゆう子……」

そう、女は藤野木ゆう子だった。

彼女が突然自分の前に現れる、そんな妄想を抱いたことなら数限りなくあった。だが、いざ、それが現実のこととなると、あまりにも信じがたく、これは夢ではないかと思わず自分で自分の頬を打ってみた。目が覚めることはない。

まさかこんなところでゆう子に会うとは……。芳雄は、喜ぶ余裕もなく、しばらくぽかんと彼女の顔を見つめていた。

ゆう子は、高校時代の同級生だった。彼女はまわりの女子と殆どうち解けることのない、心の扉を閉じた生徒だった。だが、ある理由から芳雄とだけは会話するようになった。もっとも、彼女の場合、心を閉ざしているからといって、影が薄いというのではなく、その逆だった。小さな輪郭に不釣り合いなほど大きな目をしていて、まるで人形のような美しい容姿の持ち主だったのだ。全身の骨格も細くしなやかで、姿勢が良く立ち居振る舞いが際立っていた。

一見自分の美に無頓着な性格のように見えるが、実はそのことを本人はちゃんと知っていた。一年生の秋頃にモデルのオーディションを受け、それからはメジャーなファッション雑誌に度々登場するようになった。彼女はそのことを学校で一言も話さなかったが、同級生の間ですぐに噂《うわさ》は広まった。二年生の夏に、L化粧品のキャンペーンガールに選ばれ、コマーシャルで堂々たる水着姿を披露した時は、学校中が大騒ぎになった。が、本人は素知らぬ顔を貫き通した。まわりの生徒たちは遠巻きに噂するだけとなった。

一方、芳雄は勉強はからきし苦手、いわゆる素行不良と言われるあまり評判のよくない生徒だった。

芳雄の母親は、芳雄を出産してから間もなく亡くなり、市役所に勤める父と二人暮らしだった。父は寡黙《かもく》な人間で、家ではむっつりテレビを見ているだけで、会話らしい会話はなかった。おまけに、母親のように目が行き届かないため、小学校の頃はいつも同じ汚れた服を着ていたし、遠足や運動会で、お弁当を忘れて、先生に分けてもらったこともあった。おとなしそうな子の弁当のおかずを横取りしては、先生に叱《しか》られ、小学校の低学年から早くも問題児のレッテルをはられた。

父は市役所の職員とはいえ、そこそこ忙しい部署だったので、帰ってくるのは夜の八時過ぎ。小学校時代の芳雄は、友達と遊んで帰ってくると、家でたった一人でマンガを読んだり、テレビを見たりして過ごした。

中学時代は、同じような仲間たちと、学校をサボって町中に繰り出し、ゲーセンにたむろしたり、万引で補導されたりして、父親を困らせた。

しかし、市内の公立高校に入学してからは、ある理由から学内でも楽しく過ごせるようになった。それまでとは違い、高校生というのがそこそこ自由で気が楽なこともあるが、ケンカしたりトラブルを起こさなくても、集団の中で注目を浴びるようになったのが大きな原因だ。

すべては、ゆう子のおかげだった。

彼女はみんなの憧れの的だったが近寄りがたいオーラを始終出していたので、友達は一人もいなかった。

芳雄のような生徒は、学校では授業のじゃまさえしなければ、どうでもよい存在なのだが、入学してすぐに彼女と親密になり、クラスメートから羨望《せんぼう》のまなざしを浴びるようになった。親しげに彼女と話す芳雄に勉強のできる優等生連中ですら一目置くようになった。

親しくなったのは芳雄がゆう子にとって特別魅力的だったからではない。ひょんなことからゆう子の秘密を知ってしまったからだ。

その頃、芳雄の父親は市役所に勤める傍ら、母親の残した小さな学生アパート「岩沢荘」を営んでいた。そこにゆう子が引っ越してきたのだ。最初は気づかなかったが、入学して二週間くらいたったある日曜日の朝、二階から下りてくるゆう子とばったり逢《あ》ってしまった。その時、芳雄は、アパートの階段下を箒ではいていた。下りてくるのが同じクラスの女生徒だと気づき、我が目を疑った。高校生の彼女がこんなところに下宿しているはずがないからだ。「岩沢荘」は近所の大学の掲示板にだけ案内を載せていた。つまりそこの大学生に限定して部屋を貸していたのだ。

ゆう子の方でも芳雄の顔に見覚えがあり、同じクラスの生徒だと気づくと、みるみる青ざめていった。お互い暫く無言のまま向き合った。

「なんや、君、まさか、ここに下宿してるわけやないよな?」

芳雄が、そうたずねると、ゆう子は気まずそうにうつむき、黙ったまま硬直している。

「同じクラスやんな、俺ら」

芳雄が確認すると、それにも彼女は返事をしなかった。そこで芳雄はピンときた。さては、ここの学生の誰かの部屋をたずねたのだな、と。男がいて、昨日から一泊した。それが学校にばれることをおそれているのだ。

(ちぇっ、朝までここの学生といちゃついてやがったのか、こいつ)と内心むかっときたが相手は同じクラスの女子だし、なかなか可愛い子だ。芳雄は気分を沈めてからたずねた。

「誰か知り合いがおるんか、ここに？」

「あなたは？　誰か知っている人がここに？」

彼女は蚊の鳴くような小さな声で訊いた。

「ここは父ちゃんがやってる下宿屋や。俺、岩沢」

それを訊いた彼女は、ますます顔がこわばり、唇が震えだした。

「心配すんな。父ちゃんには内緒にしとったるわ。今度から、他の場所で会った方がええで。ここは下宿人以外が泊まるの禁止になってるし。君の彼が追い出されてしもたら、こっちも商売あがったりやしな」

「違うの、そうじゃないの。私……、ここに住んでいるの」

「へえ？　そんなわけないやろう」

彼女は両手をあわせて「お願い、誰にも言わないで」と頭を下げた。

ゆう子の説明によると、彼女は大学生と偽って下宿しているらしかった。

「でも、どうやったらそんなことできるんや？」

「家は宮津なの。でも、京都の高校を受けたのよ。家を出たかったから」

「保証人は？」

「母も私が家を出ることに賛成してくれたの。でも、お金があまりないから、学生アパートにしようってことになって……。特にここは安いし。それで学生だって偽って……ごめんなさい」

彼女は泣きそうな顔をした。確かに、このアパートは安いのだけがとりえだった。景気が上昇し始める昨今、大学生も贅沢《ぜいたく》になり、このような木造アパートではなく、ユニットバス付きのワンルームマンションを借りるようになったのだ。

「なんで、高校生のくせして、家を出たんや？」

「宮津の田舎にうんざりしていたこともあるけど、父とうまくいかないから。嫌われているの、私」

親が子どもを嫌うなどということがあるだろうか。しかも、こんな美貌の娘を。義理の父親だろうかと芳雄は思った。

「実の子？」

「ええ、そう。姉ばかりかわいがるの」

「同じ姉妹やのにか？」

ゆう子は悲しそうに頷《うなず》いた。一人っ子の芳雄には、もう一人自分に兄弟がいて、そちらに親の愛情が向くことなど、想像もつかないことだった。もっとも、父が一人息子である自分に愛情を向けてくれているようにも思えなかった。

父親に嫌われる理由は、いささか信じがたいものだった。ゆう子は神経が異様に過敏なところがあり、悪夢や妄想によって先のことを予言できるのだという。それだけだったらいいのだが、それを口に出してしまい、本当に起こってしまうことが何度かあったというのだ。

父親の事業が失敗することを夢で見て、うっかり口を滑らせてしまった。その後、借金がかさみ大きな取引先の手形の不渡りを出してしまい会社は倒産したのだという。

「アホらし。偶然にきまってるやんけ、そんなん」

芳雄は笑い飛ばしたが、ゆう子は大まじめな顔をしていた。

それからというもの、父親は、酔うと、「父ちゃんが損した金、おまえが体で払え！」とわめいたりするのだと。そういう事情だから、母親もゆう子の身を案じて、京都に下宿させることにしたらしい。

それ以来、芳雄は学校でも彼女とちょくちょく話すようになった。すると不思議なもので、いままで強面《こわもて》していた芳雄の周囲に友達が集まるようになった。みなゆう子と芳雄がどんな会話をしているのか興味津々なのだ。

芳雄は、彼女から時々訊くモデルの華やかな世界の話をみんなにしてきかせた。

彼女の陰の面、たとえば大学生と偽って芳雄の下宿に住んでいること、父親のせいで家族が借金まみれで、母親の営んでいる旅館まで抵当にはいっていること、モデルで稼いだお金をすべてその返済にあてていることなどは、もちろん誰にも口外しなかった。その代わりに、ゆう子から訊いたモデルの世界の裏話、たとえば、最新のファッションをまとって、雑誌の中で颯爽《さっそう》と決めているアメリカ人ハーフの某モデルが、実は、ヒールが合わない、服の色が気に入らない、と些細《ささい》な理由でだだっ子みたいに泣きわめくらしい。そんな話をしてきかせた。

——えーっ、うそやろう。こんなかっこええ女がだだっ子みたいに泣くってか?

みんなは驚きを隠せず口々にそう言った。

モデルの仕事は、見た目の華やかさとは違い厳しい面がある。体のラインを保つためにダイエットのしすぎで、神経を尖らせている者もいるのだ。

ファッション界は外で見ているほどはでではなく、哀れなものなのだと思わせるエピソードは、華やかな世界を羨望する多くの同世代の者にとって、ほっとさせられる材料だった。芳雄自身、彼女のオーラに気後れする感覚が常日頃あったのだが、ゆう子からその話を聞かされたことで、それが少し薄れたことは事実だ。

ゆう子のおかげとはいえ、自分がこんなに饒舌《じょうぜつ》に話せる人間であったことに、我ながら驚いた。

そんなわけで、いままで嫌われ者だった芳雄はクラスでそこそこの人気者になり、先生からの好感度もアップした。芸は身を助ける、というが、芳雄の場合、ゆう子から聞いた話に助けられたのだ。

芳雄が悪い友達とつるんで学校をサボらずに、高校を無事卒業できたのは、彼女が偶然にも芳雄のアパートに下宿してくれたからだった。

最後に逢ったのは、彼女が女優を目指して上京することになった前日だ。

二人で鴨川を散歩したのを覚えている。

――オレなんか忘れて、とっとと有名女優になれや。へたくそな演技、映画館に見に行って、笑ったるし。

芳雄は、別れの寂しさを悟られないように、強がってそんなことを言ったのを覚えている。時々まぶしいものを振り返るように、あの頃のことを思い出すことがあった。

そのゆう子がまた、芳雄の前に現れたのだ。芳雄が箒で地面を掃いている、というシチュエーションまで、そっくりだ。箒は、もしかしたら芳雄のラッキーツールなのかもしれない。

ゆう子はサングラスをまたかけると、家の前にある木のベンチに芳雄と腰掛け、あたりをきょろきょろ見回してから低い声で言った。

「あなたいま、どうしているの？」

ゆう子の声は震えていた。なにかに怯えている、そんな感じだ。今の彼女は、あの頃よりも、更に多くの深刻な秘密をかかえているように見えた。

君こそどうしたんや、と芳雄は心の中で聞き返した。

ゆう子は、女優を目指して東京へ行き、一年後にはある映画のオーディションで、脇役に抜擢《ばってき》された。脇役といっても、重要な役柄だったので、むしろヒロインより光っていた。その時の演技が認められ、次の作品では主演の次に重要な役をもらい、三作目でヒロインの役を獲得した。押しも押されもせぬ大女優の道を歩み始めていたのだ。なのに、その後、二作の映画に出演してから突然映画界から姿を消した。五年前のことだった。

先輩の大物女優に嫉妬《しっと》され陥れられた説、やくざに騙《だま》され殺された説、おかしな宗教に入れ込んだ説、などさまざまな噂が週刊誌に流れたが、彼女の失踪の真相は謎のままだった。

失踪当時は衝撃的なニュースとして報じられたが、時がたつにつれ、みんなの記憶から彼女のことは薄れていった。忽然と消えた伝説の女優としてマニアの間で語られることはあったが、それもここ二年くらいの間に完全に消滅した。

今、そのゆう子が目の前にいる。夢ではなくちゃんと本物が。

ジーパンにベージュのセーター、茶色の革ジャン、まるで男みたいな出で立ちだが、そういう地味な恰好《かっこう》がまたさまになっている。

よく顔を観察してみるとサングラス越しにひどく憔悴《しょうすい》しているのがうかがえた。

「なんで、ここが分かったんや？」

「調べるのは簡単よ。ところで、あのアパートなくなっちゃったのね」

「今時の大学生は、あんなボロアパート、借りひんのや。そやから、父ちゃんが亡くなった時に処分してしもたんや」

「お父さん、亡くなったの？」

「ああ、数年前に癌《がん》でな」

「じゃあ、今は一人なんだ？」

「今は、このペンションに住み込みで働いてるんや」

わざわざ言わなくても、そんなことは知っているからゆう子はここへやって来たのだ、と思いながらも、そう説明した。

「この多恵さんのペンションはどんなふうなの？」

そう言って、ゆう子は建物を見上げた。

多恵は賄《まかな》い付きのペンションを経営していた。ペンションといっても、いわゆるリゾート地などにある民宿風の小ホテルではなく、賄い付きの下宿屋のことだ。フランスで、ｐｅｎｓｉｏｎというのは、どちらかというとそういう意味合いらしい。多恵は、昔パリに三ヶ月ほど語学留学したことがあった。向こう式のｐｅｎｓｉｏｎに住んで、そこの賄いで作ってもらった家庭料理と家族的な雰囲気が忘れられず、京都で自ら経営することにしたのだ。

多恵は元々看護師で、芳雄が生まれた産科病院に勤めていた。

心臓の弱かった母は、芳雄を産んでから産後の肥立ちがわるく、一週間ほどして亡くなった。

多恵は近所に住んでいたこともあり、芳雄を母親みたいにかわいがってくれた。鍵《かぎ》っ子だった芳雄が一人で家にいる時、料理を作りに来てくれることもあった。

中学の時、万引がバレるたびに、多恵が学校へ駆けつけてくれて、先生に謝った。今から思えば、多恵のことを慕っている反面、実の母親でないことが物足りなくて、わざと困らせるようなことをしていたのかもしれない。

多恵は、芳雄の父より十歳年齢が上で、そのことも気にくわなかった。小学校の運動会にお弁当を持って応援に来てくれた時、友達に「おまえのおかん、えらい、おばはんやな」とからかわれたことがある。級友の言葉に芳雄は傷つき、多恵に、「ばばあ、きしょいから二度と来んな！」と叫んでお弁当を地面にたたきつけた。弁当箱から飛び出したおにぎりが運動場をころげて土にまみれてしまったのはいまだに記憶に焼き付いている。汚れたおにぎりを拾う多恵の姿を見て自分のしたことが情けなくて後悔したが、気持ちとは裏腹にどうしても謝ることができなかった。そのことは芳雄の心にいまだに痛い傷となって残っている。それでも、行事の時は、お弁当だけそっと持ってきてくれる多恵の優しさにどれほど救われたことだろう。

父が亡くなり、天涯孤独になった芳雄は、相続税のこともあり、家を手放すことにした。ワンルームマンションが増え、風呂のない部屋など裕福な学生に人気がなくなったので、アパートも一緒に売り払った。

相続税を払った後に残ったのは、今まで芳雄が手にしたことのないような大金だった。生活費をそのお金から差し引いて、小さなマンションでも買おうと考えていたやさき、自分の経営するペンションに来ないかと多恵が誘ってくれた。短気で持続力のない芳雄は、就職先での人間関係に行き詰まりを感じていた。大金を手にしたのを機にやめることも視野に入れていたので、迷わず多恵のいるペンションで働くことにした。

そんないきさつをゆう子に説明すると、彼女はしばらくペンションの表札を見ながら考え込んだ。

「エイドウ？　変わった名前ね」

「多恵さんの名字が英堂なんや」

「そういえば、そうだったわね」

それから、ふと高校時代のことを思い出した。芳雄が、母親は芳雄が生まれてすぐに亡くなったのだとゆう子に打ち明けたときだ。

――お母さんがいないのって、どんな感じ？

――さあ、よう分からん。おれへんのが普通やから。

――でも、友達の母親とか見てるでしょう？　羨ましくないん？

――羨ましいことない。がみがみ勉強しろとか言われんのごめんやからな。おらんでええねん、うるさいやつは。

そう強がってみたが、芳雄は時々、そっと料理を作りに来てくれる多恵のことを頭に浮かべた。普段は父と二人っきりで殆ど会話のない食卓なのに、三人だと、冗談の飛び交う明るい食卓になった。きっと、彼女がいるから、自分は母親という存在を渇望しなくてもすんでいるのだ。

――ふーん、男の子ってそんなもんなんだ。

――でも、がみがみやのうて、家庭的な気分にさせてくれる人がいることはいる。その人がいると、無口な父ちゃんがアホみたいにはしゃぐし、なんや自分の家やのうなったみたいになるんや。そいつがたった一人プラスされるだけでや。世界が変わって見えるから、不思議なもんや。

そして、芳雄は、多恵と父が知り合った産院でのいきさつを話した。

そのことを打ち明けてから、ゆう子にせがまれるようになった。最初は断っていたが、結局承諾した。多恵と逢ってみたい、とゆう子にせがまれるようになった。二人がどんな反応を示すのかが楽しみだったし、それ以上に、誰かにゆう子のことを自慢したかったからだ。多恵は、元来が、口うるさいことは何一つ言わない性格だ。それに、口の堅い彼女は、ゆう子のことも決して口外しない。

父が出張でいない時、多恵は、芳雄の家に夕飯を持ってきてくれるので、その時、ゆう子を誘った。

二人は初対面とは思えないほどうち解け、自然に会話をした。二人の話についていけない時など、ちょっと妬《や》けたが、にぎやかで明るい食卓だった。多恵は、誰とでもこんな調子なのかもしれない。

後から、ゆう子は多恵の料理がとても美味しかったと褒めた。それからも父がいない時は、ゆう子と多恵と三人で食事をすることになった。父と多恵と三人より、その方が遥かに楽しかった。

「ここのペンションにはどんな人たちが住んでいるの？」

今、現在、一緒にいるのは、多恵の娘の美奈子《みなこ》、息子の工司《こうじ》。下宿しているのは、スイス人留学生のステファニー、近所の山越大学でアジア・アフリカ高山植物の研究をしていて、みんなから植物博士と呼ばれている西岡洋介《にしおかようすけ》、それに博士とは学部は違うが山越大学文学部の学生で多恵の友人の息子、田村和夫《たむらかずお》だった。

美奈子は結婚して数年で離婚し、母親の多恵のペンションの手伝いをしている。息子の工司は三十五歳でいまだに独身。証券会社につとめていて羽振りのいい遊び人だ。ペンションだけの収入ではぎりぎりなので昼間は観光客向けの和風喫茶『ひろさわ茶屋』を池の南側の府道沿いでやっている。大覚寺まで行く通り道であるため、広沢の池で一休みする観光客がちらほら立ち寄るのだ。シーズンには、かなりの数の客が見込める。

芳雄は主にペンションや喫茶の掃除、夕飯の支度などを手伝っていた。

血のつながりはないが、家族のように扱ってもらえた。家もアパートも売り払ってしまった芳雄には、自分の居場所といえるものは、もう、この世の中でこのペンションしかなかった。

美奈子や工司がどう思っているか分からない。だが、体が頑丈なのが取り柄の芳雄は、重たいものを運んだり体力勝負の労働を嫌がらずにやるので、少なくとも、そのことでは重宝されていたから、二人から面と向かって、自分の存在を疎《うと》んじるような態度をとられたことはない。多恵が元気でいてくれる限り、ずっとそばにいるつもりだった。

「スイス人までいるんだ」

「スイス人言うても父親が日本人やから、ハーフや。何してんのかよう分からんけど、いわゆる現代アーティストってやつらしい。木のツルやら和紙で作ったランプ、居間に置いとるで。昔、多恵さんが学生の頃にパリに住んでいた時の知り合いの娘さんなんやと」

「ここのペンション、まだ空部屋ある？」

「あと二部屋、埋まらんみたいやけど……」

「入る条件みたいなもの、あるの？」

「一応、知り合いの知り合いだけってことになってる」

「私は岩沢君の知り合いだから大丈夫よね。多恵さんのことだって知っているから、条件に当てはまるし。ここに私を住まわせてくれない？」

意外な申し出だった。

「かまへんけど、なんで、こんな辺鄙《へんぴ》な場所に住む必要があるんや？」

「行くところがないのよ。ここへ来たらあなたに会えるって、そう思ったから。だから私はここへ来たの」

そんなふうに言ってもらうのは嬉しかったが、どうしてこの場所が分かったのかという疑問が湧いた。

「誰が教えたんや、ここ？」

芳雄のことを知っていて、ゆう子の居所も知っている人間。そんな人物がはたしているだろうか。ゆう子のことは、マスコミですら突き止められなかったのだ。

「そんな予感がしたの。ここに来ればあなたに会えるって」

「予感？　何やそれ？」

芳雄は軽く笑った。そういえば、ゆう子は自分の予知したことがあたり、父親に嫌われるはめになったようなことを話していた。それにしても、なんの情報もなしに芳雄のいる場所がつきとめられるはずがない。超能力者でもないかぎり。

もしかしたら、彼女は何かのカルト宗教にのめり込み、それで映画界から消えたのかもしれない。そんなふうなことが週刊誌に書かれていたのを思い出した。

「信じてくれなくてもいい。ここに住まわせて欲しいの。多恵さんが作る料理だったら、美味しいの知ってるし……」

「このあたりの畑でとれた作物を使《つ》こうた野菜中心の料理や」

「野菜中心なの」

ゆう子はちょっとがっかりした声を出した。

「あかんのか、それやったら？」

「野菜だけで、充分《じゅうぶん》な栄養がとれるかしら。肉も食べないと栄養が足りないかも……」

高校時代のゆう子の弁当の中身は少量のご飯と後は殆ど野菜ばかりだった。モデルの仕事をやっているので、カロリーの高いものは食べられないと言っていた。

女優やモデルをやめれば、そんなことは気にしなくてもいいのだろう。しかし、今のゆう子はやや細すぎるくらいだ。

「体調でも悪いんか？」

「そうじゃないけど……。なんだか、食べても食べても栄養をとられてしまうの。特にタンパク質とか」

「知らんのか？　魚や豆類でタンパク質は充分に補えるんや。肉に偏るより、むしろ栄養のバランスがええらしい。多恵さんの料理を食べたら、元気になるで」

「そういえば、そんな話、本で読んだことある」

「ほんなら決まりやな。ここで暮らしたらええ」

「でも、お金はそんなにないのだけれど……家賃くらいなら……なんとか払えると思うわ。

ここにかくまってもらえたら、それこそ安心」

かくまう？　彼女は何かから身を隠そうとしているのか。芳雄の怪訝《けげん》な表情に気づいた彼女は慌《あわ》てて付け足した。

「以前、あなたのお父さんが経営していたあのアパート、まだあるのだったら、そこに住まわせてもらおうかと思ったの。そしたら、ワンルームマンションが立っててびっくり」

「ワンルーム、そうなんか？　あそこ、売り払ってから一度も行ってへんのや。なーんや、もう壊されたんか」

売り払う時は、未練などなかったのに、壊されたと聞いて急に寂しくなった。あそこは、ゆう子との思い出の場所でもあるのだ。

「私、今、全部で二十万円くらいのお金だったらあるの。それでなんとか半年くらい過ごせるところを探しているの」

「二十万円か……」

「無理……よね」

ゆう子はがっくり肩の力を落とした。

ペンションの半年分の家賃をざっと計算してみた。二十万では、少し足りない。ゆう子が不安そうな顔でじっとこちらを見ている。

そうだ、昔と違って、今の芳雄にはお金があるのだ。ゆう子が自分のそばにまた住んでくれるのだったら、それくらいの出費はちっとも惜しくない。

「お金のことなら心配せんでええ。立て替えといたるわ」

「本当に？　私、ある事情で、暫く、どこかに身を隠さなくてはならないの。悪いことをするわけではないのよ。信じてちょうだい。お金は、必ず返すわ」

「その、事情いうのは？」

「追って説明する。話せば長くなるから。それより、ここに私をかくまって欲しいの。私、追われているのよ。あなたならきっと私を助けてくれるはず。そのために私はここへ導かれたんですもの」

「導かれたって、どういう意味や？」

「私にとって、岩沢君は、困ったときに必ず助けてくれる人なん。昔、私を助けてくれたみたいに」

「かくまう」とか「追われる」などまるで映画の中みたいな話だ。そんなことが現実にあるのか。そう思う一方で、スクリーンから突然失踪したゆう子という特別な人にだったらありそうな気もした。

「そんなもってまわった言い方されても、さっぱり分からん」

「必ず話すから、お願い、私を助けて、ねっ」

ゆう子はすがるように芳雄の顔を見た。その彼女の目つきは、高校時代に「岩沢荘」の二階から下りてきた時のゆう子と同じだった。

まるで、昔に帰ったみたいだ。自分がゆう子を助けてあげられる、そのシチュエーションは素直に嬉しかった。高校時代の光景――今となっては眩《まぶ》しい――が再び芳雄のところに戻ってきたのだ。たとえ彼女がやくざに追われていようと、おかしなカルト宗教にはまっていようと、助けてあげるべきだ。

芳雄は静かにゆっくりと頷いた。

「私が桐岡葉子だってこと、秘密にしておいてね。もう誰も知らないと思うけれど……」

桐岡葉子というのは彼女の女優名だった。

「多恵さんは知ってる」

「でも、秘密を守ってくれる人でしょう？」

「そやけど、住人の誰かが、ゆう子の顔を見て気がつくかもしれんで」

「私のことなんて、もうみんな忘れているわよ」

「どうやろう。今でもファンはいるはずや。ビデオ店でゆう子の映画、借りることかてできるんや。君が主演した映画の相手役の、ほらなんて言うたかな、田中秋光《たなかあきみつ》いう男優おるやろ。あいつ、今、大人気やし」

　田中秋光は、当時、桐岡葉子と恋愛関係にあると噂された俳優だった。今では押しも押されもせぬ大スターだ。

「あの、田中君が？　そう、彼、そんなに人気がでているの。すごい、大根やったのに」

　ゆう子はさして興味なさそうな声で言った。田中秋光は、今ではゴールデンタイムのドラマでもっとも視聴率を稼げる俳優の座にいる。そんなことも知らないなんて、ろくにテレビも見ていないらしい。

「田中の五年前の映画やったら、今でもレンタルビデオ屋においてある。つまりその相手役のゆう子のことかて、それを見ればみんな思い出すんや。彼と噂があって、忽然《こつぜん》と消えた伝説の女優、いうことで」

　これは半分、芳雄の希望的観測だった。自分のところに舞い戻ってきたゆう子が今でも押しも押されもせぬ大女優であって欲しいという。

「私の顔を見て。映画の時と全然違うでしょう？　すっぴんだと分からないの」

　確かに、そう言われて見ればそのとおりだ。芳雄がすぐさまゆう子だと分かったのは、高校時代のノーメイクの彼女を知っているからだ。このままでも充分美しいのだが、スクリーンやテレビの向こうの彼女は濃いメイクをしているため、実物とはかなり印象が違う。

「一度、『桐岡葉子じゃないですか?』って電車の中で人に訊かれたことがあるの。『よく間違えられるんです、そんなに似てますか?』って切り返したら、その人、それで違うと納得してた。まるで疑いもしないのよ」

「ほんなら、多恵さんにも黙っといてもらういうことで、ってもともと口が堅いから大丈夫か。とりあえず、話してみるわ」

特に多恵を説得する必要はない。部屋はあいているのだし、それを埋めるのに、身元のちゃんとした人が必要なのだ。ゆう子は、芳雄の昔の友人で、しかも多恵も知っている。まず、反対されることはないだろう。

お金だって、こっそり彼女の代わりに芳雄が立て替えればすむことだ。父の家とアパートを売った蓄えからそれくらいのお金を出したとしても微々たるものだ。

それよりも、彼女がいったい誰にどういう理由で追われているのか、そのことが少し気になった。

第三章　ペンション・エイドウ

――二〇〇八年――

今、私は、ゆう子の死体の発見者、英堂多恵の孫にあたる青年と向き合っている。宮津の田舎ではあまりみかけない銀色のラメの入ったピンクのTシャツ。服装からするとくだけた感じだが、こちらに送る視線が神経質そうだ。私はどぎまぎしながら訊いた。

「あの……昔、ここに住んでいた人のことでうかがいたいのですが……」

自分の名前の刻まれた画廊の名刺を渡した。私立探偵の名刺ならともかく、名も知られていない小さな画廊の名刺ではなんの信用にもならないが、何も出さないよりはましだろう。

「おばあちゃんは体が悪いから、あんまり人前には出たがらへんのです」

青年は名刺に目を落としながら言った。

「そうですか。どなたかいらっしゃらないですか、昔のことが話せる人」

このまま引き下がるのは残念なので訊いた。

「僕で答えられることがあれば、どうぞ」

「二十年前のことなんです。ですから、きっと、あなたでは……」

彼はせいぜい私と同じ世代だろう。

「二十年前といえば……僕がまだ生まれる前ですね」

「誰か、その当時のこと知っている人、ここにいますか?」

青年は暫く考えていた。見知らぬ人間に家族を紹介していいのかどうか迷っているようだ。

「どんなことを?」

「昔、私の叔母がここに住んでいたのです。多恵さんにずいぶんお世話になったみたいなので、その頃の話が聞きたくて」

彼は、あまり気乗りしない声で答えた。

「よかったら、母に逢ってみます?」

「お母さんは二十年前ここに?」

「多分いたと思います」

「だったら、是非、お話を聞かせてください」

「向こう岸の喫茶にいます」

ああ、『ひろさわ茶屋』のことだなと私は思った。

彼は、私を案内してくれた。ペンションに来るときに歩いてきた池の西側のあぜ道を戻ってふたたび、山越と嵐山を結んでいる府道29号線に出た。

青年は指し示して「あそこです」と言った。和風平屋の建物が人差し指の方向にあった。

『ひろさわ茶屋』と書かれた紺色ののれんをくぐると、四人掛けと二人掛けの木のテーブルがあり、民芸調の座布団ののった椅子《いす》が並べられていた。外の景色が一番よく見える窓際の二人掛けを勧められたので、そこに腰掛けた。目前に池が広がっていて、いい眺めだ。

立地的には、京都市の中心部からかなり西側にあり、町中から少し離れている。車以外で来るには不便だからなのか、平日のこの時間、客は一人もいなかった。

「お母さんに話が聞きたいんだって」

レジの向こうに向かって青年が声をかけると、五十前後の女が出てきた。彼女は英堂美奈子と名乗った。小柄で全身が丸みを帯びた体型をしていて、丸顔に目がぱちりと大きい。体型も輪郭も息子とは似ていない。若い頃はどちらかと言うと可愛いと言われる容姿だったのではないだろうか。

「このペンションに昔、藤野木ゆう子という人がいたと思うのです」

「ゆう子……」

そう繰り返したっきり美奈子の顔から血の気が引いていき、黙り込んでしまった。

叔母は何者かに殺されたのだ。たとえ二十年も前のことであっても、その名前に美奈子が動揺しないはずがなかった。

「唐突に死んだ人の話をしてすみません。藤野木ゆう子は私の叔母なんです」

「叔母？　つまりあなたはあの人の姪御《めいご》さん……」

「当時、叔母がお世話になった人たちに話を聞いて、真相を突き止めたくなったのです」

店を出て行こうとした息子が、「真相を突き止めたくなった」という言葉に反応したのか、そのままくるりとこちらを振り返った。

「真相と言われましても、私たちには何も……本当に何んにも分からへんのです。あんとき、ペンションの住人が何度も警察に話を聞かれて、大変やったみたいですけど……」

「警察とのやりとりの詳細とか、覚えている限りでいいのです。教えていただけませんか？」

「私はいいひんかったんです」

「いなかった？」

「その年の夏には家を出て他の所に住んでましたから。警察に事情を聞かれて大変やったというのは、後で兄の工司から聞いたことです。ゆう子さんの姪御さんといわれますが、あなたは彼女のことをよう知ってはったんですか？」

「いいえ。叔母が亡くなった時、私はまだ一歳ちょっとくらいでしたから、何も覚えていません」

「だったら、なんでそんなに興味があるんです？」

「何もかもが謎だからです。叔母がもと女優の桐岡葉子だったこと、順調だった女優の道を捨てて失踪してしまったこと。そして、ここで半年ほど過ごして、死んでしまったこと」

「女優？　あのゆう子という人が女優？」

「ええ、ここへ来た頃はもう殆ど知られていなかったと思いますが、その前には映画で主演をやったこともある人だったのです」

「そうですか。道理で、どこかあか抜けた、人と違う輝きのある人やと思いました。あんな体になっても、私とは違って……」

「あんな体？」

私は眉《まゆ》をひそめた。

「いえ、そんなことはどうでもいいことです。あの人は、芳雄さんが連れてきたんです」

「芳雄さんというのは？」

「岩沢芳雄というて、母の友人の息子です。あの人は、彼の友達なんです。なんでも、京都で部屋を探しているからと……」

「それはいつ頃ですか？」

「二十年前です」

「何月頃ですか？」

「一九八八年のあれは……確か二月頃でした。美大の学生さんやと言うことでしたが、それは嘘やとすぐ分かりました」

「どうして分かったのですか？」

「大学へなど通っている気配がなかったからです。あの人はずっと部屋に籠《こ》もりきりでした。食事の時だけ居間へ来て食べてました。とにかく家から殆ど出ないんです」

「では、入居してから殺されるまで、ずっとこのペンションに籠もっていたのですか？」

私はつい勢いづいて口を滑らせてしまった。美奈子はぴくっと顔をけいれんさせた。殺される、という言葉に反応したのだ。

「まあ……そういうことになります」

半ば開き直ったような返事だ。

「死体が発見されたのは池の中、ということは殺されたのは池の畔《ほとり》なのですね」

美奈子はまた顔色を変えて、しどろもどろで応じた。

「さあ、それは……よう分かりませんけど……」

暫く沈黙した後にぼそりと付け足した。

「あの人は、病気やったんやと思うていました。ところが……」

「病気？」

「精神的におかしい人なんやと。他の人たちもそう思っていました。芳雄さんだけが、彼女のことを信じて尽くしてはりましたけどね」

「どんな病気ですか？」

「被害妄想、いうのんでしょうか。誰かに追われている、殺されると思いこんではったんです」

「でも、実際に……」

「ええ、実際に殺されてしまって、それで私たちは、彼女が本当に何者かに狙《ねら》われていたんやってことを知りました。でも、それまでは、些細なことでも、気にするし……。誰かが自分の部屋に侵入しようとしている、とかありもしないことをわめいたり。どう見てもまともやなかったんです」

「いったい誰に殺されると思いこんでいたのですか」

「よく分かりません。多分、カルト宗教のたぐいやったのかな……。あとからそんなようなことをちらっと……」

そう言うと、美奈子は急に怖くなったのか、ぶるりと震えた。

「殺された日のことを詳しく教えていただけますか？」

「さっきも言うたように、その日のことは知りません。あの頃、私は好きな人ができて、家を出てしまいましたから。悠斗《ゆうと》を出産したんがちょうど十二月です」

ゆう子が殺されたのは十一月、その頃、美奈子は出産間近だったのだ。彼女は私たちの話に耳をすませている息子の方をちらっと見た。あの青年は悠斗という名前らしい。

「その岩沢芳雄さんという人は、今は？」

「死にました」

「いつ頃ですか？」

「ゆう子さんが亡くなった後、しばらくしてから広沢の池に飛び込んだんです。自殺やったと聞いてます」

「もしかして、叔母を殺した犯人が彼を殺したと、警察は考えなかったんでしょうか？」

「さあ、それはなんとも。ごめんなさい。あんまり思い出しとうないことですから、これ以上は……」

「分かりました。嫌なこと思い出させてしまってすみません」

私はコーヒーを飲み干すと料金を払い、もう一度お礼を言って店を出た。

誰かが後ろからついてくる気配を感じて振り返った。

「もう諦めるの？　なんか大変な話やね。なんやったら、もっと他の人紹介してもええよ」

悠斗だった。急に親しげな口調になっていた。さきほどの無関心な目から一転して、彼の目の芯《しん》が光って感じられた。今の話に並々ならない興味を示したようだ。

「そういえば、なんかそんな話、訊いたことがあるんや。西岡さんから」

「西岡さんって？」

「ここに住んでた高山植物の研究をしている人。その人の後輩の研究員の亮太《りょうた》が、今、西岡さんがいた部屋に住んでる」

その話を聞いて、ある考えが浮かんだ。

「ねえ、あのペンション、空いている部屋、あるかしら？」

「あることはあるけれど……」

「もしかして入居の審査が厳しいとか？」

「一応、身元のしっかりした信用できる人やないとあかんけど。食事を一緒にしたり、風呂が共同やったりするから」

「身元かあ。殺された人の姪じゃあいやがられるわね」

さきほどの美奈子のあの落ち着きのない態度はどうだ。とっくに時効になった事件とはいえ、当時のことを蒸し返されれば、いい気はしない。それに、未解決の事件なのだから、犯人がペンションの住人の中にいる可能性だってなきにしもあらずだ。

「うちじゃ、おばあちゃんがうんと言ったらええんや。そやから、おばあちゃんに頼んであげるわ」

「頼める？　だったらお願いするわ」

「まかしといて」

「その前に、月いくらくらいなのかしら？」

「十畳一部屋、トイレつき。バス共同。朝、晩、二食付きで七万五千円」

それをきいて、私はかなり乗り気になった。今時食事付きで七万五千円だったら安いし、十畳の部屋なら今よりずっと広い。画材道具を置く場所だって確保できそうだ。

「私の所、六畳のワンルームなんだけど、部屋代だけで月五万円はするの。給料安いから結構きついんだ」

私は素直に自分の経済事情を告白した。

「じゃあ、チャンスやから入居する？　その昔の話、もっと他の人から聞き出した方がええよ。当時から住んでいる人、まだいるし」

悠斗は明らかに、今さっき聞きかじったばかりの叔母の真相が知りたくてたまらないという顔をしている。私は直感的に彼は信頼してもいい人間だと思った。

「連絡先、教えておいてくれる？」

私は彼と携帯の赤外線でアドレス交換した。

美奈子の話から叔母のことが少し明らかになった。

ペンション・エイドウに入居した時、叔母は何かに怯えていた。

ある組織に追われているというのは、必ずしも被害妄想だったとはいえない。映画界からいきなり姿を消したことを考え合わせると、なんらかのカルト宗教にはまっていたと考えられるのではないか。そして、その組織に追われ、殺された、と。

第四章　隠処

――一九八八年――

芳雄は多恵にゆう子を引き合わせて、彼女がここに住みたがっていると伝えた。多恵は意外にも顔を曇らせた。すんなり受け入れてくれると楽観していただけに、なんだか裏切られたような腹立たしさを感じた。自分の考えが甘いとでもいいたいのだろうか。

恐らく、ゆう子が、また芳雄の前に突然現れたことに、不信感を抱《いだ》いているのだ。五年前に失踪した理由についても理解できないだろうし、忽然と芳雄の前に出現した理由はもっと不可解に違いない。それとも、まわりが彼女のことを、失踪した女優だと気づくことを心配しているのか。

芳雄は多恵以外の人間に、ゆう子のことを話したことはない。多恵とだって、このペンションに来てから、一度も話したことはない。

実際、彼女との高校生活は、自分の胸にしまっておき、一人になったおりに、こっそり開いて眺める宝もののようなものだった。自分の世界に浸る楽しみのために大事にとってあるのだ。

多恵に何か言われた時のために、芳雄は、そんな反論を心の中で準備した。

じっとゆう子のことを見つめていた多恵は、急に頰をゆるめ、優しい笑顔になった。

「ごめんな、びっくりしてしもて、何て言うたらええんか言葉が見つからへんかったわ。久しぶりやね。あなたがこのペンションのメンバーになったらさぞかしにぎやかになりそう。一階の北側の奥の部屋が空いているし、そこに案内してあげてな」

ペンション・エイドウは、三十坪ほどの平屋と、二階建ての長方形の建物が南北に繫《つな》がっていた。南に位置する平屋の建物は、みんなが集まってくつろげるリビングになっていて四人掛けのソファが角に二つ、真ん中に八人掛けの食卓用のテーブルがあった。玄関から入って右側に十坪ほどの広さの厨房《ちゅうぼう》がある。

一階の一番北側の部屋にゆう子を案内した。

部屋はみな一律に同じ十畳ほどの広さに床はフローリング。一階に四部屋、二階に四部屋の全部で八部屋だった。一番北の奥は納屋になっていて、殆ど使われていない。トイレは各部屋についているが、風呂は共同だ。

「お風呂は廊下の西側にある、ほらそこや。一階と二階の両方にあって、一階が女用、二階が男用や」

「電話は？」

「公衆電話が居間に一つおいてある。それをみんなが使ってる。番号は電話に貼ってあるし、向こうからかけてくることもできる。多恵さんの部屋にも電話機はあるし、居間に誰もいない時は、そっちから取るようになってるんや」

そう言ってから、芳雄は部屋の鍵を彼女に差し出したので、ゆう子は、鍵を開けた。

「まあ、案外広いのね」

ゆう子は感心したように部屋の中を見回した。

芳雄はもう一つの合い鍵を渡した。

「ここの部屋の鍵は二つだけ？」

「そうや。その二つだけやから、なくさんようにな」

ゆう子は鍵を見つめながら少し不安そうな顔で言った。

「岩沢君はどの部屋にいるの？」

「丁度、ゆう子の部屋の真上」

「なにか緊急の用事があったら、窓から顔を出して叫べば来てくれる？　たとえば……」

「たとえば？」

「たとえば……私が殺されそうになったりしたら」

ゆう子はそう言ってから、無理に笑おうとしたがうまくいかず、なんともいえない恐怖に歪《ゆが》んだ表情になった。ゆう子の緊張が芳雄の胸にまで伝わってきた。何者かに追われている、というのはどうやら本当らしい。芳雄は見えない敵に対して判然としない怒りを感じた。

「そんなやつ、僕がぶちのめしてやる」

「乱暴が通じる相手じゃないのよ」

「じゃあ、警察に相談してやる」

「警察に信じてもらえるような話じゃないの。なんの証拠もないし……。あなたにだって信じてもらえないかもしれないの」

「信じるか信じへんかは説明を聞いてからや」

「もう少し待って。少しずつゆっくり説明するから。その前に、お願いついでなんだけれど、私、自分の荷物をJR嵯峨嵐山駅のコインロッカーにおいてきたの。その方が身軽にあちこち移動できるし……」

そういうと、彼女は持っていたリュックの内ポケットからコインロッカーの鍵を取りだした。

「暫く、ここから一歩も出たくないの。うまく誰にも知られずにここへ来られたから。だから、芳雄君、駅のコインロッカーに私の荷物を取りに行ってもらえないかしら?」

「そんなことはおやすいご用や。なんでも頼んでくれ。そやけど……。なんや、穏やかな話とちゃうな」

「数ヶ月だけの我慢。うまくいけば、秋頃には一段落、目的を遂げて身軽になっているから別の場所に移るわ。あなたにそれ以上迷惑をかけるつもりはないから」

秋頃には目的を遂げている……。いったい何の目的なのだろう。彼女の言っていることは謎だらけだ。しかし、その謎よりも、彼女がまたどこかへ消えてしまうつもりらしいことに芳雄はショックを受けた。

「迷惑やなんて、そんな水くさいこと言うなや」

高校時代の三年間、あんなに親しかったのに、卒業するとさっさと東京へ行ってしまい、芳雄のことなど振り向きもしなかった。そしてまた、こんな形で唐突に現れ、半年後には、自分の目的を達して、さっさとどこかへ行ってしまうのか。

芳雄の胸にすっと冷たい風が吹き抜けた。

だが、少なくとも、半年間は彼女と一緒にいられる。また、振り返ることのできる新たな思い出が増えるのだ。宝の箱にもう一つ新たな宝石が加わる。芳雄はそう自分に言い聞かせた。

ゆう子から鍵を預かり、嵯峨嵐山駅のロッカーへ行った。ロッカーの中には大きな黒いスーツケースが一つあるきりだった。

帰ってみると、珍しく工司がいた。窓際のソファで、高山植物の研究をしている西岡洋介と二人でなにやら話し込んでいる。

工司は、某大手の証券マンだ。いつも使い切れないほどの札束を財布の中に押し込んで祇園《ぎおん》を飲み歩いている。一度飲みに連れて行ってもらったことがあるが、札束をこれ見よがしにホステスに見せつけ、酔うと金をばらまく。公務員の家に育った芳雄は質素が身に付いているので、工司の豪快な遊びぶりにはただただ呆《あき》れるばかりだった。派手な化粧をしたホステスたちも、芳雄には決して美しいと思えなかった。多分自分は退屈な顔をしていたのだろう。それっきり誘われることはなかった。

一方、西岡洋介の方は、お金にあまり興味がない。もっぱら、調査のために山登りすることで頭がいっぱいの人間だ。山登りといってもただの山ではない。アフリカのケニア山やキリマンジャロなど、世界地図でしか見たことのない地球の果てまで行って、標高五〇〇〇メートルもの高い山に登るのだ。高山病で何度も死にかけたことがあるらしい。

工司が金と女の話をすれば、博士は、ケニアの山の厳しさ、高山植物の話、地理学的な専門知識を淡々と話した。

どう考えても、工司と博士には接点がない。しかし、同じ建物に住んでいて、食事も一緒。お互いに聞くに堪えられる範囲内の会話をしている。

「そんなアフリカの山のぼって、しんどい思いしてなんになるんです。一円にもならへんやないですか、博士。遊んでくれる女かていてへんでしょう」

酔っぱらうと工司は毒舌になる。

いわゆるオスの本能とでも言うべきなのだろうか——女にもてるもてないで張り合おうとするのだ。

「なんて認識不足な……いいですか、人類の起源はアフリカにあるのですよ」

博士は怒りを隠せないようすで、言い返した。

「人類の起源やなんて、また大きくでたもんですね」

「あなたは、世界を知らない、無知もはなはだしい。だいたい、お金など、あぶく。そのうち消えてなくなります。そんなもので女にもてて何が楽しいんです。仮想マネーですよ、そんなのは。ゲームをやってるのと同じですよ……」

工司が、またなにやら反応している。

芳雄は、そんな会話を背に、ゆう子の部屋へスーツケースを持っていった。彼女はスーツケースを受け取ると、中のものを出して、整理しはじめた。

芳雄は、居間にもどり、厨房に入った。多恵が夕飯の下ごしらえをしていた。芳雄はキャベツとタマネギを切るのを手伝った。

博士たちの会話が聞こえてくる。

「若いうちに遊ばんでどないするんです。そんな小難しいこと言うてるけど、あんたかて、女嫌いやないでしょう?」

「祇園で札束ばらまくのはもてることとは言いませんよ」

「ばらまいたからってもてるわけやないですよ。そこには高度な駆け引きがあるわけです。金が無い人には分からんのでしょうね。金を使う遊び方というのが。ああ、気の毒に。人生は一度きりやというのに」

博士はいくつかの大学の非常勤講師なのだが、それだけでは食べていけないからと、予備校で地理学を教えていた。

「そう、人生は一度きり。誰も行ったことない、地球の果てまで旅するのが私の生き甲斐なんです。そこで出会った人たちとの交流。生きていることを心底実感できますよ」

芳雄はテーブルのセッティングが終わると、ゆう子の部屋へ行って、ノックした。

「次からノックだけじゃなくて、名前も名乗ってくれる？　岩沢君以外の人にここへ入ってもらいたくないから」

「えらい用心深いな」

「それくらい用心したほうがいいから」

「分かった。ほんなら、合図のノック音の回数を決めとこか？」

「その都度、違う回数にしましょう」

「次にノックする時の回数はどうする？」

ゆう子は、メモ用紙に「トントントン、トン」と書いて芳雄に差し出した。

つまり三回続けてたたいて、休んで、もう一回という意味だと彼女は小声で説明した。

「なんや、おもろいな」

ちょっとしたゲーム感覚だ。ゆう子との秘密のやりとりだと思うと子どもみたいにわくわくした。

部屋を見渡すと、先ほどのスーツケース一個分の荷物がきれいにおさまり、部屋の雰囲気ががらりと変わっていた。本棚には本が並んでいるし、机の上にはノートやペン立てなどが置いてある。

ペン立ての横に、青色の猫の花瓶を見つけて、懐かしさのあまり、思わず手に取った。

背中の部分に楕円《だえん》形の穴があいていて、そこに花をさすようになっている。この花瓶は、ゆう子が岩沢荘に住んでいる時から持っていたものだ。

「これ、昔から持っとったな？」

「十二歳の誕生日にお母さんに買ってもらったもんなの。一緒に京都市内のデパートへ行ったとき、あんまり綺麗《きれい》な花瓶なんでみとれてたら珍しくぽんと気前よう買ってくれた。嬉しかったわ。人生であれほど嬉しかったことないわ」

その話は、岩沢荘にいる時にも聞いたことがあった。ゆう子の実家は天橋立で旅館をやっていて、そこの女将《おかみ》である彼女の母親は、忙しさのあまり、子どもにまったく目が行き届かなかった。小さい時から親にかまってもらったことのない彼女にとっては、母親からのこのプレゼントが宝物のように大切なのだ。

それでも、芳雄と違って、ゆう子には母親がいる。自分のかかえている寂しさとは度合いが違う、そんな気がした。

「生ける花、何か持ってきたろか？　ペンションの裏に多恵さんの手入れしてる花壇があるんや」

花になど興味のない芳雄だが、柄にもなく、この花瓶に花を挿してみたくなったのだ。

「今頃って、何が咲いているの？」

「クロッカスとか福寿草なんかが咲いとるみたいやな」

「じゃあ、明日の朝、私が自分で摘んでくるわ」

それから、二人であれこれ考えた末、五種類のノックの方法を考え、それをメモ用紙に記入し、二人でそれを完全に暗記すると、粉々にちぎって捨てた。

「これで、僕以外の人間がゆう子の部屋に入ってくることは絶対にできひん。それから風呂やけど、内側から鍵がかけられる。まあ、どうせ女性用の風呂は、居間の近くやから、なにかあったら誰かがかけつけてきてくれる。扉を誰かがあけようとしたらガラガラって大きな音がするから、その間に、窓から逃げたらええんや。なっ、これで安心したか？」

彼女は、まるで子どもみたいに「うん」と頷いた。

居間にゆう子を案内すると、博士と工司が会話を中断して、彼女の方を見た。

「今日からここのペンションで暮らすことになった藤野木ゆう子さんです」

ジーパンに茶色のトレーナー姿、それに度の強いめがねをかけているゆう子を、工司は、暫く、じっくり観察していたが、今風のスレンダーでボディコンファッションが趣味の彼は「ふーん」と、精彩のない声でつぶやいた。このペンションの住人は、社会の風潮とは無関係に生きている人間の集まりなのだが、唯一、今時の流行を気にするのが工司だった。

ステファニーが居間に現れたので、彼女にもゆう子を紹介した。二人は、微妙な視線を交わしたが、「新しい人、それも、女の人だったら大歓迎だわ」とステファニーがやや大げさに言った。

「今日は私が料理を作るのよ」

「何作ってくれるんや？」

「ラクレットに決まってるでしょう」

彼女はいたって無邪気にそう言った。芳雄は「なーんや、またか」と小声で不満を言った。

「なによ、よっぴー、文句ある？」

ステファニーが握り拳《こぶし》を作って殴りかかってきそうなそぶりをしたのであわてて付け足した。

「ないない。嬉しさを表現するのがへたなだけや。こういう日本男児の気持ち、少しは分かってくれや」

「だめ、そんなん日本女性にだって通じないわよ」

「すまんなあ。もちろん嬉しいに決まってるやないか。スイスの山の料理が食べられるなんて。京都中どこさがしたって、そんなもん食える店ないし」

ふふーん、と彼女は満足気に鼻を鳴らした。

多恵はステファニーのことを「あの子は芸術家気質なんや」と言っている。本当は神経質なのだが、周囲に気を遣って明るく装っているのだ、と。こんな彼女を見れば、一人で池の畔を散歩している時や、ぽつりと居間のソファに座って考え事をしている時の彼女の陰鬱《いんうつ》な顔など想像もできない。しかし、芳雄は知っているのだ。彼女の暗くて深刻な表情を何度も目撃している。そんな時、芳雄に気づくと、急に明るく振る舞ってくれたのがなんとなく痛々しかった。

ステファニーは和食ばかりが続くと故郷の料理が無性に懐かしくなるらしい。母親に送ってもらったチーズで、時々、ラクレットやフォンデュを作るのだ。正直のとこ芳雄はあまりチーズが好きではない。だから、こればかり続くと、ありがたくないのだが、多恵が喜んで食べるので、すっかり気をよくして、作ってくれるのだ。

「ステフがスイス料理を作ってくれんのやって。ぎょうさん栄養がとれるで。カロリーオーバーなくらいな」

芳雄は、ゆう子の耳に囁いた。

「ラクレットってスイス料理なの?」

「スイス、それにフランスのサヴォア地方でよく食べる料理なのよ。ラクレットっていうのはフランス語で削る、引っかくっていう意味。かたくて丸い大きなチーズを温めて溶かして、それを削って食べるのよ。とろとろに溶けたチーズにジャガイモやピクルスを絡めて食べるの」

そう言うと、ステファニーはすでに多恵のいるキッチンに入って行った。続いて美奈子も居間に入って来るなりキッチンに向かった。向かいの『ひろさわ茶屋』の片づけは終わったらしい。

彼女は手慣れた手つきでまな板を出し、ジャガイモの皮をむき始めた。ちょっとした料理屋の厨房といってもいいくらいキッチンは広く、三人が同時にまな板を使って食材の下準備ができるのだ。

博士と同じ山越大学の学生の田村和夫が居間に現れたので、ゆう子を紹介した。しばらく彼女の顔を見ていた和夫は「こんにちは、田村です」と照れくさそうに挨拶《あいさつ》した。ゆう子がよろしくと言って微笑《ほほえ》むと、ぽかんと口を開けて見とれている。

「今日はステファがまたラクレット作ってくれるんやと」

芳雄がうんざりしたように和夫に小声で呟《つぶや》いた。

「ふーん。チーズかあ。僕はそっちの方が肉よりいいな。牛かて乳を搾《しぼ》られるだけやし、殺されることはない」

和夫は若いくせに肉があまり好きではない。小さい頃から彼のことをよく知っている多恵は、口癖のように「和夫は、ほんま気の優しい子や。虫ひとつよう殺さん子やった」という。だが、そのわりに、ホラー映画なんかをビデオ屋でよく借りてきているみたいだし、なんだか人物に整合性がないから首をかしげてしまうのだ。だいたい、あまり感情の起伏を表に出さないので、実際はどんなやつなのか芳雄にはよく理解できなかった。

和夫が唯一親しいのは、一緒に将棋をする仲の工司だった。時々、二階の彼の部屋に行くのを見かけることがあるが、他のペンションの仲間とは一定の距離を置いていて、食事の時だけ現れる。自分の部屋でビデオを見ているかゲームをやっていることが多い。今はやりの言葉でオタク人間というやつだ。時々、大学のビデオサークルの仲間から電話がかかってくることがあり、その時は親しげに話しているので、サークルの友達とはうまくやっているようだ。

ここのペンションは、従業員として給料をもらっているのは多恵と美奈子、それに芳雄の三人で、他の者は、下宿人として、家賃をちゃんと払っている身分だ。しかし、時々、ステファニーがスイス料理を作り、博士が、ケニアで食べたウガリと野菜の煮込み料理を作ってくれることがあった。

ここにいる全員が独り者だし、職種も価値観も違う。

美奈子とステファニーは料理の方法で意見が対立するし、博士と工司は生き方の美学に接点がなく、互いに皮肉を言い合っている。

　ステファニーがラクレットグリルという器具をテーブルの上に置いた。これはスライスしたラクレットを溶かすものだ。

　彼女は、チーズをラクレットグリルという鉄板の上にのせ、バーナーで加熱した。しばらくしてチーズがとろけてくると、ヘラでチーズをそぎ落として各自のお皿の上に乗せ、そこへ多恵がコショウをかけ、美奈子がゆでたジャガイモとピクルスを盛りつけた。

　それからエビや魚介類のたっぷり入ったサラダと、キャベツとトマトとハムのスープが出てきた。普段の多恵の料理は和食だが、ステファニーが故郷の料理を作った時だけは、こんなふうに洋風になる。

　みなは、とろけるチーズをジャガイモに絡めて食べた。

　ゆう子という新しい一員が加わったことで、微妙に緊張した空気が漂い、みんな無口になった。静まりかえった食卓の気まずさを和ませようと博士が口を開いた。

「涙がでそうなほどのご馳走《ちそう》だ。なんせついこの間まで、ケニアの山にいましたからね」

「どんなもん、食べてたんですか？」

「二週間続けて、野菜と肉のカレー味のおじやだったんですよ。三日目まで来て、まさか、と思ったけど、そのまさかだったんですねー、これが」

博士は一ヶ月ほどケニアに行っていたのだ。料理はすべて現地のガイドに任せることになっていたという。

「きつい肉体労働の後に、おじや、しかも二週間連続？　そんなの私だったら絶対に耐えられないわ」

運動嫌いのステファニーがチーズをフォークで掬《すく》ってジャガイモと交互に口に運びながら言った。

暫くケニアの山の話になった。現地の人間は、山に登るのに、大量の砂糖を持っていくらしい。その理由は、ケニアが世界で四番目のお茶の生産国であり、淹《い》れた紅茶にたっぷり砂糖を入れて甘くして飲むからだ。また、山に登るのに果物を持って上がるそうだ。標高三九四〇メートルのキャンプにたどり着いて、各自が荷物をあけたところ、大きなパイナップルが全部で四個も入っていて、やたらに重かったことに「なるほど」と納得したと同時に、全員脱力したらしい。

「よりにもよって、パイナップルだなんて、皮の分厚いものをなんでまた……重かったでしょう」

ステファニーが同情した。

「彼ら案内人は、僕らが渡した金を元にいかに安く食べ物を調達するかを工夫するんです」

「そらそうや。原価を安くして、利潤を上げなあきません。どこの国でも金儲《もう》けはかなめ、アフリカも捨てたもんやない」

工司は博士のグラスにワインを注ぎながら、へんな理屈を述べた。

「ケニアですか。そんな遠い山に登っている方と一緒に食事できるとは思っていませんでした。どうして、そんな過酷なことをわざわざ？」

ゆう子が唐突に言った。その言葉に元気づけられて、博士はある氷に閉じこめられたヒョウの話をした。

「『キリマンジャロの雪』っていうヘミングウェイの小説をご存じですか？」

ゆう子は首を横に振った。

「キリマンジャロは高さ約六〇〇〇メートル、雪で覆われているといわれているのですが、そこの西の山頂にひからびて凍り付いたヒョウの屍《しかばね》が横たわっていたのです。そんな高いところでヒョウは何を求めてさまよっていたのか。という始まりから、ある男が晩年に死を迎えるまでを語った小説です。まさに私にとって、その解釈こそ、自分が山に登ることの意味のように思うのです」

「ヒョウは何をしにそんな氷ばかりの高い場所までのぼったのですか？　凍え死ぬと分か

っていて」

ゆう子が興味を引かれてたずねた。

「それは読んだ人の解釈に任せます。言葉でうまく説明できないので。それより、もっとすごいのは、ヘミングウェイの小説にあったヒョウは、キリマンジャロですが、実は去年、ケニア山の頂上で、私は同じようなヒョウの屍を発見したのです。それで、なるほど、とあの小説が私の中で突然リアリティーを持ちはじめたわけです」

「なんですって、ヒョウの屍が本当に存在したのですか！」

みんなは一斉に驚いた声を出した。

「最初は『あんなところに恐竜が！』って一緒にのぼった学生が叫んで指さしたのです。その彼の人差し指がしめす先にあったのです、ヒョウの屍が。殆ど骨と皮だけだったのですが、よく見るとするどい牙《きば》、長いしっぽ、細長い指が観察できた。それは紛れもなくヒョウだと確信したのです。ヒョウ特有の斑紋《はんもん》柄やひげも一部残っていましたしね」

「で、そのヒョウはいったいいつ、どこからやって来たのです？」

工司が身を乗り出して訊いた。なんだかんだ言っても、博士の話は目新しい。こういうエピソードをケニアの山とはほど遠い祇園の飲み屋で話して女の子に受けようという算段なのだろう。

「一片の骨と一センチ四方の皮の断片を採取して日本に持ち帰りました。大学の年代測定資料センターに持ち込んで、放射性炭素年代測定をしてもらったのです」

「放射性……、それなんでんねん？」

「生物の遺骨の中には炭素14というのが微量に含まれているのです。それが年月を経て少しずつ減っていくので、その崩壊率から逆算して、その生物が生存していた年代を推定する方法です」

「へーえ、そんな測定方法があるんだあ。科学もすてたものじゃないのね。ちょっと見直そうかしら」

科学が人間をダメにするのだと常々から言っていたはずのステファニーが感心したように言った。

「それでそのヒョウはいったいいつ頃、山を駆け上ったと推定されるのですか？」

ゆう子が訊いた。そこで、みんなは息を潜めて博士の話に聞き入った。

「今から約九百年から千年前のものと判明しました。つまり日本で言うと平安時代末期のものだと」

「つまり、そんな昔のものの皮の斑紋やひげが残っていたということですか？」

「ええ。そのヒョウは、ケニア山の氷の中に閉じこめられていたのです。九百年間もの歳月、一度も氷から露出しなかったことを意味しますね」

「まさに、完全冷凍保存というわけれすか、先生」

酩酊《めいてい》状態の工司は、殆どろれつがまわっていない。

「でも、いったいどうして？　どうしてわざわざそんなところに。餌《えさ》があるわけでもないでしょう？」

「もしかして死に場所を探してそこまで登ったとか？」

自分の死期を知ったヒョウは、なるべく高い場所での死を望んで山をゆっくりと上っていった。そんなことを芳雄は想像した。

「高いところの方が神に近いから、死ぬ間際に神に召されたいと動物の本能で感じたから、とかかなあ」

さきほどからゆう子の顔ばかり見つめていた和夫が芳雄の考えを補足するようにぼそりとそう言った。芳雄は、彼のゆう子に注がれる視線が、なんとなく気になった。

「でも、いくらヒョウでも、寒い氷の上を空腹をかかえて何千メートルも登ること、できるのかしら」

「実は、日本でいえば奈良時代から鎌倉時代までの八から十三世紀頃なんですが、世界的に、今よりずっと気温が高かったことで知られているのです。おそらく、その時代に氷河の上を歩いていたヒョウはクレバスにはまり、氷の中に閉じこめられてしまったのでしょう」

そしてつい最近、博士が発見するまで、氷の中で眠っていたのだ。

「そのヒョウは、もし生きていたら、今と全く同じ種類なのですか？」

「さあ、それはどうかわかりません。千年という歳月ではたして生物は進化するものなのか……。平安時代の人間と今の人間を比べてみれば比較対照になるかもしれませんね。私は千年やそこらでは人間は進化しないと思いますよ。遺伝子レベルでの変異が起こって、別の種に進化するのには、百万年はかかる、という説もありますから」

「百万年！　途方もない年月じゃないですか！」

ステファニーが素《す》っ頓狂《とんきょう》な声をあげた。

「ええ、その千分の一の時間では、全く進化しないと言い切れるでしょうね」

「でも、体型とか、今と全然違いません？」

「それは、食生活とか生活環境によるものでしょう。遺伝子レベルで進化するにはもっと時間がかかるということです。たとえば、平安時代に生まれた赤ん坊を現代にタイムスリップさせて育てれば、私たちと似たような肉体とメンタリティーを持った人間になるでしょう」

「そうかな。肉体に関してはどうかしら。当時の美男美女と今とで違ったとしたら、それが子孫に影響する可能性はあるでしょう?」

「そうですね。たとえば、ステフみたいに彫りの深いハーフは、現代人には理想の美人ですけど、平安時代は違う。瓜実顔《うりざねがお》の一重まぶたの人が美しいとされ、好まれた。すると、当然、そういう容姿の子孫が多くなるのかもしれません」

食事がすんでからも、しばらく進化の話が続いた。博士は、ミトコンドリアDNAの話をしはじめた。ミトコンドリアは、母親から子へ受け継がれることはあっても父親から子へは受け継がれない。その理論に基づいて人類の母系祖先をたどっていくと、現生人類共通の一人の女系祖先に行き着くというのだ。場所的には、アフリカ。時間的には、その人類の仮想上のイブは、約二十万年前に存在すると結論づけられたのだという。

「つまり、人類の最も近い共通女系祖先はアフリカ人なんですか?」

「そうです。通称ミトコンドリア・イブと呼ばれているのです」

「なるほど、人類の起源はアフリカにある、というのはそういう意味なのですか」

ゆう子は感心したようにそういうと深いため息をついた。

すっかり酔っぱらった工司が突然退席すると、みなも立ち上がり、ソファに移動してテレビを見る者、風呂に行くものなどに分かれた。

「ここにいたら、アフリカの話は聞けるし、スイス料理は食べられるし、なかなか面白いやろう?」

ぼんやりと考えにふけっているゆう子に芳雄は声をかけた。ソファに移動して新聞を読み始めた博士に注がれるゆう子の瞳に好奇の色が光っている。氷の中のヒョウや人類の起源の話がよほど気に入ったらしい。

こうやって、みんなと殆ど毎日一緒に食事をしていれば、それなりの安心した関係が築かれるものだ。こういうことは、誰でもができることではない。多恵の存在あってのことなのだと芳雄は信じていた。多恵の懐の深さと美味しい料理によって、和が保たれるのだ。

片親の上に一人っ子だった芳雄は、家にいて楽しかったという記憶がない。学校へ行ったら行ったで、級友と気持ちが通じ合わなくて、寂しさのあまり、暴言を吐いたり乱暴したり。嫌われるとわかっていても、どう関わっていいのかわからず、自分の気持ちが抑制できなかった。無視されるより嫌われていたかったのかもしれない。

周りと協調することを訓練してこなかったため、就職しても、一人浮いてしまい敬遠され、職場でも孤独になった。

多恵に拾ってもらわなかったら、今頃一人で寂しく出来合いのおかずを食べているだろう。

ここへ来て、人と人との絆《きずな》は、特に理解し合わなくても、同じ空間を分かち合い、同じ食事をすることの繰り返しによって生まれるものなのだということを学んだ。

そして、何より嬉しいのは、今日からその一員としてゆう子がいることだ。

＊

夕食の後かたづけが終わってから、多恵は、自室に籠もり、編み物をした。イギリス製のアルパカの毛糸で、岩沢芳雄と田村和夫にセーターを編んでやっているのだが、なかなかうまくいかなかった。芳雄には、モスグリーン、和夫にはからし色の毛糸を買ってきたのは、去年の秋頃だった。編み始めてみて、サイズが小さすぎるのに気づいた。ほどいてもう一度編み直しているうちに、今年の冬に間に合わなくなってしまった。

やっと、袖の部分に取りかかり始めた。色の白い和夫にはからし色がよく似合う。多恵は和夫の母親と同じ病院につとめていたことがあるので、当直の時など、よく家に預かったから、小さい頃からよく知っている。和夫は、子どもの頃、体が小さくて気の優しい泣き虫だった。学校では、いじめられっ子で、それが彼の母親をやきもきさせていたのだ。

それがこんなふうに多恵より太くて長い立派な腕に成長したのかと思うと、なんだか嬉しくなった。

指先で編み棒を動かしているうちに、ふと、入居してきたばかりのゆう子のことを考えた。

ここの住人に加わってもいいと承諾したものの、彼女の顔には、こちらの想像もつかない痛みが刻み込まれている。昔のあのゆう子とは違う。多恵の知っていた高校生の頃のゆう子は都会慣れしていない純朴な娘だった。

服装は地味で静かだが、なにかの情念にとりつかれている目をしているのも気になった。他の者を観察する目にも油断ならない執拗《しつよう》さがある。なにかを警戒して、怯えているようでもあった。よほど苦労をしたのだろう。

それに、もう一つ気になることがある。

これは、多恵の職業的勘によるものだが、もしかしたら彼女の体は……いやほぼ確実にそうなのではないか、と思わせるふしがあった。だから、ゆう子はここへ来たのではないか。最初からそれを狙って……と止めどもない疑惑が多恵の心を不安にさせた。

ノックの音が聞こえた。

「お母さん」

美奈子が入ってきた。美奈子が多恵の部屋に来るのは、何か頼み事があるからだ。最近、青年実業家と称する男とつきあっているらしい。

「あの人、芳雄の高校時代の同級生やっていうけど、なんだか落ち着きがなくて神経質そうな人やね。ちゃんとしたらえらいべっぴんさんになるんと違うやろうか。大丈夫？」

「昔から知ってる子や。部屋が空いてるから住んでくれる人がいたら大歓迎。それに女性なんやからなにも心配することない」

「芳雄の彼女かもしれへんな」

「幼なじみってとこや」

「少なくとも惚《ほ》れてるって、芳雄の顔に書いてあるわ。まるわかりやないの」

「そうかな、でも、そんな関係と違うやろ」

「そうやね。あっちはものが良すぎるしな。利用されてるだけや、芳雄は。あの人の西岡博士に注がれる目ときたら。そっちの方に気があるようやったで」

「なに下世話なこと言うてるの。ヒョウの話に聞き入ってただけや」

「ムキになって言うとこ見たら、お母さんも同じこと気にしてるんやな」

「よけいな憶測しなさんな。ゆう子さんは、ただ単に、話に興味示してただけや」

そう言いながら、多恵は、美奈子が言うとおり自分がムキになっていることに気づいた。

「だったらええけど、芳雄みたいな世間知らずが失恋したら怖いことになるで。思い詰めて殺人でも犯しかねへん」

「アホなこと言いなさんな。なんで、あんたは芳雄のことになるとそんなにいけずになるの」

「言うだけの方がまし。お母さんみたいに行動に出る人より」

美奈子はポケットからタバコを出して、ソヴァージュの髪をかき分けてから火をつけた。立ち上る煙を見ながら、多恵はため息をついた。また、その話だった。美奈子は決して許してくれるつもりはないらしい。多恵が芳雄の父親と不倫関係になったことを。いや、実際にはそうはなっていないのだが、いくら否定しても聞く耳を持たない。いまだにそのことを根に持っているのだ。自分が離婚したことや、男運の悪さなど、人生の失敗のすべての原因が母親にあるかのような言いぐさで多恵を責めてくる。もう三十にもなる娘にいまだにそのことで恨み辛《つら》みを言われるのはともかく、娘が思春期から成長が止まってしまったように見えるのが情けなかった。

結局、芳雄のことで夫と離婚することになってしまったのだから、多恵に責任がないとはいえない。だが、多恵は後悔していなかった。

あの頃、多恵は多恵なりに、夫といることに行き詰まりを感じていた。サラリーマンとしてばりばり働いていた夫は、そこそこの稼ぎもあったし、課長、部長と昇進もした。だからといって家庭をないがしろにすることもなかった。マイホームを京都市内に構えることができたし、日曜日には、必ず、遊園地に子どもたちと出かけた。帰りに行きつけの洋食屋により、四人で食事をした。おきまりのパターンだった。いつも一方的に夫が決め、多恵の意見に耳を貸してくれたことなど一度もない。そもそも女子どもに、意見があるなど考えもしない夫だった。それで、当然、みんなは幸せなのだと信じ、自分が家族に与えているものについて、一点の疑いもなく誇れる人だった。

夫にとっての青写真とは、外側から見て、自分たちが幸せに写っている様子だった。世間から見て絵に描いたような幸せな家庭、そう見えることが一番重要でそれ以外の、たとえば多恵の気持ちなどは二の次だったのだ。

そういう生活に幸せを見いだせなかった多恵の性格にも欠陥があったのだろう。強《し》いて言えば、夫の安直な青写真に身をゆだねることができなかったのだ。

三十代後半から夫の反対を押し切って、看護師の仕事に復帰した。近所の産科病院だった。そこで芳雄の出産に立ち会ったのが縁だった。逆子なのに、陣痛が始まっても担当医師と連絡が付かず、生まれるぎりぎりになって急遽《きゅうきょ》、帝王切開に切り替えることになった。

もともと心臓の弱い母胎に大きなダメージがかかり、芳雄を出産して数日後に母親は亡くなった。医師が分娩室《ぶんべんしつ》に現れるのが遅かったのがいけなかったのだが、そのことは芳雄の父親に知らされることはなかった。

　自分の責任でないとはいえ、後味の悪い思いをした多恵は、すぐ近所に住む親子がどうしているのか気になった。芳雄は幸い母親には似ず、元気な子どもだったが、元気すぎて子育てに手を焼く父親の姿を見かけて、いたたまれなくなり、あれこれ世話をするようになった。芳雄の父親とも親しくなったが、それは友人以上の関係に発展することはなかった。だが、芳雄たち親子と三人でいると、まるで本当の家族のような気分になることもあった。それくらい三人は自然にうち解けていたし、幸せそうに見えたのだ。実際、多恵は三人で過ごしている方が夫の作った青写真の中に収まっているよりのびのびできた。今から思えば不用意なことだった。このことが近所の噂になり、噂は、歪曲《わいきょく》に歪曲を重ね、若い男の体を求めるみだらな妻、という卑猥《ひわい》なニュアンスで夫の耳に入ってきた。多恵になんの確認もせず、夫は、その噂を鵜呑《うの》みにした。もっとも確認する必要がなかったのかもしれない。多恵が無実だとしても、結局のところ、夫にとっての青写真は崩れてしまったのだ。妻を寝取られた滑稽《こっけい》な夫、そんな目で近所から見られることなど、プライドの高い夫にはとうてい我慢できなかった。

「これまでおまえら家族に自分がしてきたことの報いがこれなのか！」と夫は多恵を罵倒《ばとう》

した。

仕事熱心な夫は離婚によって社会的信用を失うことを恐れ、それからしばらく家庭内別居のような生活が続いた。そして、工司が大学生、美奈子が高校二年生の時、再婚相手を見つけて、多恵と離婚した。思春期の多感な時期に父親を失い、美奈子はひどく傷つき、大学受験も志望校へは行けなかった。

時がたてば分かってくれるだろうと高をくくっていた。美奈子が結婚して幸せになってくれた時は、肩の荷が下りた。しかし、それもつかの間、一年で離婚して母親のところへ戻ってきた。

「あんたが、お母さんを憎むのは仕方のないことや。でも、芳雄のことは言い過ぎや。あの子は苦労してるんよ。可哀想やと思わへんのか?」

「芳雄、芳雄って。お母さんを可哀想な人が好きな優しい人やね。実は可哀想な人が好きなんとちごて、人に優しくしている自分が好き、なんとちがう?」

こういう時の美奈子の目つきときたら、親の多恵でも目をそらしたくなるほど意地が悪い。人を愛するというのは自己愛の延長線上にある。もちろんそんなことは多恵にも分かっていた。しかし、そんなふうに自分を戒めても切りのないことではないか。

「あんたはそんなふうにしかお母さんのこと、見てくれへんのか?」

「そらそうやんか。でなかったら、私らほんまの家族を放ったらかして、よその家の面倒なんかみいひんやろう。私らは、お母さんの目にはちっとも可哀想と映らんかったんやな」

美奈子はうっぷんを晴らすように、口からふーっと煙を吹き出した。それから、多恵の編んでいるセーターを見て言った。

「それ、芳雄にか？」

「芳雄と和夫にや」

「そうそう和夫にも面倒見のええことや。私とか兄ちゃんにセーターなんか編んでくれたことあらへんのに」

「あの子は寒がりでよう風邪ひくさかいにそれで編んでやるようになったんや。だいたい、あんたらちっとも欲しがらへんかったくせに。ださい、言うて着てくれへんやないの」

「私にはごわごわしたださいのしか編んでくれへんかったんや」

まるで小さな子どもと話しているみたいだ。もうこれ以上こんな痛い会話には耐えられない。部屋を出て、明日の下ごしらえのためにキッチンへ行こうと階段を下りたら、美奈子が追いかけてきた。

「まあ、そんなことはええわ。それより話があるんよ」

「なに？」

またこのパターンだ。美奈子は、母親をひとしきりなじった後、決まって、何か頼み事をしてくるのだ。

「彼が土地の売買に少し融資してくれへんかって。倍にして返すからっていうてるんよ」

案の定、急に甘えた声になった。

「あんたまで、工司みたいに……。お母さんは、そういう投資は嫌いやって」

「倍になるんよ。今、土地買わへんなんてアホやわ。友達なんか二千万円で買ったマンションを六千万で売ったんよ。それで借金して今度は一億円の家こうたん。いま、評価額は一億二千万。将来の目標、五十億円やって。それだけあったら、なにもこんなとこで働いてんかて、遊んで暮らせるやんか」

「お母さんは遊んで暮らすためにここをやってるんとちがうの」

近ごろの美奈子と工司は金儲けの話ばかりだった。バブル景気、こんなことがいつまでも続くとは思えない。自分がペンションと喫茶で働いて稼げるお金の額を考えたら、労働して稼げるお金と、なにもしないで株や土地売買だけで稼げるお金にはあまりの差がある。その分の労働はいったいどこへ消えてしまったというのだ。錬金術でもあるまいし、無いものからあるものは生まれない。どこかの誰かがそのツケを払っているのではないだろうか。それとも、そのツケはいずれ自分のところが払わなくてはならなくなるのではないか。

二人がそういう寝て稼げるお金によって、地べたに足が着かない状態になっていること に多恵は漠然とした不安を感じた。

こんな考えは古いのかもしれないが、戦後、預金が封鎖され紙切れになったことを経験した多恵は、根本的に、社会の仕組み、経済というものが信用できない。

安易にもうけられるお金は人を真っ当な道から脱線させ、後戻りできなくしてしまう。

「なんで、そんなに頑固なん？　話にならへんわ！」

美奈子は金切り声をあげた。

「だったら話しせんといて。そんなお金の話はききとうない。それより、あなたなんや丸うなったな？　中年太り？」

そういえば、美奈子はもう三十三だ。多恵はまじまじと美奈子の体に視線を送り、はっとなった。

「まさか、その実業家との間に……あなたまで？」

「あなたまでってどういう意味？　彼と私はいずれ結婚するのよ。もう少しお金をもうけてからね」

そういうとさっさと自室へ帰っていった。

美奈子の背中を見送りながら、やれやれとため息をついた。

居間のソファに座り、今日の新聞を手に取った。

ファミコン・ソフト　ドラゴンクエストⅢが発売され、東京都内の中高生一万人が行列したというニュースが報じられている。

世の中も変わったものだ。昔はみんな外で遊ぶか、雨の日だったらせいぜい友達とトランプゲームをするくらいだった。工司だって美奈子だってどろんこになって日が暮れるまで遊んでいた。

ところが、今は、ゲームさえあれば、部屋の中で一人で何時間でも時間をつぶせる時代になったのだ。和夫にしてもそうだ。

せめて、このペンションで食事する時間だけでも、人との絆を深めるひとときであって欲しいものだ。

ため息をつき、新聞を折りたたんだ。

＊

ゆう子は部屋で一人になると、日記帳に、芳雄からさきほど聞いたここの住民の名前と、年齢、職業、それに自分が感じたことを書き記した。

英堂多恵（五十五歳）
ペンション・エイドウの経営者。芳雄の古い知人。ゆう子も昔何度か会ったことがある。彼の母親代わりといってもいい存在。人のプライバシーに関与しないが面倒見のいい性格なので信用できる。

英堂工司（三十五歳）
多恵の長男。証券マン。金と女遊びに浮かれた独身。今時のごく普通のサラリーマン。先行きになんの不安も感じない楽観的な性格を装っているが、実は、繊細。マザコンの気配がする。

英堂美奈子（三十三歳）
エイドウで母親の手伝いをしている。離婚歴あり。芳雄いわく、土地転がしで稼いでいる派手な恋人がいる。工司同様、金に浮かれて堕落している気配。性格はどこか屈折しているようだ。

西岡洋介（二十七歳）
山越大学の非常勤講師。予備校で地理を教えるかたわら、アフリカなどの山を登って高山植物の研究をしている。このバブル景気に、お金に興味を持たない、ロマンを追求する純粋なタイプ。

ステファニー鈴木《すずき》（二十五歳）

スイス人の母親と日本人の父親とのハーフ。彫りが深くて綺麗な顔をしているが、神経質そう。和紙でランプを作っている芸術家。

田村和夫（二十歳）

山越大学文学部の学生。オカルト映画とゲームマニアのオタク人間。根暗な感じだが、実際にどんな性格なのかよく分からない。多恵が働いていた病院の後輩の息子。その後輩は、仕事柄夜勤が多いため、息子の面倒が充分に見られない。食生活の管理も含めて、多恵のところへ預けたらしい。時々、英堂工司と将棋をさしたり、交流があるようだ。

この中に自分を追う者が隠れていないだろうか？

とりあえず、多恵の家族はなんの関係もないだろう。だが、西岡洋介、ステファニー、田村和夫についてはまだまだ警戒するべきかもしれない。

そんなことをあれこれ考えているうちに、ゆう子は、自分が過剰に疑心暗鬼になっている気がした。自分がここへ来ることなど誰が予測できるだろう。

だが、「Mの会」のリーダー、尾汰剛《おだつよし》の取り巻きの幹部連中が政治的にも力を持ち始めてきたことは警戒するべきことだ。

尾汰剛に出会ったのは五年前だった。まだ、ゆう子が女優だった頃、ヒロインを演じた「淡水の妖精」の制作プロデューサーの田口《たぐち》に誘われ、著名人の集まるパーティーへ行った時のことだ。

当時ゆう子は、芸能界の人間関係に疲れ果てていたので、業界人の集まる場所へ行くのは気が進まなかったが、スポンサーが主催しているパーティーということもあり断れなかった。

そこで、紹介されたのが超能力者が組織する「Mの会」のリーダー、尾汰剛だった。当時、田口は超常現象に興味を示していたので、前々から彼と懇意になりたかったらしい。

尾汰は四十前後だったが、角張った輪郭に鋭い目つきの精悍《せいかん》な顔に、少し長めの黒髪が年齢より若い印象を与えていた。顔つきとは対照的に、口調が穏やかで自信に満ちあふれていて、聞き手を引き込む力があった。

人間の脳の奥底には宇宙と繋がる普遍的な記憶が眠っていることや、人は何度も生まれ変わり、前世で乗り越えられなかった人間関係を次世で再びやり直すこと。

尾汰は、そういった生まれ変わり説に端を発し、予知能力などの超能力が実際に存在することを、ごく普通の日常の出来事のように淡々と話し始めた。その落ち着き払った口調が周囲の者を魅了した。

実際、ニューヨーク行きのタイタニック号を予約したある男が、出発の十日前に船が遭難する夢を見た話は有名だという。それ以外にも、飛行機が落ちる幻覚を見て実際にそのとおりになったことが三回もあり命拾いした男の話、劇場の火事の夢を見て回避し子どもたちを救った学校の先生の話など、さまざまな例を出して、予知能力というのが本当に存在することを力説した。

ゆう子は自分にもそうした能力があるのではないか、と悩んでいたので、尾汰と二人きりになった時にふと打ち明けてみた。子どもの頃のさまざまな苦い体験を話すと、尾汰は彼女に並々ならない興味を示した。

それから数日後、ゆう子は、尾汰から手紙を受け取った。それは彼の研究所への招待状だった。

ゆう子はまよった末に、彼の研究室に赴くことにした。

そこで、いろいろなテストをした。たとえば、遠感実験といって、遠方にいる他人の体感が感覚器官を通さずに伝達される実験を繰り返し繰り返し試された。

あるイメージ画を尾汰が送り、別室でゆう子が受け手となってそのイメージを受け、絵に描いて再現する。統計学的にデータを割り出し、尾汰が送り手となった場合、ゆう子には、三十%近い確率でイメージを再現できることが判明した。そこまで高い確率で再現できた者は今までいなかった、と尾汰は興奮した。

二人の距離が離れれば離れるほど確率が下がること、また、他の者とやった場合は、あまりいい結果が出ないこと、など、あらゆるデータを出した。

尾汰とゆう子の仲は急速に深まった。

尾汰は、金庫から、古書のようなものを取りだしてゆう子に見せた。漢字が伝来する以前に存在した日本固有の文字である神代文字による超古代文章を見せた。そこには、ヒヒイロカネの存在が記されているというのだ。

この文章を読み解き、ヒヒイロカネ製の神宝の在処《ありか》をゆう子と一緒に探したいと提案した。

そのオーラを発する石は、比重は金よりも軽量であるが、合金としてのヒヒイロカネは金剛石（ダイヤモンド）よりも硬く、永久不変で絶対にさびない性質をもつ古代に使われていた合金だった。それが我々超能力を持つ少数民族の力を高めるものだというのだ。日本では、昭和十一年に押収され、その後、戦火によって失われたとされているが、その文章の中には、他の存在場所が記されているという。

尾汰と二人で協力して、半年間その文章を解読することに専念したが、結局、見つけることはできなかった。

尾汰は、パワー合金やストーンを使って透視をやると、能力が向上するということをゆう子に説明し、そういった物質を自分は探しているのだと、ヒヒイロカネが見つけられないことがいかにも残念そうな顔をした。

そこでゆう子は、宮津の祖父が亡くなった時に形見分けでもらった緑色の石をつないだネックレスのことを思い出し、それを尾汰に見せることにした。それがいったいなんなのかよく分からなかったが、子どもの頃、祖父に、これは昔、高貴な人が身につけていたネックレスなのだと、押入から出してきて見せてもらったことがある。それは、獣の牙のような形の大粒の石がいくつも連なってできたもので、ゆう子が見たこともないような美しい緑色の光沢を放っていた。

――わあー、きれい！

ゆう子が感激してそう言うと、祖父は首にかけてくれた。

――おまえにようにおうとるわ。おじいちゃんが死んだらこれはゆう子のもんや。

祖父はゆう子の頭に手を当ててにっこりと笑った。生前から母にもそう言ってくれていたらしく、祖父が亡くなった時、結局、ゆう子がもらうことになった。それが、価値のあるものだと誰も思わなかったので、親族間で相続の時にもめることはなかった。

尾汰は、ゆう子が差し出したネックレスに並々ならない関心をよせた。さっそく鑑定に出したところ、それは、古墳時代から伝わる古代の宝石である「翡翠《ひすい》の勾玉《まがたま》」のネックレスであることが分かった。普通の勾玉ではなく、ろうかんと呼ばれる最高級の翡翠でできたものだと鑑定士は興奮して説明した。

これは超能力の女王だけが身につけるものだから、ゆう子が引き継いだのには理由があるのだと、尾汰は解釈した。そんなふうに暗示をかけられてから、ネックレスを首にかけると、不思議なことに、今まで感じなかったのに、首に石の重みを感じた。そして、次の瞬間、自分が古代の世界に引きずり込まれてしまいそうな感覚に襲われ、その底知れないパワーに戦慄《せんりつ》した。

それはまだ自分には相応《ふさわ》しくない、もっと超能力を磨く必要があると言って、ネックレスをはずした。尾汰はすかさず「これは会の秘宝にしよう」と言い会の金庫の中にしまった。その時は、ゆう子もそれが会の役に立ってくれることが嬉しかったから尾汰のすることを黙って受け入れた。

尾汰は、このネックレスは古代の超能力者だけが身につけたとされ、卑弥呼《ひみこ》が神と交信する時に使っていたものだ、と言いだし、会報にのせてそのことを大々的に宣伝した。

二人は人類がこの地球で生き残るための使命について語り合った。人間は、何千年たっても同じことを繰り返す愚かな生き物で、金と権力欲のために他民族を支配し、無意味な殺し合いを繰り返してきた。時代を経て、先端技術が発達し、奪い合いの形こそ変わったものの、本質的には何も変わっていない。相変わらず武器で脅さなくては国力が維持できないし、先進国は途上国を搾取《さくしゅ》して利潤を追求することに歯止めがかからない。

人間の精神構造は全く進歩することがないのに、最新技術だけがどんどん発展していき、いつか歯車の回転する速度に人という生身の生き物がついていけなくなり、引き裂かれて粉みじんになる時が来る。そんなことは明々白々であるにもかかわらず、人間の精神はちっとも成熟しない。

それらのすべての原因は寿命にあるのだと尾汰は考えていた。人間は、どんなに長生きしてもせいぜい百歳まで。新たな命をいくら生み出しても、過去に生きてきた体験や苦悩、反省まで記憶できない。ゼロから始めた人間は、また、同じ欲望に走り、支配と殺戮《さつりく》を繰り返す。だが、技術だけは世代から世代へと引き継がれどんどん進歩していくから、先端技術が人間の精神を追い越し、システムが一人歩きし、果ては暴走し、人類滅亡へと進んでいく。

人類がそうした破滅に向かわないためには、DNAだけではなく、過去に生きた人間の記憶をすべて後世に伝達できる新しい人類でなくてはならない。そういう子孫を生み出さなくては、人類は近い将来滅びることになると尾汰は考えていた。

我々のような特殊な能力を持った者が集まり新しい人類を増やさなくてはならないのだと。ただ、残念なことに自分たちのような超能力を備えた人間はごく少数派になってしまった。その原因としてあげられるのが、過去に魔女狩りなどの名目でそういう能力を持つものが忌《い》み嫌われ、殆ど虐殺されてしまったこと、また、そういう能力を持っていても、前世で迫害された記憶が脳の奥底に残っていて、目覚めさせることができないでいる者がいる、というのが彼の説だった。

尾汰の話はゆう子のいままでつもりつもった苦悩の塊を一瞬にして解凍してくれた。初めて聞いた時は嬉しさのあまり涙が止まらなかったほどだ。

「Mの会」に来てから、ゆう子は自分の使命の重大さを改めて認識した。カメラの前で、演技していた頃の自分は、なんとくだらないことにエネルギーを費やしていたのかと、女優だった頃の自分が遠く小さい存在に思え出した。

彼とは何時間話しても、話し足りないほどだった。そうして、会の他のメンバーの目もはばからずに彼との関係は深まった。二人の間に子どもまで誕生した。非常に聡明《そうめい》で、敏感な子だった。尾汰は自分の後継者として相応しいと考えた。貴石のパワーに思い入れのある彼は、石貫《いしたか》と名付けた。尾汰には妻子があったが、もっとも寵愛《ちょうあい》されているゆう子が会では押しも押されもせぬ存在となった。

しかし、二人の関係が良好だったのはそれからほんの三年足らずだった。

「Mの会」は最初は小さな超能力者の集まりだったのだが、ある時から会員の数が急激に増え始めた。会がマスコミに取り上げられ、知名度が上がり始めたころ、ゆう子は、熱狂的な会員の形相《ぎょうそう》に不穏な空気を感じ始めた。また、神のように崇拝されるようになった尾汰は、最初に彼が話していた「人類を救う」という大きな目的より、組織の運営や拡大に力を注ぐようになった。彼がヤクザや政治家とのコネクションに色気を出し始めるに至って、ゆう子と口論が絶えなくなった。

権力を持つことで他者を支配しようとするのは、まさに、尾汰が批判していた未熟な人間のすることではないのか、とゆう子がなじると、「誰に向かってそんな口をきくのだ!」と彼は激高した。

要するに自分は確かな判断のできる人間なのだから、その自分に力があれば人類を救うことができる。そして、何事にも順序があり、まず、多くの人を動かすには力が必要なのだ。目的を達成するためには、当然のことなのだと彼は豪語した。

それを聞いた瞬間、ゆう子には尾汰は遠い存在となった。

結局、彼の取り巻きはすでに腐敗していたし、彼もその取り巻きによって骨抜きにされていたのだ。最初は目新しく、聞こえ心地のよかった会の目的である人類救世という言葉も、ゆう子には、ドラマで使い古された陳腐な台詞《せりふ》と変わらなくなった。何より失望したのは、あれほどゆう子の尊敬していた尾汰が、純粋な理想に燃えていた彼が、あまりにもあっけなく権力に溺《おぼ》れてしまったことだった。

ある理由から、ゆう子はなにがなんでも会から逃亡しなくてはならない状況になった。

その頃、唯一信頼できるのは、尾汰の最初からの弟子の大村《おおむら》だけだった。彼に息子のことを見守り、時々連絡してくれるようにと頼んでおいた。だが、彼と通じている者の中にも裏切り者がいるかもしれないのでこちらの居所は教えないような方法をとることにした。

一人きりで暫くホテルに潜伏して、息子を思い、涙に明け暮れた。

——石貴、石貴、私の息子、大切な子

そう、なんども呼び、己の運命の残酷を呪《のろ》った。

一ヶ月ほど日本の各地を転々としていたが、お金は殆ど底をつき、一人ではどうにもならなくなった。

残りのお金で京都にたどり着いて、ふと頭に浮かんだのが、岩沢芳雄だった。高校時代、ゆう子の唯一《ゆいいつ》の話し相手だった彼のことは片時も忘れたことがなかった。一見不良っぽく、悪ぶった口の利き方をするが、ゆう子の秘密を守り通してくれた。誠実で信用できる人間だ。

半年ほど、隠れてゆっくりできる場所が自分には必要だった。今のゆう子が頼れるのは彼だけだ。彼がどこにいるかを調べたところ、都合のいいことに英堂多恵と一緒にいた。彼女はどんな人間にでも、相手が困っていれば、事情を説明しなくても手をさしのべてくれる性格だということをゆう子は見抜いていた。そして、人に秘密をもらしたりは決してしない人物であることも。

立地的にもここ、広沢の池近辺は都合がよかった。というのは、ここは時代劇の撮影場所としてよく使われるからだ。元女優だったゆう子が、本来だったら、もっとも避ける場所だ。映画界から去り、「Mの会」に潜伏している間中、マスコミに自分の居所をかぎつけられることをゆう子が恐れていたことは尾汰もよく知っている。だから、まさか、こんなところに隠れているとは想像もしないだろう。そんな計算が働き、あえて選んだ盲点ともいえる場所だった。

秋までここに身を隠しているしかない。

それから……。それからが問題だった。なんとか息子を会から取り戻さなくてはいけない。大村とうまく連絡を取り合って、何かいい解決法を見つける必要がある。

ゆう子は、さきほどリビングで見つけた、十日分ほどの都新聞にくまなく目を通した。

その中で探していた二行ほどの文を見つけると、机の引き出しから緑の革表紙の日記帳を取りだした。これは自分にもしものことがあった時、なんらかの手がかりを残すために大村から渡されたものだった。

新聞の記事の日付を日記につける。

1988年2月2日（火）都新聞　都らんどのコーナー。伝言板
日記を鍵のかかる引き出しの奥にしまうと、ゆう子は新聞の文字をしばらくさすっていたが、突然涙が止まらなくなった。

泣きながら、その文字を赤丸でしっかりと囲った。今はこうやって、新聞の文字を通してあの子の無事を確認するしかなかった。

第五章　消えた乳児

――二〇〇八年――


一ヶ月後、私は市内のワンルームマンションを引き払って、ペンション・エイドウに引っ越してきた。

悠斗に案内されたのは、リビングと直結している廊下から三つ目の部屋だった。ここは、昔、叔母のゆう子がすんでいたという。

「ここが、おばあちゃんの部屋」

悠斗が南隣の部屋を指さして言った。つまり、英堂多恵の部屋がすぐ隣なのだ。

「まあ、叔母の隣にいらしたの？」

「いや、昔は二階の部屋やったけど、足を悪くしてから、一階にいる」

「足を？」

「今は車いすなんや。後から紹介するわ」

一番北側の突き当たりにもう一つ部屋がある。それを見たとたん、私は、ここへ自分は来たことがあり、あのドアを開けて中へ入ったことがあると確信した。その映像が今、私の脳をよぎったのだ。

「ここには誰が、誰が住んでいるの？」

私は、ドアを指さした。

「そこは物置」

その物置は、北側全部を占めていた。

「ずいぶん、大きな物置なのね」

「何が入っているのか知らんけど」

「入ったことないの？」

「ないね。鍵はおばあちゃんが管理してるみたいやけど、開かずの間ってとこやな」

私はあの中に入ったことがある。ずっと昔に。しかし、何があったのかは思い出せない。それは、とても肝心なことのような気がして、へんに胸騒ぎがした。

「はい、これが君の部屋の鍵、全部で二つあるからなくさんようにな」

そう言うと、悠斗はポケットから鍵を取り出して鍵穴に一つを差し込み、もう一つを私の手に渡してくれた。

私は渡された鍵をカバンにしまうと、緊張しながら悠斗の後ろに続いて、開かれたドアから中をのぞいた。

部屋は家具付きで、シングルベッドと机と椅子、それに本棚が置いてあった。

「ほんなら、後から他の人たちも紹介するし」

そう言うと、悠斗は私に鍵穴に差し込んだ鍵を渡して、行ってしまった。

宅配便で送った四つの段ボール箱がすでに部屋の中においてあった。それに自分で持ってきたスーツケース一つ。

とりあえず持ってきた荷物を片づけることにした。

ロッカーの半分に画材道具一式を置き、残りの半分に、数少ない洋服をぶら下げた。

ゆう子はこのロッカーにいったい何を置いていたのだろう。

一通り片づけ終わった頃にタイミング良くノックの音がきこえた。

ドアを開けると悠斗が立っていた。

「今、時間ある？」

「ええ、ちょうど整理が終わったの」

「おばあちゃんに紹介するから来て」

私たちは、部屋を出た。悠斗はすぐ隣の英堂多恵の部屋を軽くノックして、ドアを開けて入っていった。私は悠斗の後に続いた。

後ろで髪を束ねた白髪の女性が車いすに座ってぼんやり窓の外を見ていたが、私たちの気配に振り返った。はじめまして、と私は挨拶した。

「まあまあ、ようきてくれはりました。えーと、芳雄の友達やね、なんて言いはったかしら？　ゆう子さん、そうゆう子さんやね」

いきなり叔母の名前で呼ばれた私は、返事に困っていると、悠斗が助け船を出してくれた。

「おばあちゃん、彼女はさくらさんって言うんや。ゆう子さんと違う。ゆう子さんの姪のさくらさん」

「さくらさん？　そうそう、そうやった。ごめんなさい。さくらさんようきてくれはりました。ゆう子さんにこんな姪御さんがいはったやなんてちっとも知らんかったわ。あなたには話したいことがぎょうさんあるのよ」

彼女は急に思い出したようにそう応じてくれたが、充分もしないうちに私の名前を忘れ、また、ゆう子さんと呼んだ。

部屋を出てから、「私のこと本当に承諾してもらっているの？」と不安になって、悠斗に訊いた。

「ああ見えても人間を見る目はあるんや。こんなに穏やかに挨拶してくれたん珍しいよ」

「ぎょうさん話したいことがあるって言ってたけど……」

あまり期待はできない、悠斗には悪いが、内心そう思った。私の気持ちを察したのか悠斗が言った。

「ゆう子さんの姪やって言うたら、その人には是非来てもらって欲しい、いろいろ話したいことがあるさかいにって、そうはっきり言うてた。昔のことになると記憶はしっかりしてるんや。最近のことはあんな調子やけど」

「そうなの」

悠斗は多恵のことを話す時、声の調子が弾んでいる。会話がちぐはぐなことはあっても、二人の絆が深いことは理解できた。

天橋立の旅館の一室で一人ぼんやり過ごしている祖母の姿が頭に浮かび、罪悪感に胸が締め付けられた。

ここへ引っ越しする前、旅館の天井裏に残しておいた絵のことを思い出した。先週、久しぶりに天橋立へ帰った時のことだ。体が不自由になった祖母は以前のようにてきぱきと旅館の仕事を仕切ることができなくなり、一人で部屋に引きこもっていた。

あの気丈な祖母が、私の手を握りながら、病院にいた時みたいにそばにいて欲しい、と涙を流して頼むのだ。私がこの旅館にこのまま居続けても、みんなの足手まといになるだけだといくら言っても、祖母は自分のそばにいてくれるだけでいいからと、私の手を離してくれなかった。

なんと励ましていいのか途方にくれた末、私は叔母のことを打ち明けた。

「私、叔母のゆう子さんが最後に過ごしたペンションに住むことにしたの。そこの人たちに話を聞こうと思って」

祖母はしばらく私の顔を見つめていたが、精気を失っていた瞳に輝きが戻った。

時々電話して欲しい、何か分かったら報告してくれ、と繰り返し言われ、後ろ髪を引かれる思いで天橋立を発ったのだ。

悠斗に続いて、先ほど玄関から入ってきた時に通り過ぎたリビングに入った。隅っこのソファに、私くらいかそれより少し上の年齢の男女がのんびりトランプをやっていた。

山越大学の研究室にいる倉聞亮太《くらぶんりょうた》と、某女子大学の学生で、喫茶を手伝っている堀井《ほりい》南都子《なつこ》だと、悠斗に紹介された。それから「藤野木さくらさん」と私の名前を二人に告げた。

そのとたん、倉聞亮太は一瞬いぶかったような目で、私の顔を見た。悠斗のようなほっそりした日本的な顔ではなく、目が大きくて、角張った精悍な顔、肩幅があり体格もがっちりしている。私はなんと挨拶していいのか分からなくなった。

「何人見知りしてんのや」

「あ、えーと、藤野木さくらさんだね。倉間です。亮太って呼んでよ」

亮太は急に親しみを込めた笑顔で挨拶した。南都子は「南都子です、よろしく!」と快活な声で続けた。小柄で細身だが目がくりくりと大きい。声にも張りがあり、存在感があった。

もしかしたら、彼らは叔母のことを知っていて、藤野木という私の名字に反応したのではないか。それに答えるように、悠斗がタイミングよく言った。

「そういえば亮太は、西岡っていう教授の研究室にいるんやったな。教授は昔ここに住んでいたから、その人に話を聞けば当時のこと、いろいろ分かると思うで」

どういうこと、と問うような表情を亮太は浮かべながら悠斗の方を見た。

「彼女、昔、ここに住んでいた藤野木ゆう子って人の姪なんだ。その人のことが詳しく知りたいんだって」

「なるほど。だから藤野木って名字なのか。どこかで聞いたことがあると思った。でも、自分の叔母さんのことだろう? 本人に聞けばいいじゃないか」

「亡くなったんやって。殺された……らしい。広沢の池で」

そういうと悠斗は渋い表情で二人の顔色をうかがった。亮太の顔はこわばり、南都子はへえっと言ったっきり黙った。

「西岡教授からそんな話、聞かへんかったか？」

悠斗は亮太の方を見て言った。

「そういえば、そんな話、ちらっと聞いたことがあるような気がするな。でも、詳しい話はしてもらってない」

「その教授というのはいったいどんな人なのですか？」

私は亮太に聞いた。

「西岡教授は、アフリカの高山植物の研究で名の知れた人なんだ。僕も一緒にケニアの山を登ったことあるよ。地面に仰向けになって星空を見た時の感動は忘れられない。なんたって、二十分ほどで十五個も流れ星が見られたんだから」

「十五個！　お願いいっぱいした？」

南都子がきいた。

「まあね」

「何頼んだ？　大金持ちになれますように、とか、運命の人と出会えますように、とか？」

「……いいや。それよりもっともっと重要な、ただ一つのことをお願いした」

「何？」

「どうか、早く家に帰らせてください。下山させてください、ってね」

「なによ、それ。あまりにももったいなくない？　せっかくのチャンスなのに。流れ星十五個も拝めることなんて、一生めぐり会えないかもしれないのに」

半分呆れて怒ったような口調で南都子が言った。

「あの時はとにかく下山したかったんだよ。それ以外の頼み事は頭に浮かばなかったんだ」

「情けないの」

「そりゃそうだろう。なんせ、高山病で死ぬかと思ったんだから。究極、人間は命が一番大切だってことが分かっただけでも大きな収穫だったんだよ。山を下りたいって泣いて頼んだけど許してもらえなかった。それで流れ星に頼んだのにやっぱりダメ。願いを叶《かな》えてくれるってのは迷信だね。誰が言ったのか知らないけれど、あれ以来、僕は信じない」

亮太は苦い思い出を嚙《か》みしめるように白状した。

「なんか脱力しちゃうわね。それ、ロマンもへったくれもないじゃないの」

「じゃあ、行ってみなよ。標高五〇〇〇メートル超えるところだよ。登るだけでも大変なのに、高山病で食欲はないわ、頭はがんがんするわ、食べても食べても吐いてしまうわ。すっかり力つきてるのに、『さあ、測量だ！』って気合いいれられてみろよ。そっちの方が脱力するからさ。その声聞いた時、俺、この人は人間じゃない、怪物だ、これ以上関わっちゃいけないって思ったよ」

「で、どうしたの？」

「返事しないでそっぽ向いてたら、また怒られた。結局、死にそうになりながら計測手伝ったんだ。ナツ、おまえだったら、半日持たないよ」

「私は別に高山植物の研究しているわけじゃないもの。大文字山におにぎり持ってピクニックに行くのが楽しくていいわね」

「大文字なんて標高五〇〇メートル切るだろうが。話になんないね、まったく」

南都子がぺろっと舌を出したから、みんな笑った。この二人は、常日頃こんなふうに言いたいことが言い合える、親しい仲のようだ。

初対面の時の亮太の反応に引っかかりは覚えたものの、案外屈託のない人たちだという気がした。過去を蒸し返して気まずい雰囲気にならなかったことに、私はひとまずほっとした。

「若い組は、だいたい僕を入れてこの三人だけや。おばあちゃんと、おふくろは紹介したし……。残るは……」

「酒ぐせの悪いオヤジだけじゃないか」

亮太が皮肉混じりに言った。

「酒ぐせが悪いってだけじゃないわよ。無職なのに、浪費癖が治らないの。しかも女好き」

誰のことか分からないが、相当評判の悪い中年の男性がいるらしい。無職なのにどうして浪費できるのだろうか。そんな私の疑問に答えるように南都子が付け足した。

「ここ二、三年、株でもうけて結構景気がよかったみたいだけど、サブプライムなんとかっていうので、株が急落しちゃったから今はどん底」

「工司おじさんやったら、ゆう子さんのこと知っていると思うよ。今から、話を聞きに行く?」

悠斗が提案した。

「気をつけてね。ここのところやけっぱちになってて、朝から晩まで酒びたり。もう酒臭いのなんのって。一メートル以上近づいたら、こっちまで酔っぱらっちゃうわよ」

「私、旅館の手伝いをしていたので、酒臭い人にはなれているんです」

「へえ、旅館？　そうなの、すごいわね」

南都子に感心されて、私はあわてた。全然使えない人間だったので、あまり偉そうなことは言えない。はあ、まあ、と曖昧に返事した。

「あっ、そういえばもう一人忘れてるんじゃないの」

「そうだ、田村さんがいた」

亮太が思い出したように言った。

「もっと変わったオヤジよ」

南都子が顔をしかめて言った。

「そうそう田村さん。最近、あんまり見かけへんなあ。助かってるけど」

「どうして？」

私がそう尋ねると、亮太と南都子が顔を見合わせて意味ありげにくすくす笑いだし、悠斗が顔を赤らめてなんだか怒っているみたいだ。田村和夫を嫌う、腹立たしい理由が悠斗には何かあるようだ。それがどうやら後の二人にはからかいの材料になっている、ということなのか。

「存在感の薄いおっさんってこと。僕が生まれる前からここにいるから、ゆう子さんって人のことは、知ってると思うよ」

「存在感薄いのに、変わった人なんですか？」

「ここのところ忙しくて、殆ど一緒に食事する機会がないんや」

「その人は何をしている人ですか？」

「昔、ここにいた時は学生やったけど、今は、よう知らん。なんか、ローカル紙の編集をやっているらしい。看護師だった頃のおばあちゃんの友達の息子なんやって」

英堂多恵は元看護師だったのかと私は、そのことを漠然と頭にとめた。

「とりあえず、今、ここにいる人といえば工司オジ。部屋へ行ってみようか？」

いくら慣れているとはいえ、酔っている男の人の部屋に押しかけるのは少し躊躇《ためら》われた。

「いいの、突然行っても？」

「大丈夫。酔っぱらいやから」

私は悠斗と一緒に階段を上って二階の部屋へ行った。

ノックをするが返事がない。

「留守なんじゃない？」

「いや、寝てんのや」

悠斗は何度も激しくドアをたたいた。

かちゃり、とドアが開いて、薄暗い部屋から面長な顔がのぞいた。

「なんや、悠斗か。どうしたんや?」

「おじさんに訊きたいことがあるって人を連れてきたんや。今、いいか?」

「後にしてくれっか。居間で待っててもろてくれや」

「若い女の人だよ」

「それを早う言え。ちょっと待てや」

工司が部屋を片づけている間、私たちはドアの前に立っていた。

「工司伯父さんもずっとここに住んでいるの?」

私は小声で囁いた。

「一度結婚して左京区に豪邸を買ってそこに住んでたけど、バブルが崩壊して、勤めてた証券会社をリストラされて……それからは、家庭もうまくいかんようになって離婚した」

「で、今はここに? 仕事はしていないの」

私は小声でたずねた。

「家に籠もって株やってるみたいやけど……この不況でまた大損して酒びたりになってしもたんや」

そういえば、さっき、南都子からそんな話を聞いたばかりだった。

「気の毒に」

「僕なんかバブルって言われてもなんのことかよう分からへんけど、一度、その頃の景気を味わった人って、その夢から抜け出せへんらしいんや。それでまた株で一発逆転狙って、今はどん底。愚かやな、まったく」

悠斗は、吐き捨てるように言った。自分の身内のことなので、腹立たしいのだろう。

そういえば、私の祖母もバブル期の客の財布のゆるさが記憶に鮮明らしく、あの頃のことをまるで夢物語のように話すことがあった。

私が生まれたのは丁度バブルピークの頃だったが、それから急激に悪くなり、物心ついた時、父の事業はうまくいかなくなっていた。アメリカの伯父が助けてくれなかったら、今でも借金地獄で苦しんでいただろう。

そんなことをぼんやり考えている内に、ドアが開いて、工司が私たちを部屋に招き入れてくれた。

間取りは私の部屋と殆ど同じ。デスクにパソコンが一台置いてあった。本棚には、ビジネスや株に関する本がずらりと並んでいる。

真ん中のローテーブルに、ウィスキーの空瓶とミネラルウォーター、それに溶けた氷の入った角張ったグラスが一つあった。

工司は、棚から自分が使っていたのと同種のグラスを二つ、それに新しいウィスキーのボトルを出してきて、テーブルに置いた。

「僕はいらん」

悠斗がすかさず手を振って言ったので、私も断った。

「なーんや、君ら若い者はつきあいいうのんを知らんのか」

「これからレポートを書かんとあかんのや。飲んでる場合やない」

「そっけないやつやな。若い女性は、少しは飲めた方がええから、まあ、つきあいなはれ」

そう言うと、工司は、グラスにウィスキーを少し注いで、冷蔵庫から氷を取りだしてきて、オンザロックにしたものを私に差し出した。私はしぶしぶグラスを受け取ると、一口飲んでみた。胃がいっきに熱くなった。

「それで、何の話があるんかな？」

「実は……」

そこまで言ってから、何から話したらいいのか迷ってもたもたしていると、悠斗が代わりにてきぱきと順序よく説明してくれた。

藤野木ゆう子の名前を聞いたとたんに、いままでアルコールでゆるんでいた工司の頬《ほお》の筋肉がぴくっと硬直した。

「伯父さん、あの頃のこと覚えてる?」

お構いなしで悠斗が聞いた。

「……藤野木ゆう子ねえ」

暫く沈黙していた工司は、重いものでもはき出すようにやっとのことでそう言った。

「叔母は、どうしてここへ来たのでしょうか?」

「えーと、あれは確かちょうど二十年前のことや、二十年前の二月頃やな。芳雄が連れてきたんや」

やはり、芳雄という人物が叔母をこのペンションに導いたらしい。

「その人はもう亡くなったと聞きましたが」

「藤野木ゆう子が殺されて、それで嘆き悲しんで池に飛び込んで自殺したんや。心底ほれとったんやなあ」

「やっぱり、死因は自殺として片づけられたのですね」

「溺死《できし》ではなかったらしいけど」

「だったら、前もって殺された可能性もあるんとちゃうの?」

悠斗が聞いた。

「いや、心臓マヒやったらしい。死体が発見されたんは、十二月や。島の先端に弁財天を奉《まつ》る石橋がかかってるやろう。その下に沈んどったらしい」

「いつ頃飛び込んだのか、特定できますか？」

「死後二週間以上は経ってたらしい。寒い時に池に飛び込んで心臓マヒ起こした、いうのが警察の見解やった。殴られた形跡とか外傷はなかったときいてるけどな」

「つき落とされた可能性は？」

「それはないとはいえへんけど……あ、そういえばちょっとおかしなことがあったな」

「どんなことですか？」

「服装が寒い季節やのに、ランニングシャツに短パンやったそうや。橋のところにダウンジャケットが置いてあったから、そこまで行ってからジャケットを脱いで飛び込んだことになる」

「ふーん、なんか変だな」

「死にたい人間の心理はようわからんもんや」

それにしても、自殺を覚悟した者がそのような軽装で池に飛び込むだろうか。それでは、まるで泳ぎに行ったみたいではないか。

「寒中水泳でもしようとしたんかな」

私と同じことを考えたのか、悠斗が言った。

「どうかな。体力には自信があったと思うけど、まさか、あの池で寒中水泳なんかせえへんやろう」

その芳雄という人物は暖房の効いた部屋の中で、短パンにランニングシャツという部屋着でいる時、心臓マヒを起こすような出来事に出くわしたのだろうか。そして、彼が死んでいるのを発見した誰かが、彼の死体を池に沈めた。それもへんだ。なぜ池に落とす必要があるのだ?

叔母を殺した犯人が彼の命も狙い、心臓マヒになるような殺し方をした。もし、そんな方法があるとすれば。だが、心臓マヒで片づけられるのだったら、何も池に死体を落とす必要はないはずだ。それにダウンジャケットがどうしてそんなところにあったのだ?

冬の池に泳ぎに行って心臓マヒを起こしたと偽装するためにだろうか。そこまで推理して、どん詰まりになったので、工司の顔を見た。

「叔母は何かに怯えていたと美奈子さんからききましたが?」

「さあ、どうかな。そのへんのことはよう覚えてへんけど……それより、あの女、いや失礼。あんたの叔母さんやったな。あのゆう子さんは、奇妙なことに……」

工司は、グラスのウィスキーを飲み干した。これ以上、まだ、奇妙なことがあるというのか。私はつばを飲み込んでから訊いた。

「奇妙……というのは？」

「あ、いや、知らん方がええかもしれん」

「なんでも教えてください」

「そうだよオジ。途中まで言っておいて黙るのはずるい。気になるやないか」

「あの女、妊娠しとったんや」

「えっ、妊娠！」

私は小さく叫んでいた。悠斗も驚いたのか私の顔を見る。

美奈子が「あんな体になっても、私とは違って……」と言っていたのはそのことだったのだ。つまり当時、美奈子は妊娠していたが、叔母も同じだったということだ。しかし、なぜ、美奈子はその事実を話さなかったのだろう。

「叔母はここへ来たときすでに……それとも」

「すでに妊娠してた。ここに出産目的できよったんとちがうかな。おふくろは助産師やっとったし」

「叔母は産んだんですか？　ここで、赤ん坊を？」

「ああ、まあね……」

「それで、生まれた赤ん坊はどうなったのですか？」

「暫く育てとったけど……」

「叔母が一人で？」

「洗濯やらなんやらはお袋と芳雄が助けとったみたいや。それ以外は一人で育てとったな。まだ、乳飲み子やから、おっぱい与えて沐浴させておしめを交換するだけやったから、一人でもできたんかもしれんけど。それにしても、あの女、何警戒してたんかしらんけど、赤ん坊をしっかりおくるみにくるんで、誰にも触れさせたがらへんかった。だから、僕は顔も見たことない。名前をハルとか呼んでた。2001年宇宙の旅のあの人工知能を備えたハル9000コンピューターに由来してるんとちがうかな。多分男の子やと思うけどな。よう泣く子やったから、泣き声だけは覚えてる」

「出産したのはいつごろですか？」

「あれは確かその年の九月の始め頃かな」

二十年前の二月にここへ来た叔母は九月に子どもを出産した。ざっと計算すると、ここへ来たとき、叔母は妊娠三ヶ月くらいになっていたことになる。

叔母が池の付近で殺されたのは十一月。赤ん坊は生後二ヶ月くらいになっていたのだ。

「叔母が亡くなった後、その子はどうなったんですか？」

「それが……消えてしもたんや」

「ええ、消えた？　それどういうことですか！」

私はあまりの衝撃に叫んでしまった。まるで工司をとがめるような調子で。

「彼女が殺されてから、見かけへんのや。つまり、彼女を殺した犯人が持ち去ったらしい」

「らしい、というのは」

「殺された時、赤ん坊がいなかったから、多分そうやろうと警察が推測したんや」

「もしかしたら赤ん坊も殺された、とか」

悠斗が恐る恐る聞いた。

「確かにその可能性もある。しかし、赤ん坊の死体はここらあたりのどこからも発見されへんかった。そやから、犯人が持ち去った、ということになったんや」

呆然《ぼうぜん》とした。叔母は、産んだばかりの赤ん坊を奪われ、そして殺されたのだ。犯人の目的はいったい何だったのか。叔母の命。それとも赤ん坊が目的？

あまりのショックに、工司にもらったグラスの液体を一気に飲み干してしまった。

第六章　準備

——一九八八年——


朝の食事が済んでしばらくしてから、「少し散歩したい」と芳雄はゆう子に誘われた。

彼女はここへ来てから具合が悪いといって、食事の時以外は、殆ど部屋に閉じこもりきりになった。

過剰な被害妄想ではないかと疑いたくなるような言動も多かった。

ある朝早く、芳雄はこのペンションの住人が捨てたゴミの中をゆう子が調べているのに遭遇した。

「何やってんの？」

「これ、これがあったの」

ゆう子はびくっとして振り返ると震える声で言った。それはなんの変哲もない銀紙のスティックだった。料理に使ったものなのだろう。スープやだしなどが入っていたのかもしれない。ゆう子はそのスティックの匂《にお》いをしきりにかいでいた。

「ただのスティックやないか。何か入ってるんか？」

「何も。でもこの匂い、サブナチュール……」

芳雄はスティックの匂いをかいでみたがそれは無臭だった。

「サブナチュールってなんや？」

「もしかしたら、このペンションの中にもすでに敵がいるかもしれない」

「そんなん、思い過ごしや。ここは信頼できる人間しかおらへん。ゆう子かて、そう思たから来たんやろう？」

「私が来てから、やつらに洗脳された人間がいるのよ、きっと」

「考えすぎやって」

「あなたは分かっていないのよ。やつらの恐ろしさが」

ゆう子は意地になってそう言った。

「やつらって誰のことや」

何度となくこんなやりとりを繰り返していた。しかし、ゆう子の不安をどうやっても解消することができない。

ステファニーがドアを開け閉めしたり、博士が階段を下りる足音だったり、どうってことのない日常の雑音に、彼女は神経をとがらせた。

また、先日などは、誰かが彼女の部屋に入り、引き出しの中のものをさぐった形跡があったといいだし、部屋の鍵をもう一つ付け加えることになった。

それからというもの、部屋のノックの回数を決めているにもかかわらず、芳雄の声だとはっきり分かるまでなかなかドアを開けなくなった。

彼女については、腑《ふ》に落ちないことがもう一つあった。来た時から徐々に食欲が旺盛になり、ペンションの食事だけでは足りないと言い出した。仕方がないのでパンやお菓子を買ってきて部屋に持っていった。彼女は目に見えて太ってきたが、以前、モデルをやっていた時のように体重を気にすることはなかった。

家に籠もって食べてばかりいるのはよくないと、真剣に心配し始めた。その矢先、ゆう子の方から散歩へ行きたいというので、芳雄は喜んで賛成した。

芳雄はゆう子の部屋のドアの前に立つと決められた回数ノックして「今、部屋の前」と告げた。

ゆう子は紺色のゆったりしたワンピースを着ていた。

「具合はどうや?」

「安定してきたから、少し歩いた方がいいと思って」

　やっとその気になってくれたのだ。前から散歩に誘っていたのだが、なかなかうんと言わなかったのだ。

「安定したって気分がか？　部屋にばっかり籠もっとって、退屈やったやろう」

「ううん、絵を描いたり、日記をつけたり、私にはすることが山ほどあるのよ」

　来てすぐに、水彩絵の具と画用紙が欲しいと言われて、画材屋でそれらをそろえて渡したのはそのためだったのか。

「どんな絵？」

　彼女が描いたらしい画用紙の絵を何枚か見せてくれた。それは、ペンションから見た広沢の池の絵だった。

「ゆう子が絵描くやなんて、知らんかったな」

「残しておかないといけないから」

「残す？」

「場所を」

「何の場所を、誰に残すのや？」

「後世に」

なんとなく意味が分からなかったが、深く追及してもよけいに分からなくなるような気がした。それより、芳雄は今、こうしてゆう子といる時間が大切だった。

「散歩したい気分になったってことは、少しは楽になったんか？」

「そろそろこの周辺のことを把握しておかなければいけないから」

この「いけないから」と、ゆう子が頻繁に使う表現が芳雄にはどうも好きになれなかった。彼女は芳雄とはなんの関係もない使命感にとらわれている。それが面白くないのだ。

「ほんなら、池の付近を散歩してみよか。平日の今頃やったら撮影がなかったら誰もおらへんから」

気分を取り直して芳雄は提案した。

「そういえばここらへんはロケによく使われるのよね」

「時代劇の撮影、ようやっとるで。侍が釣りしているシーンなんか、殆どこの池や」

「聞いたことあるわ」

池に向かって切り開かれた細い道を歩いていくと石段があった。そこを下りていく芳雄の後に彼女は続いた。石段を下りきると、池のふちを回り込み、南に歩いていった。

芳雄は、早足で歩き、五メートルほど彼女の前に行くと、リュックからカメラを取り出し、くるり振り返って彼女の写真を撮った。

「やめてよ」

彼女は、ちょっと抵抗したが「記録を残すんやろう？　後世に。ゆう子は歴史的人物なんやから、しんぼうしいや」と言うと、「そういう意味じゃないの」と言って彼女は呆れたようにふっと笑った。だが、それからは、黙ってカメラに収まるようになった。

この辺りは田んぼや畑を耕している民家が多い。ペンション・エイドウの米や野菜はここから分けてもらったものが殆どだった。田園を歩いていくと、遠くに大覚寺が見えた。

「この池は月を鑑賞する池として知られてるんや」

広沢の池は嵯峨《さが》天皇が離宮を寺に改めたところとして知られる大覚寺から東に1キロメートルほどの距離にある観月の池だ。

「水のそばって気持ちいいわね。あそこに行ってみない。ほら、あの島」

ゆう子は池に突き出ている小さな島を指さして言った。

「あれは、観音島いうんや。石像の観音さんがおるよ。あれも時代劇の撮影なんかによう使われてる」

観音島のあたりまで行くと、小さな石橋がかかっているので、そこから二人で島へ渡った。

ゆう子はしばらく石像の観音さまにみいっていた。芳雄はカメラで彼女を撮影した。それから、島の先端に、弁財天を奉る社があるので二人でそこまで歩いた。

「見て、鯉《こい》がいる」

ゆう子が池を指さした。

「養殖してるんや。十二月に入ると、ここ、おもしろいことになるで。景色が一変してしまうんや」

「どんなふうに？」

「見てのお楽しみや。多恵さんが鯉の姿焼きや刺身をぎょうさん調理してくれるで」

「十二月かあ。きっと、その頃には私は……」

芳雄は、その先の言葉を聞きたくなかったのであわてて付け足した。

「まあええから楽しみにしとけって、な」

彼女は返事をせず、ただ顔を曇らせただけだった。ボートに乗ろうと誘い、貸しボート屋へ行った。二人で池をゆっくりと一周した。

わざとボートを揺すったら、ゆう子が子どもみたいに笑い出した。高校時代殆ど笑わなかった彼女の笑い声に、まるで奇跡の音色を聞くみたいに芳雄は耳を澄ませた。

水の音、藻の匂い、白鷺《しらさぎ》のしなやかな姿、ゆう子の笑い声、今この瞬間五感で受けている刺激を、芳雄は自分の心に刻みこんでおきたかった。

このまま時間が止まり、永遠に続いて欲しい。芳雄はカメラに彼女の笑顔を封じ込めたくなり、シャッターを切った。

すると彼女ははっとしたように、まるで、芳雄が考えていることを理解したかのように、表情をこわばらせた。なんともいえない暗い影が彼女の顔に落ちた。

＊

多恵は夕食の支度をし始めた。今夜の献立は、干し椎茸とあぶらげを甘辛く煮たものをご飯の上に散らした、精進そぼろご飯と、卵とわかめのみそ汁、ごま豆腐、エビの天ぷらだった。

午後七時には、みなが食堂に現れた。と言っても、芳雄、ゆう子、工司、田村、ステファニーの五人だ。美奈子は、数日前から友達の購入した億ションに住むと言って出て行ってしまった。友達というのは、今つきあっている男のことだと察しがついた。相手には妻子がある。そんな男の買ったマンションで生活するのなら、まるで愛人ではないか、とうっかり口を滑らせてしまった。

「お母さんに私のことを言う資格など何一つあらへんわ！」

激しく反撃する娘に、多恵は口を閉ざした。

工司が和夫と居間に入ってくると、将棋盤を広げて二人で差し始めた。一回戦が終わったところで、食卓の準備をしている多恵のほうを工司は振り返って訊いた。

「いつも定時に食べにくる博士はどないしたんや？　また、アフリカか？」

工司は先日のヒョウの話がよっぽど気に入ったのか、近ごろ、博士と一緒に食事するのを楽しみにしている。

博士は、大学が近くなので、いったん食事を食べにここへ帰ってきてから、また大学にもどる。だが、年の三分の一はどこかの国の山で過ごしているのでその間は留守だった。そういう生活をしているから、一人暮らしより、こういう場所にみんなと住む方が便利なのだ。

「今回はインドへ行かはったらしい」

「へーえ、インドかあ。一度行ってみたいなあ」

和夫がうらやましそうに言った。

「オタクの田村がなんでインドになんか興味があるんや」

芳雄が怪訝な声で言ったから、和夫はむっとしながら答えた。

「ダライ・ラマのいる国やから」

「ダライ・ラマってなんや？」

「チベット仏教の最高権威者なの、そんなことも知らんのか」

「ふーん、なんや知らんけど、インドだのアフリカだのに何があるんです？　そんなとこにロマン追い求めても絵にならへんがな」

　工司が言った。

「祇園で金にもの言わせて遊びほうけてるよりましでしょう。豊かな自然のあるところって、いいのよ」

　ステファニーが食卓につきながら口をはさんだ。それから、彼女は、スイスの国の自然の美しさを思い出したかのように、うっとりとした目をした。

「ほんなら、こんどアフリカへでも連れて行ってもらったらええやないか」

　工司が面白くなさそうにつぶやいた。

「それもいいかもしれないわね。アフリカかあ、スイスとは違って、なんか赤っぽい土の野生的なイメージね。なんせ人類のイブが誕生した大地ですもの、ノスタルジックな気分に浸れるかも。違った景色を見れば世界観が変わるしね」

「頼めば、連れて行ってもらえるんですか？」

ソファで新聞を読んでいたゆう子が珍しく口をはさんだ。

多恵は、先日、ゆう子が西岡博士を見つめていた時のあの目の輝きを思い出した。アフリカの話に聞き入っている時だけ、あのうつろな瞳に光りがさしたことを。

「ゆう子さん、あなたも行ってみたいの、アフリカに？」

「ええ、連れて行ってもらえるのだったら」

ゆう子が遠慮がちに言った。

「なんで、そんなところに行きたいんや？　種族間の諍《いさか》いが絶えへんし、紛争が起こりかけてて危険な場所やって聞いたことあるで。やめとけ、やめとけ」

芳雄がムキになって言った。ゆう子が博士に関心を示していることが面白くないのだ。

多恵はそのことに一抹《いちまつ》の不安を覚えた。

「そうね。危険な場所よね。それに、私はダメだわ。そういえば、愛宕山《あたごさん》、途中でリタイヤしたんだった」

運動音痴のステファニーが自慢にもならないことを言ったので、工司が笑い出した。

「なんや、情けない。愛宕山なんてせいぜい標高千メートルやないか」

「祇園よりましでしょう。標高ほぼゼロメートルの」

「祇園は山ちゃいまっせ」

料理が並べられ、全員が食卓についた。

工司が株で数千万もうけたという話をしだした。

「勝手なこと言うようですけど、卵は食べたくないんです。アレルギーですから。なんか他でタンパク質や鉄分を補えるものありませんの？」

急に話の内容に興味が失せたのか、ゆう子が卵の入ったみそ汁の椀《わん》を前に差し出して、神経質な声を出した。来たときとくらべて、ひどく顔がむくんでいるし、全体的に一回りは太っていた。彼女は、ここの食事以外にも、芳雄に頼んで、間食用のパンを買ってきてもらい、相当な量を食べているらしい。

多恵は、新たにダシを取り、わかめと豆腐を入れてみそ汁を作り直して、それと買い置きしておいたチーズを出してやった。

「確かに、ここの食事はあっさりめやね。僕は普段は贅沢三昧やから、たまにやし、それに酒さえあれば、こういうもんでもいいけどな。あんたも一杯どうや？　これ、栄養ありまっせ」

そう言うと、工司は自分で買ってきた冷酒をゆう子のコップに注ごうとしたが、ゆう子は手を振りながら「結構です」と断った。普段だったら、博士がいい晩酌の相手なのだが、他に飲む相手がいないので、仕方なく、また、自分のコップに並々と注いで飲み干している。多恵は、工司の健康を心配した。もう母親が忠告して聞いてくれる年齢でもないのだが。

「それにしても、ゆう子さん、あんた、過食症になったんですか？　えらい太ってきましたで。まあ、元が細いから、いまくらいのほうがええような気もしますけど」

酒が入ると俄然《がぜん》明るくなる工司は、ゆう子の気分などおかまいなしにからかった。

「心配していただかなくても、これからますます太りますから。私、食べることにかなり情熱をかけているんです」

ゆう子は多恵の料理をかなり早いペースで食べた。天ぷらを口に入れ、しばらくかみ砕いていたが、それもすべて食べ終わると、みそ汁を飲み干して、さっさと部屋へ引き上げてしまった。

「なんともわがままなお嬢さんですなあ。あれは、過食症ですわ、完全に」

「過酷なダイエットをした反動かしら」

ステファニーが首をかしげた。

「過食症、拒食症を繰り返すと、まずいですよ」

「放っておきなさい。妊娠してんのよ」

多恵がたまりかねて言った。

和夫が飲んでいたみそ汁をぶっと噴き出した。他の者はいっせいに「えっ」と多恵の方を見た。

「気がつかへんかったの、あんたたち。あの子が妊娠しているの。ここへ来たときからよ」

「だから栄養が必要だったの」

ステファニーが驚いて言った。

「そういうことよ」

いったい誰の子なのだ、どこで産むつもりなのだ、とさまざまな疑問が各自の喉《のど》もとで引っかかったまま、みんなは暫く顔を見合わせていた。芳雄の顔が凍り付いているのに気づき、誰一人その疑問を口にする勇気はなくなった。

とんでもない人を引き受けてしまったのではないか、と言わんばかりの視線が多恵の方に集中した。

なるようにしかならないではないか。頼ってきたものを拒絶することなど自分にはできない。多恵はそう心の中でつぶやいた。

食卓に気まずい空気が流れ、それを紛らわそうと、工司はミュージックコンポの方へ行き、博士がいつも聞いているレゲエ風の音楽をかけた。

＊

喫茶の片づけを一通り終えてから、ペンションに戻った芳雄は、翌朝の仕込みをしている多恵と自分がリビングに二人きりなのを確認して話しかけた。

「美奈子さん、どうしたんや？」

「あの男の誘いにのって、出て行ってしもたのよ」

多恵は寂しそうな顔をした。

あの男というのが誰のことかは見当がついた。

恋人にプレゼントしてもらったという高価な時計や宝石を自慢げに美奈子から見せてもらったことがある。一度だけ「ひろさわ茶屋」に顔を出したことのあるその男は、土地売買で稼いでいる実業家で、フェラーリに乗っていた。話の内容が工司よりもっと派手で傲《ごう》慢《まん》で、芳雄は好きになれなかった。

「ふん、しょうもない男や、あんなやつ。どうせ、長続きせん」

「さあ、どうやろうね。工司も美奈子も株だ土地だって、そればっかりで地道なことが嫌いになってしもて……私の育て方が悪かったんかね」

「みんなそんなもんや。世の中、景気ええみたいやし。僕らみたいなんは少数派。もしかしたら、もう時代遅れなんかもしれん」

「世の中を甘く見たらあかん。時代の流れいうのは残酷なもんや」

多恵が険しい声で言った。

「残酷？　そうかな。僕には、想像もつかんわ」

「もちろん、私にだって想像はつかへん。でも、過去の歴史を見たらわかる。人間、慢心したらあかんのや。そんな男に買ってもらった億ションに住んで、浮かれた生活してたら、きっとしっぺがえしが来る」

「美奈子さんは多恵さんのそばにいてんと生きていけへん人や。だから、きっと帰ってきてくれるって」

「それはそれで困ったもんや。自立して欲しいと思っているの。ちゃんとした人と自分の家庭を持って。でも、今の男はいただけへんわ。美奈子が好きになるのは自由やし、口出しするつもりはあらへんけど……」

「僕もあいつは嫌いや」

「美奈子はすっかりのぼせてしもてるから、何を言うても無駄やな」

「もしかして多恵さん、この僕にも自立して欲しいんか？　ここを出て」

「そばにいて欲しい。でも、束縛はしとうないの。人を強制するのは嫌いやから」

「大丈夫、僕、自発的に、ずっとここにいるから」

力を込めてそう言うと、多恵は頬をゆるめて微笑んだ。芳雄は、この笑顔に子どもの頃からずっと元気づけられてきたのだ。

芳雄には分かっていた。芳雄が多恵から離れられないように、美奈子もいつかその男との生活に居心地の悪さを感じてここへ戻ってくることを。工司にしたって、いまだに独身でいるのは、ここがまるで母親の子宮の中にいるみたいに心地がいいからだ。

それから、ゆう子の子宮の中にも生命が宿っていることを改めて考えた。知った直後は傷ついたが、胎児が彼女のお腹《なか》の中で、いごこちよく眠っていることを想像しているうちに、生まれてくる赤ん坊にはなんの罪もないのだということを悟った。

「ゆう子のことやけど妊娠してること、知っとったん？」

納得したつもりでも、妊娠、という言葉を発した時、自分の声は情けないほど震えていた。

「そうやね。分かっていたんかもな」

「いつから？」

「最初から。職業柄、なんとなく分かるもんや」

「そうか。そういえば、僕が生まれるときも分娩に立ち会ってくれたんやったな。分かってるのに、ゆう子を受け入れてくれたんか？」

「一瞬のためらいはあった。でも、助けて欲しいって悲鳴が聞こえたみたいな気いしたから受け入れたんや」

「もしかして、そのためにここへ？」

それだけのために……と言う言葉を飲み込んで、芳雄は多恵の顔を注意深く窺《うかが》った。

「さあ、それは分からへん。でも、その可能性はなきにしもあらず」

多恵は急に不安そうな顔をした。受け入れたとはいえ、ゆう子のことを重荷に感じているのだ。

「あんたは何も訊いてへんの？　お腹の子どものこととか、今後のこととか？」

芳雄は黙って首を横に振った。ここへ来て、四ヶ月になるが、彼女からそのことは何も聞かされていなかった。

ゆう子は、多恵の職業を知っていた。彼女がこのペンションをやっていることも、そこで芳雄が働いていることも、すべて調査済みだったのだ。

誰かに追われていると言ってここへ逃げ込んできた彼女は、ある目的を達成しなければならないと繰り返し言っていた。その目的というのは、身ごもった子どもを出産することだったというわけだ。彼女にとって、隠れて子どもを産むのにはここが都合がよかった。最初からそれが目的で芳雄に頼ってきたのだ。

だから、秋までなのか。

そのことを最初から芳雄に打ち明けてくれなかったことが、腹立たしい。だが、それ以上に、自分が本当の意味で信用されていなかったことが寂しかった。

この四ヶ月間、自分は彼女に振り回され通しだった。何もかも頼られていると思っていたから、喜んで応じてきたのだ。

芳雄は、階段を通りすぎて、ゆう子の部屋の前に行った。しばらく躊躇《ためら》った末にノックした。

*

大学の門を通り抜けた田村和夫は、同じビデオサークルの木村《きむら》が近づいて来るので立ち止まった。

「なあなあ、ほら、言ってたビデオ持ってきたで」

木村が差し出したのは、桐岡葉子の「さよなら、私の愛する人」と「淡水の妖精」だった。

「よく手に入ったな」

「友達の友達の兄さんが桐岡葉子のファンで、ビデオを持ってたんや。ダビングしてもろただけやのに、三千円も払わされた。それにしても、すげー美人やな」

「知らんのか？」

「すぐに消えてしもた女優やろう。あんまり売れてもいいひんかったみたいやし」

桐岡葉子、というのは、昔、化粧品のキャンペーンガールで大人気となったモデルだ。その化粧品のＣＭに、いくつかのバージョンで出演したが、それ以外でのテレビの露出度はあまりないまま、消えてしまった。だから、木村からすれば、あんまり売れていなかった、ということになるのだろう。

和夫は小学生の頃に彼女が出演したＣＭを見て、その美しさに魅せられた。それからというもの、映画の雑誌などから彼女の写真を見つけると、買い集めて一時は壁にはっていたほどだ。ところが彼女は五年前に映画界から突然姿を消し、それ以来消息が分からなくなってしまった。ちょっとやそっと話題になっても、どんどん新しいスターが現れる芸能界では、短時間で消えてしまえば、殆ど人の記憶に残らない。

和夫もすっかり彼女のことは忘れていた。ところが、最近、ペンションの住人になった、ゆう子という女の顔を見て、突然、桐岡葉子のことを思い出したのだ。ゆう子は、服装は地味だし、性格も陰気な感じで、まるでその女優とは印象が違う。自分の思い過ごしだろうといったんはその考えを打ち消した。だが、食卓で実際に見るとやはり桐岡葉子を思わせるのだ。

本人が意図してか無意識にか、漏れ出てくるオーラが、スクリーンで見た桐岡葉子から感じ取ったものとそっくりなのだ。

だが、先日、多恵が彼女は妊娠しているのだと明かした。それで、やはり彼女は桐岡葉子などではないのだという結論に達した。

よく考えてみれば、いくら過去の人とはいえ、あれだけもてはやされたモデルがこの好景気にこんなところで地味な生活を送っているわけがない。どんなに落ちぶれても、金持ちの愛人くらいになって高級マンションで暮らしているだろう。

岩沢芳雄がそのことを知らなかったのは意外だった。こちらから見れば妬けるくらい親しいあいつにすら、あの女はそのことを隠していたのだ。ミツグ、アッシー、キープの三拍子そろった、今時のパシリ男顔負けの献身ぶりだというのに。

ゆう子の妊娠を知ったときの、芳雄のあのぽかんと口を半開きにした間抜け面を思い出すと、独りでに笑いがこみ上げてきて、止まらなくなった。

あの女はただの妊婦だ。こんなところに一人で来ているということは、子どもの父親はろくでもない人間。身ごもったはいいが、相手は結婚する気などなく、男に捨てられた、そんなところだろう。

そんなのは、女優の桐岡葉子にまるで相応しくない話だ。

それでも、彼女が桐岡葉子であるという一縷《いちる》の望みが捨てきれず、サークルでそのことを話題にしていたら、昔のビデオを木村が探してくれたのだ。

和夫は、さっそく自分の部屋のビデオのデッキに「さよなら、私の愛する人」を挿入した。

普段、オカルト映画しか見ない和夫にはいささか甘ったるい恋愛ものだが、桐岡葉子の美しさに、昔の熱い思いが蘇ってきた。見終わったときには、すっかり熱に浮かされて、頭の芯がぼーっとなった。

和夫は、映画に興奮して、なかなか寝付けなかったので、夜中に外に出かけた。

池に向かって石段を下りようとしたら、下の方から声が聞こえてきたので、立ち止まった。

男と女がひそひそ声で話していた。一人はゆう子の声だ。ということは、相手の男は芳雄に違いない。こんなところで二人はいったい何をしているのだろう。

和夫は耳をすませて聞き取ろうとしたが、内容はよく分からない。微かに聞こえてくる話し方の調子に親密さがうかがえるのだが、声質が芳雄のそれとは微妙に違っているような気がした。

こんな夜遅くにゆう子はいったい、誰と話しているのだ。

和夫は、木の陰に隠れて、ゆう子が戻ってくるのをじっと待った。それから、男の後を付けてみることにした。

二人はそれから二十分くらい、話し込んでいた。

足音が少しずつ近づいてくる。

石段を上がってきたのは二人分の影だった。暗くて顔はよく見えないが、ペンションの方へ帰っていくところを見ると、男はやはり芳雄だ、と落胆しかけた時、シルエットの男が芳雄よりかなり長身で肩幅もあることに気づいた。

足音が聞こえない程度に間隔をあけて、静かに二人の後ろを歩いていった。

玄関の明かりに照らされて、男の後ろ姿がはっきりと確認できた。和夫は驚きのあまり声を出しそうになった。

それは、数日前にインドから帰ってきたばかりの、西岡洋介だった。

第七章　賑やかな食卓

――二〇〇八年――


私は、自室の机に座って、ぼんやり考え込んだ。

美奈子と工司の話を合わせるとこんなふうになる。

叔母、ゆう子は、ある組織になんらかの理由で追われていた。そして、高校時代に同級生だった岩沢芳雄という人物に助けを求め、ここへやってきた。工司の話によると、その時、叔母はすでに身ごもっていたらしい。彼女は英堂多恵が助産師であることを知っていたから、ここへ来たのだ。

叔母が殺されたのは、一九八八年の十一月、その前に出産しているが、殺された時、赤ん坊は見あたらなかった。赤ん坊も一緒に殺されたのだったら、殺された場所にその死骸《しがい》もあるはずだが、どこにも見あたらなかった。

叔母と一緒に池に沈められたのだろうか。だが、人間の死体はいったん沈んでも、必ず浮いてくるといわれている。

その一ヶ月後に芳雄の死体が池で発見された。奇妙なことに短パンにランニングシャツ姿だったという。

赤ん坊の死体だって当然、警察が池をさらって捜索しているはずだから、犯人に連れ去られた可能性が高い。

もし生きていたら、今年の九月で二十歳だから、ちょうど私より一歳年下ということになる。名前はハル。多分男の子。

私の従弟《いとこ》がどこかにいるかもしれない、その想像が不思議と私の胸をときめかせた。一人っ子の私は兄妹というのがどんなものなのか知らない。

昔、アメリカから来たピエールと遊んだ時のあの心地よい親密感が、私に兄妹というものを好ましくイメージする手がかりを与えてくれた。

年の近い血の繋がった人の姿に思いをはせているうちに、目の前に、叔母の顔に似た美しい男とも女とも判別のつかない人が現れた。

ハル、ハル、ああ、あなたとならきっと仲良くなれるに違いない。そんなことをぼんやり想像していると、ノックの音が聞こえた。

ドアを開けると、悠斗が立っていた。視線が合うと照れくさそうな顔で言った。

「食事は、毎晩七時からやからもうすぐなんや。そやから、居間でね」

時計を見ると、もう六時半だった。

「ありがとう」

「なんか、ショック受けてへん？」

「ショックって？」

「さっきの工司オジの話」

「少しね。でも……」

「でも？」

「ちょっと嬉しい……かも」

「なんで？」

「その赤ん坊がもし生きていたら、って想像すると。会ってみたいような気になるのよ。だって、ここで、この部屋でその子は生まれたわけでしょう？　それに私のれっきとした従弟なわけなんだし」

「生きていたら、僕と同じ年や」

「ということは、あなたは今二十歳なの？」

「今年の十二月に二十歳になる」

「なんだ、まだ、未成年なのかあ。じゃあ、私の弟みたいなものね」

ちょっとお姉さん面して言うと、悠斗は急に仏頂面になった。

「あとで」と言うとさっさと去ってしまった。悠斗の態度に私は首をかしげた。あれが、私たち女子が小さい頃からよく経験する男の子特有のプライドなのだろうか。

悠斗の後ろ姿を見ながら、思わず、噴き出してしまいそうになるのをこらえた。

いわれたとおり、七時にリビングに行ってみると、テーブルには、すでに、いくつかのおかずが並べられている。入って左手の四人掛けソファで亮太と工司が向かい合って将棋をさしていた。テーブルの向こう側右手にも同じようなソファが置いてある。左奥がキッチンになっていて、カウンター越しに南都子と美奈子の姿が見えた。

私は、三十坪ほどの広い室内を一周した。右側の壁に大きな棚があり、CDやDVD、それに山や草木の写真集などが納めてある。陶器でできた高さ二十センチくらいの青色の猫の形をした花瓶にピンク、白、黄色の菊の花が生けてあった。手に取って匂いをかいでみたが、無臭だ。花瓶の中をのぞいてみると水が入っていないので、おや、と首をかしげた。

花をよく観察してみる。どうやら、これは、最近はやりのプリザーブドフラワーらしい。

花を咲いた状態で特殊な溶液を使って長期保存できるようにするのだ。ドライフラワーと違って、色が鮮やかで、花びらなども生きた花のように新鮮に見えるのが特徴だ。

悠斗が多恵の車いすを押して現れ、テーブルの真ん中の位置に付けた。

美奈子が茶碗《ちゃわん》にご飯、南都子がみそ汁を入れて配りはじめた。

亮太と、工司が将棋盤を片づけて食卓に座った。

悠斗が台所から大きな盆を運んできた。盆にはおかずをのせた皿が七つならんでいる。

「はい、ぶり大根」

そういいながら、みんなの前に配った。ショウガのいい香りがただよってくる。

私の左隣に南都子、右隣に悠斗が座った。正面には、多恵、その両脇が美奈子と工司、亮太は、南都子の隣の一番端の席だ。こんなふうに向かい合って、これだけの人数で食事をするのは初めてのことなので、私は少し緊張した。

「今日も田村さんは仕事？」

悠斗が聞いた。

「遅うなるらしい」

美奈子が答えた。

「土曜日やのに？」

「今、不況で、また、人材がカットされて、土曜も日曜も関係なく働かされているらしいよ」

「へたに会社に残っても地獄やな。とっくの昔にリストラされて、こっちは気楽なもんや」

工司が言った。

「まったく、なんて世の中なんやろうね」

美奈子がため息をついた。

「サブプライムってアメリカから来たあれのせいらしい」

「アメリカは自国民の金の無い者に金を貸して、分不相応な生活をさせとったからな」

「でも、どうしてそれで日本まで貧乏になっちゃうの？」

「そのつけをうまいこと世界中にばらまいとったからや。われわれが保証人になってたようなもんや」

「ばらまくってどうしてそんなことができるんだよ」

「まあ、経済にうとい君たちには分からんかもしれんけど、金融いうのんは、企業や個人の投資家に見えない形で巧妙に潜り込んでくることができる代物なんや」

「で、どうして田村さんは忙しいのよ」

「サブプライムが破綻《はたん》したら、それに投資していたアメリカの大きな企業は破綻する。当然、アメリカ経済は低迷する。円高になる。輸出に頼っていた日本の企業は大損する。それで損した企業は、赤字を出さんようにするためにコストを削減せなあかん。てっとり早いのがリストラや。つまり人件費削減。そうなると、まず切られるのは派遣社員や。会社の人間が減るから正規社員の田村みたいなんが、土曜も日曜も関係なくこき使われるハメになる、いう仕組みや」

工司がそういいながら、さきほどの残りのウィスキーをグラスに入れて飲みはじめた。新しいのを開けたばかりなのに、ボトルにはもう三分の一ほどしか液体が残っていない。この調子で飲んでいるとしたら、一日に一本どころではなさそうだ。

「結局、我々人間の労働につけがまわってくるってことなの。ひどい話だわ」

南都子が言った。

「そこまで分かっていて、工司オジはなんで大損してるんだよ。経済にうとい僕らに偉そうに言える立場か」

悠斗が不満を言った。

「結果が出て初めて分析できるのが凡人。最初から予想できたら天才や。そこが天才と凡人の差や」

「じゃあ、もしかしたら、サブプライムっていうのはその天才が考えついた大がかりな詐欺かもしれないんやな」

「まあな。最初から分かっとって、売り逃げして大もうけしたやつがいるいう噂や。大金持ちの天才が仕組んだ罠《わな》なんかもな。そうか、ただ単にシステムが暴走してしもただけかも分からんけど、なにごとも後になってみんと気づかんのが凡人や。ましてや相手は天才なんやから」

「威張って言うな、凡人。オジが損したおかげで、こっちにまでツケが回ってきたじゃないか」

「冷たいこと言うな。家族やないか。アメリカ人のツケを払わされた可哀想な叔父を助ける懐の深さが君にはないのか？」

「一緒に暮らしてるんやから、どうせ巡り巡って払わされることになる」

「悠斗、将来のおまえの稼ぎには大いに期待してるからな」

　工司は悠斗の背中を軽くたたくとへらへらと笑い出した。完全に酩酊状態のようだ。

　こんなふうに酔った人が目の前にいるせいで、初対面で張りつめていた緊張が少しゆるんだ。私はあらためて、目の前のご馳走を見た。おかずは全部で三つ。ぶり大根以外に、ほうれん草とこんにゃくの白和え、蓮根とししとうとなすの天ぷらがある。それに豆腐とわかめのみそ汁にご飯。レトルトやコンビニばかりに頼っていたついこの間までの自分の食生活のわびしさが嘘のようだ。これからは、夜の食事が楽しみになりそうだ。

「どうも年のせいか、揚げもんは、胸焼けする。昨日の勝利者は誰や？」

工司がそう言うと、天ぷらを机の真ん中に差し出した。

「じゃあ、新人のさくらさんどうぞ」

悠斗が私の目の前に天ぷらを置いた。なんのことか分からないが、工司の天ぷらが私に回ってきたから、そんなに食べられないと辞退した。すると、悠斗は、亮太の前にてんぷらを置いた。

「ゆう子さん、もっと食べなあかんよ。お腹の赤ちゃんも一緒に成長してるんやから」

多恵が突然口を開いた。多恵の間違いを正すのが面倒になり私はゆう子になりすますことにした。

「あっ、はい、頂いています」

私が大根を口に放り込むのを見た多恵は納得したのかしきりに頷いていたが、突然嗚咽《おえつ》し始めたから、食卓はシーンとなった。

「あんた、ベッドの上で刺されて血みどろになって……あの時はてっきり殺されたんかと思ったけど、なんとか助かったんやねー。こうして、生きててくれてよかった」

ベッドの上？　いったいなんのことだろう。叔母はベッドの上で殺されたのか。いやそんなはずはない、池に死体は浮かんでいたのだから。

みんなの顔を見回す。悠斗は食べるのをやめてぼんやり私の顔を見つめている。亮太と南都子は不思議そうに互いに視線を交わしている。

美奈子は蒼白《そうはく》になり、口まで運んだ箸《はし》がとまった状態だ。工司は、いきなり酔いから覚めたように表情をこわばらせた。

気詰まりな空気になったので、話題を変えようと、私は、みんなの仕事や趣味を尋ねた。

南都子は、大学から帰ってきてから、主に向こう岸の喫茶の仕事をしている。週に一回、河原町の方へヨーガの教室に行くのが唯一の趣味らしい。

悠斗は、京都市内の大学で情報工学を専攻しているという。

「情報工学ってコンピューターのこと？」

パソコンは近い将来なくなって、チップのような小さいものになり我々の日常に見えない形で入り込んでくるのだ、といったことを悠斗は話しはじめた。

「そういうのが、温暖化に悪影響を及ぼすんだよ」

亮太が悠斗の話を遮った。

「その逆や。ＩＴが温暖化を救うんや」

「どうだかね。そういうの開発するのに、エネルギーがかかるんじゃないのか。チンダル氷河は、毎年約三メートルのスピードで後退しているんだ」

「いきなり、チンダル氷河の話すんなや。イメージが湧かんやろう」

亮太は、西岡教授の率いるチームで、ケニア山に登って、氷河のもっとも近くで生育できる植物の分布を調べる作業をしているのだと説明した。

西岡教授は、叔母が亡くなった時、このペンションにいた人物だ。いずれ話を聞きにいくつもりなので、紹介して欲しいと亮太に頼んだ。

多恵は、私の顔を見て、さきほどからにこにこ笑っていたが「あなた、お腹の赤ちゃんのためにもっと食べんとあかんよ」とまたしきりに言い始めた。

私のことを相変わらず、叔母のゆう子と間違えているようだ。彼女の脳は、妊娠したゆう子の体を気遣っていた頃に、タイムスリップしてしまったのだ。

「ゆう子さんは無事に出産したのですか？」

私は思いきってきいてみた。美奈子が私をにらんだ。

多恵の視線は宙を舞っている。記憶が別の場所に飛んだようだった。

「もちろん、元気な赤ちゃんを産んだ、あの子。大変やったけど、芳雄と違って、逆子やなかったさかいに。こんなところで、設備も何も揃ってへんかったけど、無事に出産したわ」

多恵は逆子でなかったからよかったのだと何度も繰り返し満足げに言った。出産の時の映像が彼女の瞳にありありと映し出されているようだ。

「その赤ん坊はどうしたのですか？」

「どうしたって、元気や」

「確か、ハルっていうんですね」

「そうそうハル。よう泣く子やった」

「今も……元気ですか？」

「もちろん元気や。決まってるやないの」

「どこへ行ったのですか？」

「………」

多恵は質問の意味が分からないという顔をした。

「もう成人間近ですよね、その子」

するとと多恵の視線がまた分からない、というふうに宙を舞った。私はしばらく待ってみたが、それに関わるなんらかの記憶をひっぱり出してこられないのか、きょとんとした顔で私の方を見つめている。

周囲のこわばった視線を感じた私は我に返り「ごめんなさい、こんな話……」と美奈子の方を見て謝った。

食事が終わると、南都子と悠斗が片づけ始めた。私が手伝おうとすると、これは二人の仕事だからと、美奈子が私を制した。

工司は、相変わらずグラス片手に、壁の横のソファに移動して新聞を読み始めた。

自分の部屋に帰ろうと廊下の方へ歩いていくと、後ろから亮太に呼び止められた。

「ねえ、トランプしない？」

私は亮太に誘われて、工司とは反対側、つまりテーブルの北東角にあるソファに座った。

「カード当てゲームをしよう」

「それは手品？」

「いや、本当にカードを当てるんだ」

「どうやって？」

すると亮太は、私の机の上にカードを束ねて置いた。それで、という疑問から私は彼の顔を見た。彼はカードに手をさしのべて言った。

「一番上のカードは？」

「それを当てるの？」

「そう、君がね」

「えっ、私が？　そんなの当てられるわけがないじゃないの。種を知らないんですもの。あなたが当ててちょうだい」

「種なしで、君があてるんだよ」

「どういう意味？」

「君の透視能力をテストするんだ」

私は噴き出してしまった。

「そういうの信じているの？」

「ある程度ね。高い確率ではないけど、偶然ではありえない程度の確率でそういう能力があることは信じている。予感とか、夢とか、そういうのが当たったことない？」

大まじめな顔で訊くので、私は返事に戸惑った。

「そういうのは、ありえないって母がいつも言っていたわ。たんなる偶然なのに、それを予知能力だとか、そんな大げさな話にしてしまうのみんな好きよね。でもね、そういうのには必ず裏があるの」

「君はそういうことをお母さんと話題にしたことがあるんだ」

「ま……まあね」

あまり話したくない話題だった。自分が描く絵がまわりを不幸にしたことを思い出して、胸が悪くなった。

「まあ、いいや。そんなことは。これは単なる遊びだから適当な数字を言ってよ」

私はカードを見ながらしばらく考えた。

「リラックスして、何も考えないで、さっと思い浮かぶカードを言い当ててみて」

「じゃあハートの5」

亮太がめくる。スペードの9だった。

「ダイヤのジャック」

めくったカードはハートの3だった。

「クローバーのキング」

それはハートの5だった。

「じゃあ、もっとどんどん早く言ってみて。考えないで」

私は次から次へとカードを言った。当然のことだが、全部はずれだった。

「残念でした、私にはそういう能力はないみたいよ」

五十二分の一の確率なのだ。一枚でも当たればたいしたものなのだが、元来、私はそういうことを信じていない。なのに亮太の反応は違った。

「なかなか見込みがある。なんてことだ、驚異的だ」

亮太はめくったカードを一枚一枚確認していきながら、震える声で言った。私は彼が何を言っているのか分からなかったがやたらに「驚異的だ」と連発するのだ。

「何が驚異的なの？」

「ほら、君の当てたカードだよ」

「全部、はずれたじゃないの」

「いや、全部当たったよ」

「どういうこと？」

「君が当てたのは次の次のカードなんだ」

そう言って亮太は、私の言ったカードの次の次のカードを示して、全部当たっているのだと言った。私は自分がどんなカードを示したかも覚えていない。彼が当たっているというのだから、そうなのだろうか。おかしな迷路にはまりこんでしまったような不安に襲われた。

「なんや、また、カード当てゲームやっとんのか」

そこへ片付けが終わった悠斗がやってきて、亮太の隣にどかんと座った。緊張した雰囲気が崩れて、私はほっとした。亮太は悠斗の介入が明らかに煩《わずら》わしそうだ。

「また、って、これ趣味なの？」

「初対面の人には一応、みんなにやるんや、こいつ」

「私、驚異的って言われたのよ」

「亮太、おまえそんなこと言うたんか？　まったく、ようやるよ。騙されたらあかんで。このカードにはトリックがあるんや。種明かしは未だにしてもらってへんけどな」

だとすると、彼は私が指名したカードの次の次のカードが出るように操作したことになる。なんて器用なのだろう。私は、亮太のごつい手をまじまじと見つめた。

「で、悠斗、あなたも騙されたことあるの？」

「僕になんか、言うたカードを出してくれへん。女の子にだけや。口説きの手口なんや」

悠斗がからかうように亮太に言ったので、私は赤面した。

その時、南都子がやってきて私の隣に座った。

彼女は、亮太からカードを取り上げると、トランプゲームをしようと提案した。

七ならべ、セブンブリッジ、ポーカーを順番にやっていった。子どもの頃にやったことはあるが、はっきりルールを覚えていないものばかりだった。三人は殆ど毎晩やっているらしく、やけに手慣れている。私はみんなについて行っているうちにかなり夢中になった。

「ああ、くそっ」、「やったー！」「ざまあみろ」といった生の声を聞いているうちにこっちまで興奮してきた。

テレビゲームの溢れる今の時代に、トランプというのは、相手の顔色や負けたときの悔しさが伝わってきて、なかなかいいものだなと思った。

それぞれのゲームごとに各自の点数をつけて、総合得点が一番高かったのが、南都子だった。

「じゃあ、明日のおっさんのおかずの権利は南都子や」

「それ、どういう意味？」

私はたずねた。

「工司オジは、脂っこいものと甘いもんは食べへんから、それを食べる権利を争ってるの」

「原則的に、おっさんはアルコール以外は何もいらんやつなんやけど、おばあちゃんが健康を気にしてるから、ご飯とみそ汁とおかず一品は食べるんや」

「じゃあ、さっきのおかずは亮太さんのだったの？　つまり昨日勝ったのはあなた？」

「そういうこと。まるで拘置所みたいだろう。おかずを賭《か》けて勝負するなんて」

亮太が面白そうに言った。

「なんで、亮に拘置所のことが分かるのよ。逮捕されたことでもあるの？」

「免許証を偽造して捕まった知り合いから訊いたんだよ」

「どうして、そんな知り合いがいるのよ」

「正確には知り合いの知り合い。でも、直接の知り合いの方も拾ったカードをATMで使おうとして捕まったやつなんだ」

「どっちもどっちじゃないの。どういう友達なのよそれ。類は友を呼ぶっていうけど」

「学生時代にバイト先で知りあったんだ。今の僕とはなんの接点もない。山を愛する純粋な僕とはね」

「そんなに愛してるんなら、逃げたい、なんて流れ星に頼むなっての」

「逃げたい、じゃなくて下山したい、だよ」

「同じ意味じゃないの」

なんだか二人の掛け合いがおかしくて、笑ってしまった。あまり冗談の通じない真面目《まじめ》な家庭で育ったせいか、私は、学校で友達とこんなふうにふざけたことがない。

この二人はクラスで言うならば、明るくて楽しいグループの人たちに属するのだ。

「勝利したおかずが、自分の嫌いなものだったらどうするんですか？」

「その場合は、他に欲しい者がいれば、そいつの持っているおやつと交換するんだ」

「ブツブツ交換ってわけや」

南都子が立ち上がって、壁に貼《は》ってある明日の献立を確認した。

「えーと、明日はエビフライだわ。これは私がいただきね。デザートのプリンも」

「いいなあ、エビフライ、チョコレートと交換しない？」

亮太が言った。

「ダメダメ、エビフライは、すっごい好物なんだあ。それに、ここのタルタルソース最高だもん」

「それ、僕が作ってるんやないか。ゆで卵のみじん切りとケーパーを入れるのがうま味のコツや」

悠斗が言った。

「えらいのね。その若さで料理が作れるなんて」

私が正直に感心すると、悠斗は素直に嬉しそうな顔をした。

「彼はなかなかいいお婿さんになるわよ。さくらさん、どう？」

南都子がそんなことを言うので、悠斗と視線が合ってしまい、どぎまぎした。腕時計に目を落としてみる。もう十時過ぎだった。

「あっ、明日は仕事だからそろそろ引き上げるわ」

「日曜日なのに？」

「画廊は日曜日が一番忙しいのよ。代わりに水曜日が定休日なの」

私は、自分の部屋に退散すると、パジャマとタオルをもって女性用の風呂場へ行ってみた。

「空いています」のプレートがかけてあったので、最初に、館内を案内してくれた時、悠斗が教えてくれた通り、それをひっくり返して、「入っています」という文字にした。

ガラス戸をガラガラと横にスライドして開けた。四畳ばかりの脱衣所があり、そこで服を脱いでから、もう一つの扉を開けると湯気が立ち上っていた。

檜《ひのき》で作られた湯船から木のいい香りが漂ってくる。昨日まで私が使っていた、ワンルームの小さなバスタブとちがって足を十分伸ばせるだけの広さがあった。

旅館で育ったおかげで風呂にだけは贅沢していた。京都に越してきて、ユニットバスというのがいかに窮屈なのかを知ったところだ。

窓から、外の景色を眺めてみる。池に月の光が反射してゆらゆらと揺れていた。ちょうど絵と同じような月だ。

叔母は、どうして、あんなところに浮かぶことになったのか。十一月といえば、水も冷たく、どんなに寒かっただろう。

池の水の冷たさを想像しているうちに、ゆう子の魂が池の上を舞っているのが見えたような気がした。こんなところで、一人で子どもを産み、生後わずか二ヶ月の子どもを奪われ、殺されてしまった叔母の魂はどんなに寂しい思いをしていることだろう。

風呂から上がると、トレーナーに長ズボンをはいて、木の戸を開けて出た。その音がよく響くのか、二階の部屋にいた南都子が階段を下りてきた。私が風呂から出るのを待っていたのだ。長湯したことを申し訳なく思い、次回からは、食事の前に入ろうと決心した。

部屋に帰ると、掛け布団カバーとシーツを敷いて、ベッドに横たわった。

普段は、寝付きのいい私だが、叔母のことを考えるとなかなか睡魔が襲ってこなかった。

今日一日に起きたことを頭の中で整理してみる。

まず、住人について。

今、ここに住んでいるのは、英堂多恵、美奈子、工司、悠斗、それに山越大学の大学院で高山植物の研究をしている倉聞亮太、池の向こうの畔の喫茶で働いている短大生の堀井南都子、それと今日は仕事で遅くなるらしくまだ会ったことはないが、ローカル紙の編集をやっている田村和夫。この七人だ。

二十年前、叔母が亡くなった時からずっとここに住んでいたのは多恵、美奈子、工司、それに田村和夫の四人。今はもうここに住んでいないが、当時叔母と一緒にいたのは、現在山越大学教授の西岡洋介。

この中に果たして犯人はいるのだろうか。もしくは、犯人を特定するようななんらかの警察も見逃してしまった手がかりを持っている者がいるのか。

それから、赤ん坊の行方だ。

それだけでもどうしても知りたい。やはり、叔母が殺された当時のことを、もう一度、完全に再現する必要がある。

そんなことをあれこれ想像しているうちに、眠気が襲ってきて、引きずり込まれるように夢の中に落ちていった。

慌ててドアを開けるとそこに誰かが立っていた。とっさにドアを開けたのは失敗だと思い、慌てて閉めようとしたが、相手は無理矢理押し入ってきた。

侵入者の手にはナイフがかざされている。私は後ずさりした。侵入者は何かを言いながらじわじわと迫ってきた。赤ん坊の激しい泣き声にかき消されて何を言っているのかよく聞き取れない。私は首を振りながら、どんどん後ずさりした。

侵入者のナイフが胸に刺さってベッドに倒れ込む。叫ぼうとする私の口を男はタオルで押さえつけた。

私の赤ちゃん、私の赤ちゃん、そう心の中で叫ぶが、胸から流れる血がブラウスを赤く染め、意識がどんどん遠のいていった。

ふっと気づくと私は部屋の真ん中に立っていた。ベッドの方を見ると、胸にナイフが刺さった状態で横たわっている叔母の死体があった。

悲鳴をあげて私は目を覚ました。

夢だったのか。

大きく深呼吸する。先ほどの夢の光景を思い出すと、涙が溢れてきて止まらなくなった。叔母は池の畔で殺されたのではない。この部屋で、このベッドの上で殺されたのだ。

——あんた、ベッドの上で刺されて血みどろになって……あの時はてっきり殺されたんかと思ったけど……。

多恵の言葉を思い出した。あんなことを聞いたから、こんな夢を見てしまったのか、それとも、霊の仕業なのかは定かではないが、赤ん坊のことを思いながら、死によって我が子と引き離された無念な思いがこの部屋にいまだに漂っているような気がした。この気持ちはいったいなんなのだろう。はっきりした証拠はないが、なぜか叔母はここで殺された、と私は確信した。

時計を見る。午前六時だった。

頭が覚醒《かくせい》してもうこれ以上寝ることはできない。少し早いが、この付近を散歩してみようと思い、私はベッドから起きあがってジーパンとトレーナーに着替えた。

表に出ると、日がそろそろ登り始めていた。

晩秋の冷たい風が首筋をかすめていった。早朝ということもあり、池の畔は、想像以上に寒かった。

私は石段を下りて、池の方に出た。叔母の遺体はいったいどのあたりで見つかったのだろう。もし、部屋で殺されたとしたら、犯人は死体をこの池まで運んだことになる。ペンションから一番近いのは、階段を下りてすぐの、今、私が立っているところへんだ。自分の絵に描かれていたのもなんとなくこんな場所のような気がした。

私は田園の方の道に出ると、府道に向かって歩いていった。

池を眺めながら歩いているうちに私は天橋立の風景を思い出した。海は広々としていて、どこまでも果てしなく続き、向こう岸を見ることはできない。宮津湾に蛇のようににょろりと出た砂州の存在が、視界の中心に一つの区切を作っているが、それでも、肉眼で向こう岸がしっかり見える池とは受ける印象が違う。ここは閉じた空間とでもいうのだろうか。

そんなことを漠然と思いながら、向こう側の畔にある、先日、美奈子を訪ねた、「ひろさわ茶屋」の方に視線を向けると、遠目に男女が入っていくのが見えた。こんな朝早くにいったい誰だろう？

目を細めてよく見ると、それは美奈子と、もう一人見知らぬ男だった。和風茶屋で、こんなに早くから、準備が必要なのか。このような場所でモーニングセットを用意しているとは考えられないのだが。

私は、挨拶がてら、店によってみようと思い府道に出て横断した。

店の扉に手をかけたが、鍵がかかっている。ガラス越しに、美奈子が男と向き合っているのが見えた。男は美奈子に茶色の封筒を渡した。中身を出しているのを見てはっとなった。それは、かなり分厚い札束で、その枚数を美奈子が数え始めたからだ。あの分厚さからすると百万円くらいになるのではないか。

なんとなく見てはいけないものを見てしまったような気がして、私は、挨拶するのはやめて、店から離れると隣の駐車場に身をひそめて、じっとしていた。

五分くらいそうしていると、男が店から出てきて、田園を北の方向へ、つまりペンションの方へ歩いていった。私は暫くその背中を目で追いかけた。

それから一分もしないうちに美奈子が出てきた。思い切って声をかけて見ようかどうしようか迷ったが、札束のことがあるので、そのまま身をひそめていた。

すると、美奈子もペンションの方へ向かって歩いていった。

二人はお金の引き渡しにだけ喫茶を使ったのだ。だとすると、あまり表だったお金のやりとりではなさそうだ。あの二人には、いったいどんなつながりがあるのか。

私はしばらくぼんやりと池を眺めていたが、山越中町のバス停までいって、バスの時間を確認した。画廊は四条京阪から歩いてすぐのところなので、10番のバスで一本だった。九時十分に来るバスで行けば充分だ。

ペンションに戻ると、美奈子が朝ご飯の用意をしていた。

「あら、出かけてはったの？」

「ええ、ちょっと散歩に」

「こんな朝早くに？」

美奈子の視線が鋭く光ったような気がして、私はしどろもどろになった。

「はい、バスの時間を確認しに行ったんです」

「今時の子は、なんでもインターネットで調べるんと違うの？　悠斗なんかなんでもネットやわ」

「私、パソコン持ってないんです」

「まあ、珍しい」

「そのうち買おうと思ってるのですけど、お金を貯めないと。なんせ貧乏なもので……」

「あら、ごめんなさい。別にいやみでいうたんと違うのよ。私らの年のもんは、パソコン落ちこぼれ組。今から、やろうとも思ってへん。けど、あなたみたいな若い人がとふと思っただけ」

美奈子の声が少し和らいだ。

私はテーブルの上にはがきが置いてあるのを見つけて、その絵に吸い込まれるように近づいた。白い大きな月と草木、その構図の中に黄色い鳥があちこちにとまった独特の風景だ。

「パウル・クレーの黄色い鳥のいる風景」

私はひとりごちた。

「よう知ってはるね」

「一応画廊に勤めていますから」

「そのはがきは、昔、ここに住んでいた、スイス人の子が送ってきたんよ」

「その人、今はもう日本には？」

「向こうの人と結婚して、今はベルンにある、パウル・クレー・センターに勤めてるらしい」

「あの二〇〇五年にベルンにできたばかりの？」

「さあ、いつできたのんかは知らんけども」

パウル・クレー・センターといえば、私の憧れの美術館だ。金属とガラスで曲線を描いた近代的なデザインが有名だ。死ぬまでに一度でいいから行ってみたいと思っていた。そんな所に勤めているスイス人がこんな身近なところに存在していたなんて、なんとも信じがたいことだ。

「そんなすごい人がここに住んでいたのですか」

「すごい？　さあ、別に普通の子やったけど。そのランプ、彼女が作ったんよ」

美奈子がソファの横のテーブルに置いてある木の蔓《つる》と和紙で作ったランプを指さした。

「ああ、これ、ここの雰囲気にすごく合ってるなと思っていたんです。彼女も創作する人だったんですか？」

「芸術家やったわ」

こんなところに放ってあるのだからいいのだろうと思い、私ははがきの文章を読んだ。

英堂多恵、工司、美奈子に宛てたものだ。近々日本に来る予定があるので、その時はエイドウに泊まるつもりだといった内容だった。

ステフより、と最後に書かれている。

「ステフっていう名前なんですか彼女」

「ステファニー鈴木っていうの。日本人とのハーフ」

「それでこんなに日本語が上手なんですね」

「そうやね。日本人みたいな子や」

「何年前にここに住んでいたんですか？」

「もう二十年くらい前になるわね。それからも日本に遊びに来るたびにここへ二、三泊滞在していくんよ」

「もしかして叔母がいた時も彼女はここに？」

とたんに美奈子が眉間《みけん》にしわをよせた。

「さくらさん、あんたいったい……」

「叔母はここで子どもを産んだんです。ご存じですよね？　もしかしたら、私には従弟がいて、どこかで生きているかもしれない。ハルっていう名前の……」

そこまで言うと、美奈子がヒステリックな口調で遮った。

「私は、ゆう子さんが出産する前に、この家をでたんよ。言うたでしょう？　そんな子のことはなんも知らへんのよ！」

「でも、私はそんな従弟の存在すら知らなかったのです。ここへ来るまでは」

「そやから、来た甲斐があったっていうの？　そんなこと、分かったからっていったい何になるんよ」

「その赤ん坊の居所だって突き止めることができるかもしれない」

「どうやって？　そんな昔にいなくなった子のことを」

美奈子は呆れたように肩をすくめた。

「それに……叔母を殺した犯人だって……」

「私たちの中に犯人がいるとでも？　とんだ濡《ぬ》れ衣やわよ。私たちには全員、完全なアリバイがあったのやから」

そこまで言って、美奈子は自分が話しすぎたことを後悔したのか突然口をつぐんだ。

「やはり、みなさんにはアリバイがあったのですね。それが確かだとしたら、私としては、真実を追求しやすいです。私ははじめからここにいる人たちのことを疑ってなどいません。叔母に親切にしてくださった方たちばかりですもの。ただ、叔母の身の上にいったい何が起こったのか、それを再現してみたいだけなのです。真実が知りたい。それだけです。分かってください」

美奈子はそれには答えずに、食事の用意に取りかかった。

私はいったん部屋に戻り、仕事場へ行く準備をした。

ラジオをつけると、サブプライム問題や某県の一家皆殺し殺人事件のニュースを報道していた。朝から暗いニュースを聞く気にならないので、スイッチを消した。

叔母が殺された時間、ここの住人には全員アリバイがあった。ということは、死亡推定時間がかなり狭い範囲で特定されているということになる。

それにしても全員にちゃんとしたアリバイがあるというのはできすぎではないか。

八時頃に居間に行くと、みんなすでに朝食を食べ始めていた。その中にさっき、『ひろさわ茶屋』で美奈子に金を渡した男が座っていたので私はぎょっとした。

「こちらここの住人になったばかりのさくらさん、こっちは田村さん」

悠斗が田村という男に私を紹介した。

この男が田村和夫なのか。

「藤野木さくらです、よろしくお願いします」

「ああ、こんにちは」

男はあまり抑揚のない声でそう言うと、私の顔に一瞥《いちべつ》を送ったが、それ以上は、何も言わなかった。

彼が美奈子に渡した、あのお金はいったいなんだったのだろう。まさかお店の売り上げを計算していたわけではあるまい。パンにバターを塗りながら、私は美奈子と田村の表情を窺《うかが》った。

和夫は、新参者の私には全く興味がないようだった。不思議なことに、彼の視線は執拗に悠斗の方に注がれている。

いきなり、悠斗が立ち上がって、食卓を去っていった。和夫の粘着質な視線が不快だったからではないだろうか。それ以外に考えられない。

場の空気は一瞬にして凍り付いた。なにか複雑な人間模様をかいま見たようで、私は緊張で身をこわばらせた。

第八章　願い

――一九八八年――

芳雄は多恵と夕飯の支度をはじめた。今日の献立は、鱈《たら》のショウガ味噌《みそ》焼《や》きと切り干し大根と手羽先のトマト煮込み、もずくのスープだった。手羽先を加えたのはゆう子のお腹の赤ん坊のことを考えてのことだった。

食事をテーブルに運んでいると、ゆう子がソファで博士と楽しそうに話しているのが聞こえてきた。内容は、もっぱら、ケニア山のヒョウの話のようだ。博士はインドに行ってきたばかりなのに、そっちにはいっこう興味を示さない。

今日は工司は仕事で遅いし、田村は実家に帰っているので、ステファニーと博士とゆう子、それに芳雄と多恵の五人だけの食卓だった。

「そこに行ったらまだあるんですか、そのヒョウは？」

食事を食べ始めてからも、ゆう子は博士と話の続きをした。臨月に近づきつつあるゆう子は、まるでドッジボールを一つ入れたみたいに大きく膨らんだお腹をかかえている。今の彼女の状況は、およそケニアの山とはほど遠いし、そんなところへ行ってみたいと思う彼女の気持ちが理解できなかった。

「年々氷が溶けてきていますから場所を特定するのは難しいですね」

「じゃあ、教えてもらっても行けないのですね？」

「いや、僕は場所を知っているから行けますよ」

「九百年も氷に閉じこめられたヒョウの屍なんて、幻想的ですね。しかも、そのままその場所に残っているなんて、まるで夢物語」

ゆう子はそうつぶやくと、ぼんやりと瞑想《めいそう》にふけるような表情になった。

食事が終わり、後かたづけをすると、芳雄はゆう子の部屋に行った。決められた回数をノックして自分が部屋の前にいることを知らせた。

ゆう子は机に向かってなにやら書き物をしていた。

お腹に手をあてて重そうに立ち上がりかけたのを「そのままでええよ」と言ったが、いつものようにベッドに移動して、芳雄に椅子を譲った。

「どうや、具合は？」

「もうあんまりお腹を蹴飛《けと》ばさなくなったわ。きっと出てくるために待機しているのよ」

そう言うとゆう子は自分のお腹をさすりながら優しく微笑んだ。

「ほんまにここで産むのか？　それでええんやな？」

「多恵さんと相談済みよ」

「危険はないんか？」

「大丈夫よ。昨今では自宅出産というのが広まりだしているし。それに、多恵さんにみてもらったところ逆子じゃないみたいだから」

「お腹の子の父親は誰なんや？」

ずっと心にひっかかったまま、言葉にできないでいた疑問だ。

「あまり思い出したくないの。かつては尊敬していた人だけれど、それも幻想だと気づいたから。空しすぎて……あまりにも……」

「恋愛なんてすべては幻想から始まるって、本で読んだことある。それにしても、そいつ、こんな場所でゆう子にたった一人で子どもを産ませるやなんて、こんな目に君を遭わせるやなんて、ひどいやつや」

芳雄は、右拳にぎゅっと力を入れた。

「いいのよ。私は一人で産むことに満足しているの。父親のことなんて……本当にどうでもいいのよ」

「どうでもええ……か」

自然とため息が漏れた。

「おれのことかて、どうでもええんやろう、どうせ」

衝動的にそう聞かずにはいられなかった。

「そんなひねくれた言い方しないで。感謝しているわよ。とても。私、いつだってあなたに感謝している。忘れたことないの。高校の時からその気持ちは変わらない」

感謝、感謝……。心の中で何度も繰り返してみた。その意味を問うてみる。愛とか情とかとはまるで違う。感謝。感謝っていったいなんなのだ。冷たい響きだ。

芳雄はゆう子の言葉をなんとか消化しようとしたが、胸が苦しくて引き裂けそうになった。

「ゆう子、博士に興味あるんか？」

「興味？」

ゆう子は暫《しばら》く考えているようすだった。

「ある意味、興味あるかもね。うん、そう、かなり」

そう返事した彼女の顔を芳雄は見つめた。彼女のつややかな唇が笑みを含む。芳雄の心を切り刻む台詞を吐いて、まるでそのことを自覚しているようすもない。

忘れてはいけない。彼女は人を魅了するために生まれてきた女なのだ。女優という職業がまさに天性の女なのだから。

「子どもを産んだら、また、映画界に戻るんか?」

期待を込めてそう聞いてみた。

「いいえ、そのつもりはないわ」

「じゃあ、ここにずっとおるんか?」

それこそ芳雄が望んでいることだったが、期待はしていない。いや、してはいけないのだ。案の定、彼女は首を横に振った。

「ずっと聞きたかったんやけど、聞きそびれてた。なんで、映画界を去ったんや? スクリーンのゆう子を見て、僕は鳥肌が立つほど感激したんや。ずっとゆう子のことを誇りに思っとったのに、なんでや?」

ゆう子が映画界から去ってからの五年間、自分の中で何百回、いや何千回と問い続けた疑問を口にした。誰もがあこがれる銀幕のスターの座を人はそんなにあっさり捨てられるものだろうか。なにかよほどの理由がない限り。ゆう子が上京してから、スクリーンや雑誌で彼女を見るのだけが、芳雄の生き甲斐だった。その彼女が映画界から消えてしまい、感動ということが芳雄の中でなくなり、日々生きていくだけの人生になってしまった。
彼女がここからいなくなったら、また、感動の褪《あ》せた日常に戻ってしまう。いつまでも彼女の輝かしい姿を見続けていられるのだったら、まだ救いがあるのだから、そうなら、またスクリーンに復帰して欲しい。

「映画界なんて、見た目ほどいい世界じゃない。嫉妬の渦に巻き込まれて、ズタズタにされてしまうのよ。ちょっと売れたら、血眼《ちまなこ》になって足を引っ張る人がうようよ。醜い感情を全身に浴びて過ごさなくてはいけないの。それを撥《は》ね返すほどの元気が私にはなかったのよ」

「それが栄光の代償ってもんとちゃうんか。輝くことの裏にはいつかってそういう影の部分があるんや。嫉妬されてなんぼのもんやろう？　そやからスクリーンであんなに輝けたんや。それをいとも簡単に捨ててしまうのは、ファンに対する裏切りやで」

実際のところ芳雄にはその世界のことは何も分からない。自分は、ただ、輝いている彼女を見続けたかっただけだ。

「カメラの前で演技することに危険を感じたのよ……」

「危険？」

「説明するのは難しいわ。経験した人でないと分からないことよ。自分そのものを、役に奪われてしまうような感じを受けるの。演じるっていうのは、その役に没頭することなのよ。なりきらなければ、迫力のある演技はできない。そうやって没頭すればするほど本当の自分と演技している自分の区別がつかなくなるのよ。魅力的な役柄だったらなおさらのこと。ふと、ロケが終わって、自分の顔をみると、鏡の向こうの自分の顔が、そっくりその役の女になっていて、いつまでたっても元の自分に戻らないのよ。口調までその女なの。恐ろしくて、身震いしたわ。役に魂まではぎ取られてしまったような気がしたの」

「役柄に魂を？　なんでまた。想像もできひんことやな」

「だから、経験した人にしか分からないことなのよ」

「自分よりかっこええ別人になれたら僕やったら嬉しいけどな。頭脳明晰《めいせき》で美形、正義感が強くて、気の利いた台詞で女の子にもてもての役とか」

子どもの頃からそんな夢ばかり見てきた。乱暴なだけの自分が内心情けなかったのだ。勉強もスポーツもできる人気者の級友を見返してやりたかった。だが、芳雄の容姿では、役者になるのは無理だ。

「そんな役をやっている俳優に実際会ったら、幻滅するわよ」

「でも、芸能界で、一度脚光を浴びたやつらって、みんなしがみついてるやないか。よっぽど魅力的な職業なんやと思うで」

「私には、もっと他にのめり込むことがあったの……。でも、結局、それもはかない幻想だったから、愚かな自分を振り返ることしかできない」

ゆう子はまるで自分を嘲《あざけ》るようにふふんと鼻で笑ってから続けた。

「でも、こうしてこの子が生まれてくる、これだけは動かしがたい現実だわ。だから、もうそれだけでいいの。それから、あともう一つ、もう一つ願いが叶えば……」

「もう一つ、何かやらんとあかんことがあるんか？」

「石貴を取り戻さなくてはいけないの」

「石貴？」

ゆう子は黙って頷いたが、それが誰なのかは答えなかった。

＊

ゆう子は引き出しの鍵を開け、化粧クリームの瓶を取りだした。蓋《ふた》を回して開ける。中には翡翠の勾玉のネックレスが入っていた。

これは、会の金庫にしまわれていたのだが、元々ゆう子が祖父から受け継いだものだ。会を出る前に、金庫からこっそり取り戻しておいたのだ。

尾汰との信頼関係は薄れていき、ゆう子は、会の中で孤立し始めた。そんな時、尾汰の長男の崇《たかし》が、合成麻薬を密かに南米から仕入れていることを会のメンバーの一人、大村から知らされた。しかも、それを会で製造しているスティック状の健康食品「サブナチュール」に混ぜて、「Mの会」のパワーの源が入っていると偽り、超能力を高める修行の際に会員に飲ませていたのだ。それによって幻覚や幻聴、また、幽体離脱の体験をしたと勘違いした会員が熱狂的な信者になった。

ある時から信者が急増したのは、「サブナチュール」に入っている薬の力だったのだ。会員の異様な形相は麻薬によるものだったのだと知り、愕然となった。また、中毒になった大勢の会員が、借金してでも「サブナチュール」を買うようになり、私財をすべてなげうって入会する者まで出てきた。

なんとかしなければならない。ゆう子は使命感に燃えたが、何か決定的な証拠をつかまなければ、尾汰を納得させることはできない。

そこで、組織の中で一番信じていた黒井《くろい》という男にこのことを打ち明けた。

今から思えば、それが、失敗だったのだ。闇ルートを通じて、その合成麻薬を仕入れているのは、こともあろうに黒井本人だったのだ。元国会議員の秘書だった彼は、海外とのコネクションが最初からあり、会を利用するのが狙いで尾汰に近づいてきた。その信頼を不動のものにするために忠誠を尽くしている振りを長い時間をかけてしつづけてきた。その一方で担ぎやすい息子の尾汰崇をそそのかして、闇ルートを通じた資金稼ぎに手を染めていたのだ。

ゆう子はそんなこととはつゆ知らず、崇の行動に注意するよう黒井に耳打ちした。

黒井はゆう子と一緒に崇の行動を探る振りをしながら、ゆう子を陥れる準備をちゃくちゃくと進めた。ゆう子が会の金を横領しているという偽の証拠を尾汰に見せて、いかに悪辣《あくらつ》な女であるかを少しずつ吹き込んでいった。

ゆう子は黒井や崇のやっていることを尾汰に訴えたが、会の中でもっとも信用している黒井の言葉を彼は疑わなかった。また、息子の崇を溺愛《できあい》していたので、ただでさえ煙たくなり始めていたゆう子の訴えに彼は耳を貸さなかった。それどころか、会の金を盗んだことから自分の目をそらさせるために、在りもしない話をでっち上げているのだという黒井の言葉を鵜呑みにし、ゆう子が悪魔に魂まで売り渡してしまったと言い始めた。

尾汰は、ゆう子が「Mの会」の後継者を育てるのに相応しくないと判断した。そこで息子の石貴が取り上げられることになった。ゆう子は泣いてそれだけは許して欲しいと頼んだ。しかし、どうあがいても無理だとわかり、最後に息子に別れだけ告げさせて欲しいと頼んだ。きっと迎えに行くから、ゆう子は石貴にそう約束した。

石貴は、黒井に連れて行かれてから、いどころすら教えてもらえなかった。それからは行動を逐一黒井に見張られ、ただひたすら、泣いて過ごした。

そんな時、自分が妊娠していることに気づいた。このまま会にいれば、出産してもまた子どもを奪われてしまうだろう。いつか息子を取り戻しにくることを心に誓い、会から姿を消すことにした。幸い、ゆう子に合成麻薬の話を耳打ちしたのが大村だということを黒井も尾汰も知らない。幹部らに信用されている彼に、息子の成長を見守って欲しいと頼んだ。

ゆう子は黒井の目を盗んで金庫の鍵を盗み、中のネックレスを取り戻すと、会から逃亡した。

「Mの会」はこの高級な翡翠でできた勾玉のネックレスを、邪馬台国の女王卑弥呼が神と交信する時に身につけていたものとして大々的にマスコミに発表している。専門家の調べで、ネックレスが確かに古墳時代の身分の高い人間が身につけていたものであることが証明された。

会はオカルトマニアなど若者の間で一躍有名になり、今も信者は増え続けているのだ。いまさら無くなったなどとマスコミに知られれば組織の力を衰退させることになりかねない。だから、彼らは血眼になってこれを探しているだろう。

ゆう子は、このネックレスを誰にも見つからない場所に隠すつもりだった。

このペンションに来てからすでに、半年以上が過ぎようとしていた。その間にテレビやラジオで時々耳にする「Ｍの会」はますます知名度をあげ、尾汰が時々テレビに登場して宇宙の話や超能力の話をすることで、そのカリスマ性をアピールしていた。また、メンバーが美形女性陣ぞろいで、タレントの運勢を占ったり、トランプカードを透視したりするものだから、若者の間で一大ブームになっていた。

結局、彼は、演じているだけ。役柄に魂まで奪われてしまったスクリーンに操られる傀《かい》儡《らい》でしかない。昔、ゆう子がふと鏡を見た時と同じ、楽屋裏に行けば精気の失せた表情をうかべているはずだ。そんな時、鏡でちらっと自分の顔をかいま見て、ぞっとして目を背けてしまう、そんな尾汰の後ろめたい表情なら想像できた。だが、結局、我々人間は、そういう弱さに救われているのかもしれない。

ゆう子は、テレビの中でのお祭り騒ぎを見ながら、どんどん巨大化する会からどうやって息子を取り戻せばいいのか、そのことで頭がいっぱいになった。

それから、ふとケニアの氷河を駆け上る孤独なヒョウの姿を思い浮かべた。ヒョウはいったい何を求めて、そんな高い山に登ったのだろうか。

西岡にもう少し詳しい話が聞きたくなり、ゆう子は部屋を出て斜め向かいにある彼の部屋の前まで行った。彼と二人きりで話をするのはこれで三度目だが、部屋に押しかけるのはこれが初めてだった。思い切ってノックしてみた。

西岡がゆう子の顔を見てすぐに中に入るように促し、「そんなお腹で、大丈夫ですか？」と部屋の椅子を勧めた。

「もう臨月だって、多恵さんから聞いていますが……」

「ええ、いつ陣痛が起こっても不思議はないんです。でも、大丈夫です。多恵さんに用意万端ととのえてもらっていますから」

それでも、西岡は不安そうな顔をした。

「ヒョウの話をもう少し聞かせてくれませんか？　場所が特定できるっておっしゃってたでしょう？　だったら、一度行ってみたいのですけれども」

「なるほど、やはりその話ですか。しかし、あなたも、いろいろと考えるものですね」

西岡は苦笑した。それから、ゆう子のお腹をまじまじと見た。そんな体で？　と言いたそうだ。

このお腹の子どもにこそ、もっと広い地球を見せてやりたいのだ。狭い世界に閉じこもっていたら、いつ、会に近づいてこられるか分からない。住む場所は、この日本だけではない、もっと果てしなく広い世界があるのだと、この子に教えてやりたかった。それは

「Mの会」のような閉じた世界とは対極にあるもの、小さな価値観に閉じこめられないで生きていくための対抗手段になるだろう。

「もちろんこの子を産んで、落ち着いてからです」

「そんなに、行きたいのですか？」

「ええ、ですからお願いします」

西岡は暫く腕を組んで考えているようすだった。

「ヒョウを発見した翌年に行った時のことなんですが、首だけがなくなっていたんです」

「えっ？　首って、そのヒョウの？」

「そうなんです。そのヒョウの噂を聞いた誰かが、そこへ行って首だけ持っていってしまったみたいなんです」

「じゃあ、その首はどこへ行ったのか分からないのですか？」

「地元の観光会社に勤めている知り合いからちょっとした噂は聞いたことがあります」

「その首がどこかにあるという噂ですか？」

「なんでも、欧米人の学生がケニア山に登り、その首を持って下山したらしいんです。腐ってきて、匂うものだから、手を焼いたらしいですが」

「そんなミイラになったヒョウが腐るものなのですか？」

「それまで冷凍保存されていたのです。皮やひげまであるヒョウの死骸なのですから、いくら九百年前のものとはいえ、当然、何日も常温にさらされれば腐敗臭を放つのです。その学生は地元の観光会社の女の子になんとかしてほしいと頼んだそうです。この人のことは僕もよく知っているんですが、結局、ホルマリン漬けにしたとか」

「それで、それはその人が自国へ？」

「いや、国外へは持ち出せないので、そのまま彼女に預けて帰ってしまったそうです」

「じゃあ、そのヒョウの首はその人が持っているのですか？」

「彼女はケニア人と結婚していて、農家を営むその夫の父方の実家の物置に保管してあるそうです」

「そのケニア人の名前は？」

「えーと、彼女は日本人で、美代子《みよこ》さんという人でしたが、ご主人は、バラマディ、そう、美代子バラマディっていうのです」

「では、その首はバラマディさんの実家にあるわけですね」

「多分ね。見に行ったわけではないので知りませんが。こんなことがバレたらケニア政府が黙っていないでしょう。ですから、誰にも公表できないのです」

「つまり、公にはできない話なんですね」

黙ってうなずく西岡の顔を見ながら、それは好都合だとゆう子は思った。

「こんなところで私がその話を聞いてもよかったのですか？」

「僕が話したからってどうってことはない。単なる夢物語として片づけてもらえばそれでいいわけですから」

「せっかくそんな高い所に登ったのに、九百年後には、その首がホルマリン漬けになって民家の物置に置かれているなんて……」

「死骸なんてただの物体ですよ。魂は今でもケニア山の頂上をさまよっているかもしれません。もし、魂なんてものがあれば……」

「人は死んだらいったいどうなるのでしょう。ただの闇《やみ》だったら怖い。でも、同じ場所をぐるぐる旋回する魂を想像しても切なくなります」

これから生命を誕生させようとしているのに、ゆう子はなぜか死が自分の身近に迫っているような気がした。漠然とだが、そう感じるのだ。これは、かなり的中率の高い予知だと、自分で認識していた。

死について、西岡だったらなんらかの答えを引き出してくれるかもしれない。黙って彼の顔を見つめた。

「無かもしれない」

「無というのは想像できないので、考えると寂しくなってきます」

「これから有を作り出すあなたにだったら、僕よりは理解できるんじゃないですか？　今、あなたは一人なのに、その一つの体がもうすぐ二つになるんです。途方もないことだ」

「もうすでに二人ですよ」

「ああ、でも、元は一人だった。そのことの方が僕なんかからしたら、人間が無に帰ることよりもっと想像できないことです」

「女にとっては、それはごく自然なことです。まるで、呼吸するみたいに。もう十ヶ月も一緒にいるのですもの」

「それが女の人の強いところですね。そういうことに男はまるで部外者のように感じますから。現に……」

そう言ってから、博士は口をつぐんだ。

「現にこの子の父親も部外者です」

ゆう子は博士の言わんとすることを読み取り苦笑した。

「自分で何かを、決定的な何かを生み出したという実感みたいなもの。それが男にはないんですね。だから、上へ上へと権力欲に走るのかもしれません。人間なんて弱いものですから」

「この子の父親もそうでした」

ゆう子はテレビで演説する尾汰の顔を思い浮かべた。

「もしかしたら、あなたのお腹の中にいるその生命は誰かの生まれ変わりなのかもしれない。だとしたら、人間は死んで無に帰るとは限りませんね」

ゆう子は自分のお腹をさすりながら考えた。

「生まれ変わって同じことを繰り返すのだったら、それも空《むな》しい」

すると博士はにっこり笑って答えた。

「人間は生まれ変わって、前世でクリアできなかった人間関係をもう一度やり直し、克服して成長していくという説もありますよ」

「それって『Mの会』なんかで言っていることですか？　テレビで」

自分とはなんの関わりもない組織のことのようなそぶりでゆう子は初めて、あの会のことを口にした。これだけテレビをにぎわしているのだ。それを今ゆう子が口にしても不自然なことではないだろう。

「その会のことは詳しくは知りませんが、前世での関係直し説は、昔から言われていることです。さも新しい発見みたいに大騒ぎすることほど、大昔から繰り返し言われてきたことですよ。あんなにテレビで煽《あお》るほどのことじゃない。まあ、テレビというのはより多くの人に物事をわかりやすく伝えるという点で、情報を普及させるいい道具ではあると思いますけれど」

「同時に多くの人を騙すことのできる道具でもありますね」

ゆう子は自分でも驚くほど口調がするどくなっているのを感じた。尾汰に対する憎しみが今突然言葉となって噴き出したかのようだ。

「便利な道具というのはその効果が大きければ大きいほど、危険性を伴うものですよ。何もテレビに限ったことじゃない」

「便利な道具……そういう考え方もあるのですね。なんだか、落ち着いてきました。ありがとう」

ゆう子は美代子バラマディという名前をメモしてから部屋を出ようとした。

「あなたが……」

西岡の声がしたので振り返った。

「あなたが、本当に愛しているのは、その生まれてくる赤ん坊の父親ではありませんね、あなたは……」

ゆう子はそれ以上聞きたくなかったので、黙って頷くと部屋を出た。

後ろ手にドアを閉めた瞬間、刺すような視線を感じた。階段の所から芳雄がこちらをじっと見ているのだ。顔が凍り付いているので、咄嗟《とっさ》に何も言えなかった。

ゆう子はゆっくり芳雄の方に歩いていったが向こうは微動だにしなかった。

誤解だ、誤解している、そう思ったが、言葉は出てこなかった。その時、突然、お腹に軽い痛みが走った。ついに始まったのだ。

――もうこの子は出たがっている。この世の中に……。

こんな世の中にと心の中で反復した。この子は、生まれてきてなにか果たしたいことがあるのだろうか。ゆう子は自分がこの世に失望したことすべてを、お腹の子どもに語ってやりたい心境になったが、親の怨念《おんねん》を子どもに背負わせてはいけないと思い留まった。もしかしたらこの子が新しい世の中を築いてくれるかもしれない。いや、そんな大げさなことでなくていい。自分を律する勇気のある子であってくれればそれだけで十分だ。

ゆう子はお腹をかかえるようにして自分の部屋へ一歩一歩ゆっくりと歩いていった。芳雄がすぐに異変に気づいて、ゆう子の方へ近づいてきた。

「いよいよはじまったみたい」

「多恵さん呼んでくる」

「まだ、大丈夫よ。これからが長いから」

一人目を産んだ経験から、まだ一日、二日くらいはかかるだろうと思った。

それからゆう子は突然思った。出産ともなれば、この部屋に多恵が出たり入ったりすることになる。つまりドアの開け閉めが頻繁になるということだ。

その前に、勾玉のネックレスをなんとかしなくてはいけない、と。

芳雄が多恵を呼びに階段を駆け上がる足音を聞きながら、いったんベッドに横たわったが陣痛が軽いので、体を動かしても大丈夫だと判断し、新聞の伝言板に文章を掲載しようと、机に向かった。

ひすいの首輪の似合う猫、さがしてください。

バラマディ

第九章　不可能犯罪

——二〇〇八年——

私は、叔母のゆう子が殺された時のことをもっと詳しく知るために、南都子と悠斗と亮太の四人で、西岡教授の研究室を訪ねることにした。

西岡教授のいる建物は山越大学内に最近できたばかりのアジア・アフリカ地域研究センターだった。先週、旧研究室からやっと引っ越しが済んだので、今日だったら時間がとれるということだった。

ここ数年のアフリカの発展はめざましく、日本も遅まきながら目を向け始めているようだ。広々とした敷地にそびえるコンクリート打ちっ放しの建物は立派なものだった。

中に入ると、まだ、青いビニールのシートが敷かれていて、微かに塗装のにおいが漂ってくる。

「本当に、建ったばかりなのね」

エレベーターで三階まで行った。教授の部屋は廊下を突き当たった右側の３１０号室だった。

亮太がドアをノックすると、西岡教授が私たちを出迎えた。五十歳前後の落ち着いた印象の紳士だ。ケニアの山を頻繁に登っているというから、タフでいかつい男性を想像していたが、細身で長身、かなりイメージが違っていた。中に入ると、部屋は十五畳ほどあり、窓際にパソコン、真ん中にデスクが四つ向かい合わせに並べてあり、そこへ座るように私たちは勧められた。

壁の本棚には、地理学や高山植物の資料がぎっしり並んでいた。

「私の叔母、藤野木ゆう子のことでお話を訊きたくてまいりました。ご存じとは思いますが、叔母は二十年前にペンション・エイドウに一年足らずいたのです」

ここへ来る理由はあらかじめ亮太から聞いていたらしく、西岡教授は「その人のことなら、覚えていますよ」と警戒心をかいま見せながらも、冷静な口調で答えた。

「当時のこと、詳しく聞かせてもらえますか？」

「やはり、当時のことですか……。さて、どこから話しましょうか？」

「最初から全部お願いします。まず、叔母が初めてペンションへ来た時から」

西岡教授は目を細めて過去を振り返る表情になった。

「あれは二十年前の二月頃でした。ペンション・エイドウに彼女はひょっこり現れ、我々と住むようになったのです。芳雄君の友人だというし、多恵さんも昔から知っていると紹介されましたから、みんなはそれで信用しました。しかし、まわりとうち解けるのは難しい人だったようですね」

「気難かしい性格だったのですか？」

教授はしばらく眉を寄せて考えていた。

「一言で言うのは難しいけれど、一人で秘密を抱えて、何かと戦っている、そんな雰囲気の人でした。いや、ただ戦っているというより、何かを守るために戦っていると言ったほうがいいのかな」

「あのペンションで叔母は出産したと聞きました。その子どもを守るために戦っていたのではないですか？」

何らかの組織を追われて、あそこで多恵の力をかりて出産したのだから、きっと、そういうことだろう。

「そうかもしれません。僕にはなんとも……。ケニア山へ連れて行って欲しいとしきりに頼まれたことがあります。ヒョウの屍の近くに。あんなお腹になっていて、よくもそんな気持ちになれるな、と奇妙に思いました」

「妊娠して子どもを出産するという時にですか？」

「ええ、そうです」

「どうして？　いったい何の目的で」

「さあ、よく分かりませんがもしかしたら……いや単なる憶測なので、ここでは話さないでおきましょう。結局、出産してから、体力がなかなか回復しなくて、やっぱり、ケニアは無理だと苦笑していましたね。そりゃそうでしょう、と僕は心の中で思いました。それから暫くして……」

　そこで教授の言葉がとぎれたので、私はその先を継いだ。

「叔母のゆう子が殺された日のことなのですが、詳しい話をお聞かせいただけますか？」

　今まで聞いた話によると、あの日ペンションにいたのは、多恵、工司、芳雄、西岡教授、田村和夫、ステファニーの計六人だ。多恵はあんな状態だし、赤ん坊が消えたという工司の話があまりに衝撃的だったので、それ以上詳しい話は聞けずじまいになっていた。

　今、西岡から初めて、叔母が殺された時の状況を知ることになる。美奈子の話によれば、全員にアリバイがあったというが果たしてそうなのだろうか。

「あの日のことねえ。もう二十年も前のことですからうろ覚えですけれど……」

教授は言葉を濁した。

「警察からしつこく事情を聞かれた、と訊きました。ですから、よく覚えておられるのでは?」

「まあ、だいたいのことは……」

なんとなく話したくなさそうな気配だった。

「実は、新聞には池で死体が発見されたと書かれていましたが、多恵さんがふともらしたところによると、叔母は部屋で殺されていたそうですね。違いますか?」

教授の顔から急速に血の気が引いていった。悠斗が「なんでそうくるねん?」と小声で言った。

「いや、そんなことは……」

教授が慌てて否定しようとするのを遮って「これを見てください」と私は鞄《かばん》に入れておいた画用紙を出して、みんなの前にかざした。

それを見た教授のまぶたが驚きのあまり思いっきり広がった。私が出したのは子どもの頃に描いた、叔母が池に浮かんでいる絵だった。

昨日の夜、突然思い立ったのだ。自分が描いたこの絵の光景が現実のものだとしたら、教授は、この絵に見覚えがあるはずだと。

「叔母はこのとおり、胸にナイフを刺され、花束を胸に抱えた状態で夜の池に漂っていたのではないですか？　つまり、みなさんが夜中に叔母をこんなふうに池に浮かべた」

教授は顔をこわばらせたまま返事をしなかった。その表情から、私は、自分の言っていることが図星なのだと察した。

「叔母は部屋で殺されたのです。もう時効なのだから、話してくださってもいいでしょう？　私はただ真実が知りたいだけです。みなさんを疑っているわけではありません。その時、ペンションにいた人たちにはアリバイがあると美奈子さんから聞いています」

西岡はしばらく腕を組んで考え込んでいた。

「もう時効ですから、警察の捜査をひっくり返すことはありません。お願いですから真実を話してください」

私はもう一度懇願した。五分くらい重苦しい沈黙が続いた。亮太の顔は真っ青になり、悠斗はそわそわと時計を見たり、出されたお茶を口に運んだりした。南都子は黙ってうつむいている。その間、私はじっと教授の顔を見つめていた。根負けしたように西岡は口を開いた。

「そうですね。確かに、もう時効だから白状しましょう。いまさらあなたが騒いでも、警察が動いてくれることもないでしょう」

「騒ぐつもりなどもちろんありません。ですから、お願いします」

私は力を込めて言った。西岡はお茶を一口飲むと、深いため息を一つついてから話し始めた。

一九八八年十一月六日（日曜日）、西岡教授は朝から部屋で論文を書いていた。午後から大学へ行き、五時過ぎ頃に帰宅してからはずっとペンションにいたという。

教授は自室に帰る途中、不機嫌な顔で居間に向かうステファニーと廊下ですれ違った。ゆう子の部屋から激しい赤ん坊の泣き声が聞こえてきたので、さては、と彼女の不機嫌の理由に思い至った。

部屋で小一時間ほど書き物をして、それから、いつものように食事の前に新聞を読むため、六時頃に居間へ行った。その時、ゆう子の部屋から相変わらず激しく泣く赤ん坊の声が聞こえてきた。

居間へ行くとステファニーが仏頂面でテレビを見ていた。ステファニーは赤ん坊が生まれてからずっと不機嫌だった。彼女が腕と足を組んで陣取っている場所は、西岡が夕飯前に新聞を読む定位置だった。仕方がないので、その向かい側に座ろうとしたら、彼女はぷいと立ち上がって台所で食事の支度をしている多恵の方へ行った。

西岡は、席が空いたのでそこへ座り、テレビを消して、新聞を読み始めた。

多恵は、テーブルの上に皿を並べ始めた。ステファニーが多恵について回り、いつまでゆう子はここにいるのか、これ以上、赤ん坊の泣き声に苦しめられるのはがまんできない、といささかヒステリックに訴えかけている。

多恵は二階の自分の部屋と代わることを提案したが、ステファニーは自分が部屋を代わるのはいやだと主張した。赤ん坊が生まれてすぐに芳雄が部屋を代わろうと提案したが、その時も彼女は断っている。

どうして自分の方が部屋を移らなければいけないのだ、といったような言葉が聞こえてきたので、どうやら、ゆう子の方が赤ん坊とどこかへ行ってくれればいいと彼女は考えているらしい。

そんな二人の会話を耳にしながら、新聞の記事に目を通していたが、六時四十五分からのNHKのニュースが見たくなり、テレビをつけた。

その直後、居間を通り抜ける芳雄の姿が見えたが、西岡は、そのままテレビを見ていた。

数秒後、ものすごい叫び声が聞こえてきたので、西岡とステファニーがその方向へ急いで駆けつけた。どうやら声は半開きのままになっているゆう子の部屋から聞こえてきているようだ。

中をのぞいてみると、胸にナイフが突き刺さった状態でベッドの上で仰向けに倒れているゆう子の姿が見えた。目は見開かれたまま、微動だにしないので、一目で死んでいると分かった。どうやら心臓を一突きされたらしい。

芳雄は、「うおーおー」とゆう子にすがって泣き叫んでいる。

後から多恵が駆けつけてきて、それに続いて、工司と和夫も部屋に来た。全員、凍り付いたようにしばらくその場に立ちつくしていた。その時、すでに赤ん坊はいなかった。

死体の前でみなはしばらく硬直していたが、西岡は、その間にもいろいろと推理を働かせ、ペンションの中のようすを確かめておいたほうがいいと判断した。

窓に近づきクレセント錠を確認したが、鍵はしっかりとかけられていた。犯人がそこから逃げた形跡はない。それから、ペンション全体の各自のドアや窓のどこかが開いているかどうか見て回った。犯人の逃げ口は見つからなかった。

西岡が提案して、とりあえず、居間に全員が集まることになった。芳雄はそのままずっとゆう子のそばにいると言い張ったがそこに一人残しておくわけにいかないので、彼の腕を引っ張って、居間へ行った。

ステファニーが警察を呼ぼうとしたが、多恵がそれを引き留めた。そこで西岡も、みんなの話を整理してからにした方がいいかもしれないと思った。警察の取り調べは厳しい。

また、西岡が知る限り、全員にアリバイがある。そのことを再度確かめてここの人間が無実であることをきっちりさせてから呼んでも遅くはないだろうと考えたのだ。

西岡は、一階の他の部屋にすべて鍵がかかっていたこと、風呂場の窓にも鍵はかかっていたことを確認している。二階は、騒ぎを聞いて慌てて駆けつけてきた工司の部屋の鍵だけは開いていたが他の部屋にはすべて鍵がかかっていた。

工司は和夫と二人でその部屋にいたと証言しているので、そこを犯人は通り抜けることはできない。居間には西岡、多恵、ステファニーがいたので誰かが通れば、気づくはずだ。とすると、ゆう子を殺し、赤ん坊を持ち去った犯人はどこからも逃げた形跡がないことになる。警察は、ここの人間の中から犯人を捜して連行する恐れがある。

まてよ、犯人が、誰かの部屋の合い鍵を持っていた可能性がある。そこの窓から侵入して、逃げたと言うことはないか。

全員で、もう一度、ペンションの各自の部屋を開けて、窓を全部調べることにした。各自の部屋の窓にはゆう子の部屋同様、クレセント錠がしっかりかかっていて、犯人が出入りした形跡はやはり見あたらないことが判明した。

そのことを再度頭の中で確認し、首をかしげた。

犯人はこのペンションにいた人間ということになるのだろうか。だが、西岡、多恵、ステファニーは三人で居間にいたのだからアリバイがある。工司と和夫は案外仲良しで、二人で将棋やチェスをやる仲なのだ。その日も、和夫は工司の部屋に五時過ぎ頃からいたと証言した。工司と和夫は互いにアリバイを証明し合った。芳雄は三時頃に老舗《しにせ》和菓子屋に行き、対岸の『ひろさわ茶屋』に夕方六時過ぎ頃からいた。そのことはアルバイトの人間が証言してくれると言う。

まず、ゆう子が殺された時間だが、午後六時に西岡が部屋の前を通った時は赤ん坊の泣き声が聞こえていたので、少なくとも赤ん坊は部屋の中にいたと考えていいだろう。その時点ではゆう子も無事だったと思われる。

芳雄が死体を発見したのは午後六時四十五分頃だということは、その時間に始まったニュースを見ていた西岡が証明できる。

つまり、六時から六時四十五分の間にゆう子は殺され、殺した犯人によって赤ん坊が持ち去られたことになる。

和夫は、西岡が推測したとおり、赤ん坊の泣き声がうるさいので、工司の部屋へ将棋をさしに行った。その時刻が五時過ぎ頃だと二人とも証言した。それから工司と将棋をさしていたが、芳雄の叫び声を聞いてびっくりして二人で下りてきた。

西岡教授の話をメモ帳に書き記しながら私は言った。

「つまり、みなさんにはアリバイがある。しかし、犯人が侵入した形跡も逃げた形跡もないということですか？」

「そういうことになります。こんな話では、我々が無実だということを警察には信じてもらえない、ということになりました。身内同士でかばい合っている、きっとそう疑ってかかられるでしょう」

「それで、叔母の死体を？」

「僕は、ゆう子さんの部屋の窓を開けておいて、犯人がそこから逃げたことにしようと提案しました。しかし、多恵さんがそれだけではダメだと言い出したのです。足跡とか警察で調べるだろうから、犯人がそこから逃げた痕跡が見つからなければ自分たちが疑われると」

「それで、みんなで叔母の死体を広沢の池に運んだのですね」

「僕は反対したのですが、多恵さんがどうしてもと言い張ってきかなかったのです。みんなパニックに陥って混乱していたし、冷静な判断などできる人間は誰一人いなかった。だから、多恵さんの強い意見に半ばひっぱられるような形で、我々は池に死体を移動させることにしました」

「でも、多恵さんはいったいどうしてそんなことを？」

「もしかしたら犯人を庇《かば》いたかったのかもしれません。彼女は我々の中の誰かがゆう子さんを殺したと思いこんでいたのでしょう。幸い、床に血痕は落ちていなかったので、ベッドのシーツと布団だけを始末すれば、部屋で殺された痕跡は消せると考えたのです。死体には申し訳なかったのですが……」

「芳雄さんは？　彼も承諾したのですか？」

「彼は、ゆう子さんが広沢の池の精になって戻ってきてくれると言いだし、そのことにむしろ賛成していました。夜中に、みんなで石の階段を下りたところからゆう子さんの死体をそっと池に浮かべました。そこだったら、みんながいつも通っているところなので足跡や髪の毛が落ちていても不自然ではないからです。争ったあとなどのよけいな偽装をするとボロが出るので、そのままにして……」

「私の描いたあの絵の中では、死体は花をかかえています」

「それは、芳雄君が、庭で摘んだ菊の花を彼女の両手に抱えさせたのです。しかし、それがどうしてあなたの絵に……」

教授の声が震えている。それをなぜ、私が描けたのか、そのことがよほど衝撃的だったのだろう。教授は先ほど私が差し出した絵を手に取り、改めてまじまじと眺めた。それから、そんなバカな、と呟いた。

「どうして、私が、その時の叔母の様子が描けたのか、それは私にも謎なのです。どこかで、この絵にある光景を見たのかもしれません」

「ありえない、そんなことは」

西岡は悪い冗談だと言いたげな口調でそう言って苦笑したが、私が真剣な目で見返すと、ぞっとしたように顔を強ばらせた。

「確かに、そんなことは……。とりあえず、この絵は偶然の一致ということに……それからどうしたのですか？」

「翌朝、多恵さんが死体を発見したと、警察に通報しました」

「それで、警察を欺くことができたのですか？」

西岡の話によると、全員、警察の執拗な取り調べを受けたらしい。みんなは、ゆう子の死体を部屋で発見したことだけを巧妙に省いて、その日一日にしたことを述べたという。

芳雄は、六時四十五分頃に彼女の部屋に行ってみるといなかったので赤ん坊をつれて散歩に出かけたのだと思ったが、待てど暮らせど帰ってこないのでどうしたのかと心配していた、と嘘を言い、みんなもそのとおりのことを繰り返し言った。

それからしばらくして、ゆう子がペンションに来る前、『Mの会』という組織に所属していたことが判明した。『Mの会』はちょうどその頃、リンチ問題が明るみに出て、連日テレビで報道されていた。ゆう子はその組織に殺された見込みが強くなったため、ペンシヨンの住人に対する取り調べはゆるくなった。結局、殆ど手がかりがつかめないまま捜査は難航し、迷宮入りになってしまったのだ。

「それから暫くして、芳雄君は、池に飛び込んで自殺してしまったのです」

「それは、死んだ叔母の後を追って、ということだったのでしょうか？」

「さあ、それはよくわかりません。『鯉《こい》あげ』の時期に石橋の下から死体が発見されました」

「鯉あげ、というのは？」

「池の水を抜いて収穫する行事があるんや。成長した鯉や鮒《ふな》を地元の人や料理屋へ売るために」

悠斗が説明した。

「えっ、あの池の水、抜くの!?」

どうして池の水が抜けるのだ。プールじゃあるまいし。私は唖然《あぜん》として悠斗の顔を見た。

「あそこの池はそういう仕組みになってるんや。そやから、冬場は水がすっかりなくなって、底の土が露出する」

「それで、芳雄さんの死体が見つかったのですか」

それだったら、赤ん坊の死体も見つかったはずだ。殺されて池に沈められていればの話だが。殺していたら、犯人はきっとそうするような気がした。

「赤ん坊は？」

「赤ん坊は見つかっていないですよ」

ならば、きっとどこかで生きているのだ。

「その芳雄という人の死体は、水が抜かれるまでずっと池の底に沈んでいたのですか？」

「普通に浮かんでいれば発見できたのでしょうけれど、石橋の下だったので、水を抜くまで発見されなかった。といっても死んでから二、三週間くらいしかたっていなかったようですけどね。その時、死体の下から猫の花瓶が出てきたのです。彼はそれを大切に抱えるようにうつぶせの状態で発見されました」

「もしかして、その花瓶とは、あの居間の棚に置いてあるやつですか？」

「ああ、そうです。元々そのゆう子という人の持ち物だったみたいです」

あの花瓶に菊の花が生けてあるのは、叔母を池に浮かべたときと同じように、魂を弔うつもりで多恵がしたことなのだ。プリザーブドフラワーになったのは、多恵が花壇の世話ができなくなったからだろう。

「じゃあ、彼はそれを持って池に飛び込んだ、ということに？」

「恐らくそういうことになるでしょうね」

「だったら、やはり彼は自殺したのですね」

叔母の持ち物と一緒に池に飛び込んだのは、亡くなった彼女の後を追って死にたくなったからではないか。あの猫の花瓶はきっと叔母が大切にしていたものに違いない。

「ええ、多分。ゆう子さんのお姉さんという人が荷物を引き取りに来られた時、二人の形見代わりにこれだけ持っておいてもいいか、と多恵さんが頼んで譲ってもらったのだときいています」

「えっ、叔母の姉という人が荷物を取りに来たのですか？」

私は素っ頓狂な声を出した。叔母の姉、つまり母のことだ。

母は叔母の荷物をペンションに引き取りに来ていたのだ。

よく考えてみれば、叔母にとって、母は、もっとも近い身内なのだから、当然のことだ。その荷物が天橋立の旅館のどこかに残っているかもしれない。

なぜ、もっと早くそのことに考えが至らなかったのだ。その荷物を調べれば、なんらかの手がかりが見つかったかもしれないではないか。さっそく天橋立に飛んで帰りたい心境になった。

「でも、その話だと、いったいどうやって犯人がゆう子さんを殺したのかが分からないよね。外部の者だとしたらだよ、六時から六時四十五分までの四十五分の間にペンションに侵入し、ゆう子さんを殺して赤ん坊を抱いて、ペンションから抜け出したんだ。そんなの不可能じゃないか。本当に窓の鍵はちゃんとかかっていたんですか？」

亮太が聞いた。

「それは間違いない。風呂場の窓の鍵もちゃんとかかっていた。部屋の鍵も工司さんの以外は鍵がかかっていた。どっちにしても窓は全部鍵がかかっていたので出る以前に入れなかった。入る道も抜け道もなかったことになる。信じられない話ですけどね。いまだに僕だって信じられない」

私は、しばらく考え込んだが、答えなど見つかるはずもなかった。

「これはよくミステリなどで言われる不可能犯罪ってことになるのかな。特に脱出の方は難しいな」

「赤ん坊を抱いていたら目立つものね」

「確かに、赤ん坊を持ち去るってのは、難しいな」

「ゆう子さんを殺して赤ん坊は部屋の窓から外に出し、鍵をかけて、それからどこか別の場所から抜け出したのかもしれない」

「どっちにしたって、どこかから抜け出さんとあかん。やっぱり、窓からかな」

悠斗が亮太に向かって言った。

「警察はペンションの中、特に彼女の部屋の捜査はくまなく行っています。窓には彼女の新しい指紋、それに芳雄君と多恵さんの古い指紋しか見つからなかった。指紋は綺麗に残っていて、その上から手袋をはめた手で触った痕跡もなかった。そして、犯人がなんらかのトリックを使って外からクレセント錠をかけるには、窓の密閉度は高すぎるらしい」

亮太は西岡教授の話に耳を傾けながら、うーむと腕を組んで考え込んだ。

「だったら、可能性はたった一つだな、いや二つか」

「可能性？」

「犯人は、田村さんと工司さんだ。二人が共謀して、ということになる。そして、互いのアリバイを証明しあったんだ」

「まさか。そら工司オジはどうしようもないおっさんやけど、人殺しができる人間やない。だいたい二人が共謀して、なんでその女の人を殺さんとあかんのや。動機がないやないか」

悠斗がむっとしていった。

「それ以外に可能性がないと言っているだけさ」

「今、二つって言うたやないか。二つ目の可能性は？」

「西岡教授とステファニーと多恵さんが三人で共謀して殺したんだ。三人ともが同じ動機を持っているなんてことはまずないから、こっちの方が可能性が低いと思うけど。でも、犯人がタイムテレポーテーションしたというよりはありえる話さ」

「そのどちらも不可能なんだよ」

西岡教授が言った。

「どうして？」

四人は一斉に西岡の方を見た。

「ゆう子さんは、芳雄君以外の人がノックしても部屋を絶対に開けなかったんだ。だから、彼女の部屋に入れたのは、彼だけだ。その彼は、彼女が殺された時、『ひろさわ茶屋』にいたんだ」

「誰か別の人物が芳雄さんを装って開けることは？」

「声色で騙すことも難しいだろうし、仮に騙せたとしても、あの二人はそれ以外になんらかのサインを送り合っていたようだから、それをクリアするのは無理だね」

「でも、多恵さんのことは信用していたのでしょう？」

私は聞いてみた。

「いつも芳雄君がついていたよ。二人で彼女の部屋へ入っていた。多恵さん一人でということはなかったみたい」

「そういうことなのか」

では、犯人はいったいどんなマジックを使って、叔母を殺し、赤ん坊を持ち去ったのだろう。赤ん坊が狙いだとしたら、いったいどんな動機があるというのか。

「他に何か変わったこと、ありましたか？」

「変わったことねえ」

しばらく教授は、考えていたが、思い出したように口を開いた。

「事件とは関係ないと思いますが、それから数日後に、田村君の部屋に泥棒が入りましたね」

「泥棒？　何か盗まれたのですか？」

「幸い、現金は置いていなかったので、なにも盗まれなかったみたいです。泥棒は、彼が留守中に窓ガラスを割って侵入し、部屋を荒らし、鍵のかかった引き出しをこじ開けたみたいです。金めのものがなかったので、被害はなかったみたいですけれど」

「どうして、田村さんの部屋なんですか？」

南都子が怪訝な顔で聞いた。

「さあ、一番北側の部屋なんで人目につきにくいと考えたのかな」

「警察はなんと？」

「窓ガラスを割られたことと、引き出しを壊されたこと以外の被害がなかったので、警察には通報しなかったのです。実のところ我々は、もう警察にはうんざりしていたので……ゆう子さんの事件と関係があるようにも見えませんでしたし」

「でも、その泥棒が、ゆう子さんを殺した犯人かも……」

南都子が言った。

「どう繋がるのさ。犯人はどうして田村さんの部屋に侵入する必要があったんだ？　だいたい、ゆう子さんを殺して赤ん坊を持ち去るのになんの証拠も残さなかった犯人がだよ、田村さんの部屋に入るのに窓ガラスを割るってのはへんじゃないか？　同じやつだったら、もっとうまい手を使うだろう？　同一犯って感じしないよ」

亮太が反論した。

「それもそうね」

南都子はあっさり引き下がった。

「田村さんって、どんな方ですか？」

和夫の人物像について、将棋が好きという以外に、殆ど把握していない。

「無口な男やな。それに気が優しくて虫ひとつよう殺さんのやと」

「それより、あの人は、ゲイなんじゃないかな」

亮太が腕を組んで大真面目な顔で言った。

「亮、そんな証拠があるの」

「時々悠斗を見つめるあの人の目はなんか異様なくらい情熱的なんだよなあ」

亮太は悠斗に同意を求めるように言った。

悠斗はむっつり黙り込んだ。

「あなた、そんなふうに、田村さんに見つめられることがあるの？」

南都子がしつこく悠斗に詰め寄った。

「わけないやろう。かってな憶測すんな！」

ついに切れた悠斗が必死で否定する。

「この前なんか『こら、おっさん、きもいからやめろ』と一人で毒づいてたじゃないか。最近、殆どペンションにいないから助かったと漏らしたり」

悠斗は右手を顔に当てて、真剣に参っているようすだ。

そこで、私は思い出した。田村という男と朝食を一緒に食べたとき、彼は執拗に悠斗のことを見つめていた。あれにはそういう意味があったのだ。

「そういえば、事件から一ヶ月ほどたってから、ある人物が訪ねてきました」

西岡教授が思い出したように言った。

「それはどんな人ですか?」

「青室《あおむろ》と名乗っていました。ここでのゆう子さんのことをあれこれ多恵さんに訊いていました」

「教授も会われたのですか?」

「ええ、その時、たまたま僕もいたので、多恵さんと三人で話をしました」

「叔母とはどういう関係の人だったのですか?」

「それが、自分のこととなると、あまり詳しいことは話したがらないのです。以前にちょっと知っていた。新聞で亡くなったというのを知って、びっくりしたから来たのだ、というようなことを繰り返すだけで……」

青室というのは、四十代半ばくらいの地味な服装のこれといって特徴のない中肉中背の男だったという。彼は、叔母が亡くなるまで、ここでどういう生活をしていたのかを知りたがったという。

多恵の話に相づちをうちながら、一時間ほどゆう子がペンションでどのような生活をしていたのかをきいてから、帰っていったのだという。

「それだけですか? 何かそれ以外に変わったことは?」

「そういえば、ゆう子さんのあの猫の花瓶に興味を示していましたね」

しばらく多恵の話を訊いていた青室の視線が唐突に棚に置かれている猫の花瓶に釘付けになったのだという。

「あれが、いったいどうしてここに？」と、彼は驚いてつぶやいたのだという。

多恵が男にその花瓶を見せると、しばらくいろいろな角度から花瓶を眺めていたが「これ、池から引き上げたのですか？」と訊いたのだという。

「あの花瓶が芳雄君の遺体と一緒に池から発見されたこと、形見分けで多恵さんがもらったことを説明したら、なるほど、という顔をしていました」

「でも、その前に、池から引き上げたのですか？　ってその人は言ったんですね？　そのことをどうして知っていたのでしょうか？」

「そのへんは、私の記憶も曖昧なんで実際にそういうふうに言ったかどうかは定かではありません。ただ、花瓶が棚に飾ってあったことに驚いているようでした」

ふーん、と唸《うな》って亮太が腕を組んだ。

確かに、奇妙な話だが、その人物に直接きかなければ答えは見つからないだろうと思い私は訊いた。

「で、その人がいったい誰なのか。住所とかは？」

「結局、それは分からずじまいでした。その人は、ちゃんと身分を明かすことなく、香典を多恵さんに渡して帰っていったそうです」

それでは本人に確認のしようがないわけだ。私はがっかりした。

それぞれが考えを巡らしているのかしばらく沈黙が続いた後に、私は最後に用意していた質問をした。

「叔母の子どもについてですが、何か覚えておられることはありますか? よく泣く、以外の特徴です」

「確か、ハルとか呼んでいましたね」

「コンピューターのハルですか?」

「さあ、どうですかねえ。そこまでは分かりません」

「男の子か女の子かは?」

「多分、男の子だと思います。二八〇〇グラムで男の子のわりに体重が少なかった……というようなことをもらしていましたから」

「それ以外には?」

「うーん、おくるみにしっかりと包んで、我々には顔も見せてくれませんでしたからね。まあ、顔を見たところで、新生児というのは、私たちにはにたりよったりで、区別がつかなかったかもしれませんが」

西岡教授は暫く腕を組んで考えていたが、何かを思い出したように顔をあげた。

「そういえば、一度、右足が見えたことがありますね。ちょうどくるぶしのところにピンク色のひょうたんみたいな形の小さな痣《あざ》がありました。特徴といったらそれくらいですか」

それを聞いた亮太は、食い入るように悠斗の顔を見つめた。悠斗はそれには応じず無表情を通しているのだが、唇だけが微かに震えている。

その時、二人の表情の重大な意味が私には分からなかったのだが、後からそのことを明かされた時、私はなんともいえない複雑な気分に陥った。

第十章　出産

――一九八八年――

芳雄はペンションの一番北側にある物置の上の棚から、目的のものを見つけた。
――芳雄君、以前、この建物の裏側のガレージのひび割れを直してなかった？
――そういえばそんなことあったかな？
――なんかスプレーみたいなもの使ってたでしょう？
――セメントスプレーのことか？
――それ、この家にまだあるの？
――物置にあるけど、何に使うんや？
それには答えず、ゆう子は至急、それが欲しいとだけ言った。
もう陣痛が始まっていて、数時間後には赤ん坊が生まれるという時になって、どうしてそんなものが欲しいのか皆目分からなかった。

芳雄は、赤ん坊が生まれたその先のことを気に病《や》んで眠れない日々を送っていた。こんなところで密かに子どもを産むのだから、赤ん坊の父親には何も期待できない。ここ半年ほど、彼女は新聞の掲示板に投稿する以外に外部とは全く繋がっていない。つまり頼れる人は誰もいないということだ。

赤ん坊が生まれたからといって、ここをすぐに出て行くのは難しいだろう。この閉塞《へいそく》した空間にそう長くいるのも子どもを育てるのにはいい環境とはいえない。だから、しばらくしたら、マンションか家を買って三人で暮らすことを提案してみるつもりだった。

スプレーを手に彼女の部屋へ行くと、ゆう子は、ノートに何やらメモしていたらしい。芳雄が中に入ると顔を上げたが、また、すぐ机に向かい、ペンを走らせている。

日付のようなものが間隔を開けて記されている。

ゆう子がノートを閉じたタイミングを見計らって、芳雄はセメントスプレーを渡した。

「こんなもん、何に使うんや？」

こんな時にという疑問で頭がいっぱいだった。まだ陣痛が軽いから、普段通りに生活してよいと多恵から言われているらしいが、お腹の赤ん坊に毒ではないか。

「これ、どれくらいのセメントが噴き出すようになっているの？」

「内容量を見てみいや」

ゆう子は缶ボトルをくるりと回して内容表示を確認した。

「二七〇グラムかあ。うーん、これで充分ね」

ゆう子はそうつぶやいた。

「いったい何するつもりや？」

それにはやはり答えてくれなかった。ゆう子は猫の花瓶を持ち、中をしきりに確認している。

「これって使った後に防水加工もできるの？」

「セメントスプレー定着剤というのがあるけど……」

「それも持ってきてくれない？」

「買いに行かんとあらへん。急いでるんか？」

「今のうちにしておきたいの」

「こんな時に体に悪いで」

「この子のためなの。この子へのプレゼントをつくるの。生まれてくる前に」

そう言って、お腹を大切そうにさすった。

なんだかよく分からないが、芳雄は、ゆう子に言われるまま量販店にセメントスプレー定着剤とペンキを買いに行った。帰ってきてみると、ゆう子はコップの中にセメントをスプレーしていた。

「なに、おかしなことしてんのや？」

「うーん、スプレーの勢いが強すぎてセメントが飛び散るわね。これじゃあうまくいかない」

それからスプレーを何度も試しているうちに、噴射ボタンを短く何度かにわけてそっと押すことによって、ガス圧力でセメントが飛び散らないようにすることを思いついたらしかった。

コップに入ったセメントがうまくたまったのを見て、ゆう子は満足そうな顔をした。

「さてと、これで練習は終わり。そうだ。あなたにだけは知っておいてもらった方がいいかもね。実は……」

彼女はこのスプレーを使って何をするのかを説明しはじめた。

芳雄はただ呆然と彼女の説明を聞いていた。

＊

芳雄が出て行くと、ゆう子は、ベッドに横たわって、腹部の微かな振動に身を任せ、目を閉じた。まだ、さほどの痛みはなく、眠気が襲ってきたので、しばらくまどろんだ。

目を覚まして、セメントの具合を見ると、すっかり固まっていた。上から白いペンキを吹きかけ、それが乾くのを待ちながら、カセットデッキの再生ボタンを押して、ヴィヴァルディの四季を入れて聴いていると、芳雄が食事を運んできてくれた。

サンマの塩焼きと、切り干し大根、キノコの炊き込みご飯と澄まし汁だった。あまり食欲はわかなかったが、今のうちに食べた方がいいと思い、炊き込みご飯を二口ほど食べてから、サンマの塩焼きを箸でつついた。

陣痛が少しずつ強まっていくのがわかった。

また、しばらくベッドの中で仮眠した。

夢の中の自分は、ケニア山の銀色に光る氷の上に立っていた。向こうの方からヒョウが走ってくる。どんどん近づいてきて、ゆう子から二、三メートルくらいの距離でいったん立ち止まった。

ゆう子は身を硬くしたが、ヒョウは人間を見てもちっとも恐れた様子をみせずに、穏やかな目でこちらを見上げている。ゆう子は誘われるようにヒョウに近づいていった。頭をなでるとヒョウは目を細めて嬉しそうにのどを鳴らした。ゆう子は、ヒョウに勾玉のネックレスを差し出した。

――どうかこれを預かっていてください。もうすぐ赤ん坊が生まれてくるのでその子が成長して、あなたのところへ取りに来るまで。

ゆう子がそうお願いすると、ヒョウはハルにネックレスを渡すことを堅く約束してくれた。

ネックレスを口にくわえると、ヒョウは更に高い場所へと走りつづけ、小さな点となり、ついには消えていった。

陣痛が始まって翌日の朝も、痛みはまだ耐えられる程度だった。しかし、それから数時間後、頻度がどんどん増していった。間隔が三分置きくらいにまで縮まった頃には痛みで冷や汗をかきはじめた。

背中に激痛が走り、そのあまりの痛みに声をあげた。多恵が部屋にやってきて、ゆう子の背中をさすりながら、痛みの波に合わせて鼻から大きく息を吸い、口からゆっくり吐く呼吸法を耳元で実演しながら、そのとおりにするように促した。しかし、お腹に小爆弾を仕掛けられたみたいに押し寄せてくる痛みに息も絶え絶えの状態でとてもそんな優雅な呼吸法を実践することはできなかった。

痛みの波が引いて、ほっとするのもつかの間、更に大きな波が押し寄せてくるのに備えて心の準備をしなくてはいけない。

芳雄が食事を運んで来てくれたが、食べる元気はなかった。

ゆう子は大声をあげないように必死でこらえた。これから出てくるお腹の子どもを愛おしいと思い、そのこと一点に意識を集中しようとするのだが、痛みのせいで意識が遠のきそうになった。

そんなことを二時間も繰り返しているうちに、小爆弾が大爆弾となって、胎児の頭が子宮の入り口を突き破ろうとするあまりの激痛にこらえきれず思わず大声を上げた。涙と汗で顔がぐちゃぐちゃになりながらも、多恵に促されて、ゆう子は死にものぐるいでいきんだ。

それから二十分ほどだった。産声《うぶごえ》をあげる我が子の声を耳にしたのは。赤ん坊を引き上げてくれた多恵が、産湯に入れてから、バスタオルにくるんで、目の前に赤ん坊を持ってきてくれた。ゆう子は生まれたばかりの我が子を抱きしめた。

小さくて柔らかくて、今にも壊れてしまいそうなぐにゃりとした感覚、なのに必死で生きようとする「あっあっあっ」という絞り出すような声。生命の息吹が胸に伝わってきた。その姿があまりにけなげで愛らしいので、陣痛の痛みなどすっかり忘れて、感動の涙があふれてきた。

この子をなんとか守らなくてはいけない。やつらに知られずにちゃんと育てなければ。この弱々しい命を抱いてこれから先乗り越えなくてはいけない苦難に不安はあったが、しっかり自分の上に乗っかっている我が子のたくましさに救われる思いだった。

「あの勾玉のネックレスはあなたのものよ。古墳時代の超能力者のエネルギーがきっとあなたに受け継がれるわ」

ゆう子は赤ん坊に口づけし、耳元でそう囁いた。

第十一章　赤い刻印

——二〇〇八年——


西岡教授のところで話を聞いた後、南都子は河原町へ買い物に行くと言って、私たちとは、反対方向へ歩いて行った。

帰りのバスの中、斜め前の座席に隣り合わせで座った悠斗と亮太は、なにやらひそひそ話を始めた。悠斗の顔色は病人みたいに土色をしていて、とても深刻に見えた。

ペンションに戻ると、悠斗は気分が悪いと言いだし、だるそうに自室へ歩いていくのを亮太が追いかけて肩に手をかけた。私は、一人取り残され、二つの背中をぼんやり見送った。

なんだか知らないが、とりあえず、私は部外者なのだ、とちょっと寂しい気分で自室に戻った。

その日の夜、悠斗は食事に来なかった。これはただごとではないなと私は思った。

食後にコーヒーを二人分入れて、ソファでトランプを並べている亮太に差し出してから、探りを入れてみることにした。

「悠斗、なんだかようすがへんね。教授の話で、何かショックをうけるようなことでもあったの？」

彼はなんとなく渋い顔をしただけだった。

二人は間違いなく何か隠している。教授のところで聞いた話の中に、悠斗が衝撃をうける内容があったのだ。

黙ってカードを並べる彼を私はじっと見つめていた。私を無視しつづけていた彼は、不意に言った。

「本人に聞いてみれば？　僕は何も知らない」

「嘘、何か知ってるって顔に書いてあるわよ。もしかしたら……あ、なるほど、そういうことか」

と曖昧に濁して、口をつぐむと、彼に倣って、私も黙ることにした。すると、カードを並べる手を休め、「なんだよ」と言った。

「いや、何か、彼に不都合なことでも発覚したのかなと思って。私、真相を突き止めたいと言ったけど、それを世間に暴露するつもりは全くないのよ。さっき、西岡教授にもそう言ったでしょう。叔母の死体を移動させたことだって、人に話すつもりはないのだし」

亮太は私の運んできたコーヒーに砂糖を入れて、スプーンでぐるぐるとかき回した。

「さっきの犯人なんだけどね、誰だか分かったんだ」

唐突にそう言われて私は聞き返した。

「えっ？　どうして」

あの謎がそんな簡単に分かるのか？　私は疑いの目で亮太を見た。

「単純なことさ。消去法でいけば、答えはたった一つ。あれこれ推理する必要もない」

あまりに自信満々なので私は半ば呆れながら訊いた。

「工司さんと田村さん、ってこと？　それならさっき聞いたわよ」

「いいや。さっき、西岡教授が言っていただろう。その二人だったら、ゆう子さんは部屋を開けていない」

「つまり……」

私の言わんとすることを亮太はずばり言った。

「部屋を開けてもらえる人が犯人、ということになる。分かるだろう？」

「犯人は岩沢芳雄」

私はためらいがちに言い当てた。だが、彼は想定外の人物だ。

「彼しかいない」

亮太は断言した。

「でも、いったいどうやって？　それに動機が分からないわ。そんなことをしたら一番不幸になるのは、彼じゃないの」

「男と女の関係なんて危ういもんなんだよ。僕が想像するに、岩沢芳雄という男は、君の叔母さんに恋してたんだ。だから、失うよりは殺してしまいたかった、よくあるパターンさ」

「つまり、愛憎のもつれってこと？」

「多分そうだ。だから、多恵さんは、死体を池に移動したかったんだよ。犯人が岩沢芳雄だということに彼女は気づいていたんだよ。なっ、辻褄《つじつま》の合う話だろう？」

亮太は自分の推理を話し始めた。

「岩沢芳雄は午後三時に老舗和菓子屋へ行くと言ってペンションを出たように見せかけて、こっそり帰ってきた。そして、誰にも見られないように、ゆう子さんの部屋へ行き、殺したんだ」

「それだったら、西岡教授はどうして午後六時に赤ん坊の泣き声を聞いたの？」

「赤ん坊はそのまま部屋に残して立ち去ったんだ。だから、スイス人が午後五時頃に赤ん坊がうるさいと言って部屋を出たし、西岡教授が午後六時に通った時も、赤ん坊の泣き声が聞こえてきた。その時点で、ゆう子さんはすでに殺されていたけれど、赤ん坊はまだ部屋の中にいたんだ。殺された母親の死体の横に」

殺された母親の隣で泣く赤ん坊。想像するのも悲しい、哀れな話だ。私は、亮太の推理に身震いしたが、そんなことはおかまいなしで彼は続けた。

「そうしておいてから、六時四十五分に岩沢芳雄はゆう子さんの部屋へ行き、彼女の死体をあたかもその時初めて発見したような顔をして、大声で泣き叫んだ」

「でも、それだと赤ん坊はどうしたのかしら。確か、赤ん坊は、みんなが駆けつけた時にはもうペンションから消えていたわけでしょう？」

「赤ん坊はペンションにずっといたんだ」

「でも、どこにもいなかったって……」

「犯人は、ペンションのどこか別の場所に一時的に赤ん坊を隠しておいた。そして君の叔母さんの前で泣き叫んだ」

「西岡教授がペンション中を点検しているのよ。その時点で、赤ん坊はいなかった。だいたい、赤ん坊を別の場所に隠す必要がどうしてあったの？」

「それは分からない。だけど、結局、赤ん坊はずっとこのペンションに居続けた。そういうことになる」

亮太の口調は、ひどく自信に満ちあふれている。赤ん坊がずっとここに居続けた？　意味が分からず、私は眉をひそめた。

「死亡推定時刻はある程度特定できるかもしれない」

「どうやって？」

「考えてもみなよ。君の叔母さんはナイフで刺し殺されたんだ。そんなもみ合いがあったら、赤ん坊が泣き出した可能性が高い。その泣き声が犯人に都合よく、もしくは最初からそれを狙ってか、とりあえず物音がかき消された。そのスイス人が部屋を出たのは泣き声のせいだから、それが実際の犯行時刻かもしれない」

「ということは午後五時頃？」

「ああ、午後五時前頃に密かにペンションに戻ってきた犯人は、ゆう子さんを殺害した。あ、でもそれだと、部屋から逃げてきたスイス人と多恵さんが居間にいるから、ペンションから抜け出して『ひろさわ茶屋』に戻ることはできないか」

「そのステファニーという人に、何時に部屋から逃げて居間に行ったかを聞いてみないといけないわね」

「彼女、近々ここのペンションに来るから、その時、話が聞ける」

「会ったことあるの？」

「いいや。初めてだ。時々はがきが来るし、美奈子さんから噂はきくけれども、面識はない」

彼女に話を聞けば、もう少しいろいろなことが分かるかもしれない。

亮太を居間に残して、部屋に戻る途中、多恵の部屋のドアが半分あいているのに気づいて私は近づいた。声をかけようとノブに手をかけたら、すすり泣く声が漏れ聞こえてきたので、動作が止まった。

隙間《すきま》から中をのぞくと、車いすに座った多恵の膝に悠斗が顔を埋《うず》めて小さな子どもみたいに泣いていた。見てはいけないものを見てしまったと思い、その場を離れようとしたが、足が釘付けになったまま動かなかった。多恵が悠斗の頭をしきりにさすって慰めている。いったい彼に何が起こったというのだろうか。西岡教授のところで話を聞いてから、どうもようすがへんだ。

息を潜めて、悠斗の泣き声を聞いているうちに、なぜか私まで泣きたいような心境になった。こんなふうに同世代の男の子が泣くのを私は初めてみたので、いたたまれなくなった。

私の気配を感じたのか、悠斗が不意に顔をあげてこちらを見た。私は慌てて彼の視線をかわしてその場から逃げようとしたが、間に合わず、目が合ってしまった。

私は「ごめんなさい」と「いったいどうしたの？」という二つの言葉を心の中で彼に発していた。だが、悲しみにうちひしがれた彼の目は、今、私を必要としているようには見えなかった。静かに後ずさりし、そっとドアを閉めると早足で自分の部屋に帰った。

私は今日西岡教授や亮太と話した内容から、叔母が殺された日、いったい何が起こったのかをまとめてみた。

一九八八年　十一月六日

ＰＭ５：００（推定）スイス人のステファニーが赤ん坊の泣き声がうるさいと言って自室を出て居間に来た。

ＰＭ５：10（推定）田村が工司の部屋に行き、そのまま二人はずっと将棋をしていた。

ＰＭ６：00　西岡教授が居間を通った時、赤ん坊の泣き声が聞こえてきた。

ＰＭ６：45　岩沢芳雄が『ひろさわ茶屋』から戻ってきて部屋で殺されているゆう子を発見する。

ＰＭ６：50（推定）全員がゆう子の部屋に駆けつける。

西岡教授の話によると、叔母は岩沢以外の人間に部屋のドアを開けなかった。彼以外が犯人ということになると、どうやって叔母の部屋に入ったのかが問題だ。部屋の窓には鍵がかかっていたし、叔母の新しい指紋、それに岩沢と多恵の古い指紋しか見つからなかったという。指紋は綺麗に残っていて、その上から手袋をはめた手で触ったような痕跡もなかった。密閉度の高い窓だったので、外部から針金などを使って開けるのも不可能だと警察では判断したらしい。

犯人が岩沢芳雄だとしたら動機は？

彼はゆう子を愛していて、失いたくなかったからだろうと亮太は言っていた。ということは、叔母は岩沢から去ろうとしていたことになる。

それにしても彼は赤ん坊をどうやって隠したのだ。誰かの部屋に持っていったとしたら？　気心の知れた人間として、たとえば多恵などがあげられる。

だが、多恵はその時間厨房にいたのだ。岩沢は、多恵の部屋の鍵を持っていたかもしれない。咄嗟に北側の物置か多恵の部屋に赤ん坊を隠してから、ゆう子の死体にすがって泣き叫んだ。

西岡がペンション中を見て回った時、赤ん坊の泣き声はしなかったという。もちろん、赤ん坊がいたからといって、必ず泣き声が聞こえてくるわけではないが、母親が殺されて不安定な状況にいるのだ。すやすや寝ていたとは考えにくい。もしかしたら、睡眠薬でも飲まされていたのだろうか。

そんなことをあれこれ考えていると、ノックの音がした。

ドアを開けると、悠斗が立っていた。赤く腫《は》れた瞼《まぶた》が痛々しい。

私は彼を見つめながら「もう大丈夫なの？」と囁いた。彼が何か話したそうにしたので、部屋に入るように促した。

自分はベッドに腰掛け、彼に椅子を勧めた。

「亮太から聞いた？」

私は首を横に振ってから言った。

「いったい何があったの？」

「これを見て欲しいんや」

そう言うと、悠斗は、ズボンの裾《すそ》をめくると、右足の靴下を脱いだ。男の子にしては白い足をしていて、細くて長い指とツヤのある爪《つめ》が綺麗だ。

「ほら、ここ」

悠斗はくるぶしのあたりをこちらに向けて指さしたから私は「あっ！」と思わず声を出

した。

彼の右足のくるぶしにひょうたん形をした赤い痣があるのだ。

「ということは、あなたが、叔母の子どもなの？　じゃあ、消えた赤ん坊というのはあなたのことなの。でも、そんなことって……」

ありえない、と私は心の中で付け加えた。

「西岡教授に赤ん坊の特徴を聞くまでは全く知らんことやった。僕が母と血が繋がってへんやなんて……。今でも到底信じられへんことや」

先ほど亮太が言っていた言葉を思い出した。

——結局、赤ん坊はずっとこのペンションに居続けた。

「あなたはずっとここにいたの？」

「そういうことになる。赤ん坊の名前やけど、ハルって言うてたな。悠斗の悠は、訓《くん》読みだと『はる』と読むんや」

「コンピューターのハルじゃないの？」

「どうかな。偶然、ＩＴを専攻しているけど。偶然やなくて必然やったんかな」

「じゃあ、名前まで一致しているのね」

「ああ、そういうことや」

確か美奈子はこう言っていた。

――あの頃、私は好きな人ができて、家を出てしまいましたから。悠斗を出産したんがちょうど十二月です。

彼女も当時妊娠していたはずだ。

「あなたのお母さんが好きになった人というのは今どうしているの？」

「僕が生まれた当時は青年実業家でそこそこはぶりがよかったみたいやけど、バブルが崩壊して、事業に失敗して、今はどうしてんのか、母から聞いたことがない。どっちにしても、妻子のある男で、離婚する気もなく母との関係をずるずると続けようとした卑怯《ひきょう》なやつなんや。そんなヤツの息子やなくてよかったんかもしれん。でも……僕はずっとここが、このペンションが自分の居場所やと思ってた。おばあちゃんだっているんやし。そやのにこの家の子どももやないなんて……」

悠斗が先ほど多恵の膝に顔を埋めて泣いていた光景。あれは、きっと、多恵と自分に血の繋がりがないことにショックを受けて悲しんでいたのだ。

それにしても、悠斗が叔母の子どもだったなんて……。では、彼は私の従弟ということになるのか。私は頭が混乱した。あれほど渇望していた従弟の存在が目の前にいる悠斗だなんて、そんなことがあっていいものだろうか。

手を取り合って出会いを喜ぶような心境にはなれなかった。

「でも、あなたのお母さんは、美奈子さんはいったいなぜあなたを？　自分の子どもでないのにどうして？」

「分からん」

「美奈子さんの本当の子どもはいったいどうしたの？」

悠斗はそれにも分からないと首を振ると頭を抱えて黙り込んだ。

「あなたの戸籍は？」

「今の母とその青年実業家の子どもになってる。籍は入ってへんけど、認知はされてるらしい」

もしかしたら、美奈子は実際には、出産などしなかったのではないか。死産だったのかもしれない。それで、彼女はその時、たまたま母親が殺されて育ての親がいなくなったハルを自分の子どもとして育てた。何のために？　自分の子どもを失った悲しみから立ち直るために。

「でも、どうしてそのことを打ち明けなかったのかしら？」

「このペンションで亡くなった人の子どもやということを知られたくなかったんとちがうかな。ましてや、殺された人やろう」

「そうか。それに、自分の子どもとして育てた方がお互いに幸せですものね」

そう言ってから、そうでないことを知ったばかりの彼の気持ちに配慮がないことを言ってしまったと後悔した。

ただ、何か、それだけでない、もっと別の理由もあるはずだ。

先日、美奈子が『ひろさわ茶屋』で田村からお金を受け取ったこと、あれは、いったい何を意味するのだろう。そのことと悠斗が叔母の子どもであることに何か関係があるのではないか。なんとなくそんな気がした。

「がっかりした？」

私の浮かない顔色を見て、悠斗が唐突にたずねた。

「えっ？　何を？」

「僕なんかが従弟やったら、イメージしていたのと違うやろう」

私は悠斗の顔をまじまじと見た。なんと返事していいのか分からなかった。確かにイメージしていたのとは違う。それはきっと、最初に、彼のことを自分と同世代の異性として意識していたからだろう。それに、彼は、ゆう子の子どもの頃の写真と似ていない。もっと近い容姿の人を私は思い描いていたのだ。

「なんや。お世辞でも、いやそんなことない、実は嬉しくて、とか言えへんのか？　なんか、その反応、すんごい傷つくんやけど」

ふてくされて、突っかかってきた。

「ごめんなさい。悪い意味ではなく、嬉しい、というのとは少し違うの」

「正直過ぎるな。悪い意味やなかったら、どういう意味なんや。まさか笑える、とかやないよね」

「あんまりいろいろな事実が次から次へと押し寄せてくるから頭の整理がつかないのよ。私はあなたのことといい人だと思う。信頼しているってことだけは確か」

私は精一杯褒めたつもりだったが、彼はますます不機嫌になった。

「いい人っていうのは男にとっては褒め言葉にならへんのやって」

「どうして？」

「工司オジがそう言うてた。断り文句なんやってさ。いい人やけど、つきあえへんって意味らしい」

「私、つきあって欲しいって申し込まれていないんだけど……」

そう言ってから、私は自分の顔がほてるのを感じてうつむいた。顔をあげると、悠斗も顔を赤らめて黙っていた。

悠斗は急にそわそわしだし、「あっ、やばい。明日までにレポート書かなあかん」と言って逃げるように部屋から出て行った。

私は、天橋立に帰って、祖母と話がしたくなった。このペンションの人たちの話、母がここへ叔母の遺品を取りに来たこと。叔母に子どもがいたこと。もう一度ゆっくり話す必要がある。

第十二章　密会

——一九八八年——

ゆう子は乳首を消毒すると、泣き叫ぶ赤ん坊の口に含ませた。まだ首もちゃんとすわっていないが、よくおっぱいを飲むようになった。

しかし、ハルはお世辞にも育てやすい子とはいえなかった。朝四時頃に起きると、そのまま夜の七時くらいまでぱっちり目を開けたままでなかなか寝てくれない。腕の中では時々うとうと眠るのだがこれ幸いとベッドに置くと火がついたように泣き叫ぶ。隣の部屋に迷惑がかかるので、一日中抱きっぱなしになった。

抱いているからといっていつもおとなしくしているわけではなく、一時間くらいはざらに泣き続けていることがある。そうなると、おむつをかえても何をしてもダメだった。おっぱいをやると一時的に泣きやむのだが、そのまま飲ませ続けていると、こんどは飲み過ぎてげぼげぼ吐いてしまう。

適当なところで切り上げておしゃぶりをあたえると、暫く吸っているが、乳が出ないと分かると、また、泣き出す。

思い返してみると、石貴《いしたか》はよく寝る子だったから、手がかからなかった。多恵に、休憩を取らないとおっぱいが出なくなると言われ、彼女にしばらく見てもらおうと試みたが、人見知りが激しくて、ゆう子以外の者が抱くと、真っ赤な顔をして、呼吸が止まりそうになるくらい激しく泣くのだ。

なんとか慣らさなくてはならないとゆう子の方でも思うのだが、その反面、我が子から離れたくないという意識があり、多恵に抱かれて泣いているハルを見ると、すぐに取り戻したくなった。そんな調子で、いっこうに多恵に慣れることはなかった。

あまり泣き声がひどい時は、日光浴で疲れさせようと、広沢の池周辺を散歩した。『ひろさわ茶屋』にいる芳雄が時々店から出てきて、ゆう子と肩を並べて、赤ん坊をあやしながら散歩につきあってくれた。

「ずいぶんしっかりしてきたな。ゆう子によう似た美形や」

「そうかしら？　私になんかあんまり似て欲しくないわ」

「なんでや？　君一人で産んだみたいな顔をしてるやないか。自分の分身を」

「分身、そんなに似ている？」

「ふん、分身や」

そういうと、芳雄は、ゆう子の前に立ちふさがり、赤ん坊の顔をじっと見つめた。彼の人差し指がハルの頬を優しくさすった。普通だったら、こんなことをされれば、大声で泣き出すところだが、ハルは芳雄にだけは人見知りしなかった。

芳雄は、ゆう子の元夫のことにはあまりふれたがらない。この子の父親のことを認めたくないのだ。だから、ハルがゆう子の分身であって欲しいと願っているのではないか。

しばらく立ち止まっていると、赤ん坊がまた泣き出しそうになったので、ゆう子はペンションの方へ引き返しはじめた。

「観音島へ行ってみましょう。あの石像の観音様にお願いするの」

池の西側のあぜ道を歩いていくと、石の橋を渡った。ここへハルをつれてくるのは初めてだった。

ぼちぼち紅葉《こうよう》が始まっていた。小さな人工の島からのぞいた池に映った紅葉《もみじ》は、まるで朱色のインクを落としたみたいな広がりを見せ、ゆらゆらと水の中で揺れていた。ここへ来てからすでに半年以上がたったのだ。

「そういえば、十二月になったら、ここは面白いことになるって言っていたわね？」

「そうや。ハルにも見せてやらんとあかんな。その頃には片言くらいは話せるようになってるんか？」

「まさか。言葉なんて一歳か二歳くらいでやっと一語文、二語文よ。十二月だったら生後三ヶ月でしょう。きっとまだ喃語《なんご》くらいよ」

「喃語？」

「嬰児《えいじ》のまだ言葉にならない段階の声よ」

「なーんや。でも、よちよち歩きぐらいはできるようになってるんやろう？」

「まさか。まだ、寝返りもうてないわよ。やっと首が据《す》わる程度よ」

「そんなもんなんか。ほんなら、僕が誰なんかはいったいいつになったら分かるんや？　早う名前で呼ばれたいのに」

「一歳半くらいになれば、『これ何？』ってきいたら『ブーブー』とか……。身の回りの物の単語を赤ちゃん語で言えるようにはなるわよ」

「人間の子どもって成長するの、遅いんやなあ。犬とか猫の子やったら生まれてちょっとしたら歩きよるのに」

「そうね。草食動物の赤ちゃんなんか、生まれて一時間以内に歩けるようになるっていうものね」

「そうでなかったら、敵に食べられてしまうんやな。その点、人間の子はこんなふうに守られてるから育つんやな。こうやって母親にだっこされて、ハルは幸せ者や。僕みたいなひねくれ者にはならへん。誰からも愛される大人になるで」

芳雄の顔に影がさした。彼は生まれた時から母親がいないのだ。高校時代はそんな暗いところはおくびにも出さない、明るい少年だった。生まれた時から母親がいないのと、ある程度の年齢になってからいなくなるのとではいったいどちらが可哀想なのだろう。

ゆう子は、「Mの会」に置いてきぼりにした石貴のことを思い出した。三歳で母親と引き離されたあの子はいったいどんな気持ちで過ごしているのだろう。もう、ゆう子の顔など忘れてしまったかもしれない。

「この子のことはね、ずーっと、私の手で守ってやりたいの。可能な限り」

観音菩薩《ぼさつ》の前でハルを高く持ち上げた。どうか、どうかこの子をお守りください。ゆう子は何度もそうお願いした。

「ずっとここにいれば、そうしていられる」

「そうしたいけど……」

「したいけど？　なんでや？　何も難しく考えることはないやろう。ここがいややったら、他に家を買うてやるし。そこで三人で暮らそうや。誰に知れることもなく」

ゆう子は芳雄の申し出を受けることも拒否することもできなかった。ハルがまた泣き出した。

それができたら、どんなに楽だろう。しかし、そんな平穏な生活に身を任せるのは危険すぎる。「Mの会」はいつか自分を見つけ出すだろう。

ハルだって、いつやつらに奪われてしまうか分からない。こうやってこの子を抱いていられる時間がずっと続いてくれればいいのだが。それには、彼らの行動範囲の外まで逃げなくてはいけない。海外に逃げることも想定していた。

ゆう子は泣きやまないハルを抱きしめながら、石貴を最後に抱きしめた時の感触を思い出した。あの子もまた、泣いていた。

尾汰に失望してからは、一日一日成長していく我が子の姿を見るのだけが楽しみだった。特に、言葉の成長はめざましかった。絵本をひらけば、乗り物、果物、動物、たいがいのものの名前が言えるようになっていたし、二語文しか言えなかったのが、そろそろ三語文らしきものが使えるようにもなっていた。

黒井に連れて行かれるまえのことだった。

――お母さんはきっと迎えにくる。暫くの辛抱よ。だから、待っててね。

これが、別れる前に告げた台詞だった。

石貴は、その頃ちょうど「待っててね」という言葉を覚えたばかりで、そう言えば一時間くらいなら待っていられるようになっていた。だから、ゆう子の「待っててね」という言葉にすっかり機嫌を直し、にっこり笑って頷いた。

覚えたての言葉というのは、吸収力の旺盛な幼児にとって、お気に入りの言葉でもある。息子の中では新鮮で心地よい台詞だったのだ。

ただ、その時、ゆう子が言った「待っててね」はほんの一時間のことではなかった。黒井に抱かれて連れて行かれた石貴は待てど暮らせど迎えに来ない母親を待って、どんなに寂しい思いをしているだろう。母親に見捨てられて自暴自棄になっているかもしれない。

それでも、なんとか新しい育ての親になついてくれていればいいのだが……。

あれから一年以上が過ぎてしまった。もう一度あの子をこの胸に思い切り抱きしめたい。

気がつくと、ハルが泣きやんでいた。ゆう子の胸の中ですやすやと寝息を立てている。どうやら泣き疲れてしまったようだ。

しばらくハルの寝顔を愛おしそうに見つめていた芳雄は、小さな声で囁いた。

「博士とアフリカへ行くつもりなんか?」

ゆう子は黙って首を横に振った。ハルのことがちゃんとするまではアフリカへなど行けないし、こんなふうに、ここで待っているわけにもいかなかった。

「いいのよ、ここで。今いるこの場所で。そう決めたの」

「ずっとここにいることに決めたんか？」

それには答えずに、ゆう子は、石橋の真ん中に立つと「ここよ」と芳雄に行った。ここが最適の場所だと言いたかったのだ。

芳雄は、意味が分からないといった表情になったが、ゆう子の足下と池の水をしばらく見比べていた。それから、ふと遠くに視線を投げた。彼の視線を追いかけて水面に目を走らすと、白鷺《しらさぎ》が羽を広げて飛び立って行くのが見えた。

石橋を渡って弁財天を奉る社の前まで行った。ここから池の東側の山が一望できる。三分の一ほどの木々が赤や黄色に染まっている。池に長い足を立てて、水中の魚を捕食する白鷺が、山の赤と緑の木々を背景に、己の白さを誇るがごとくしっかりと立っている。日本の美しい風景画を思わせる光景が目前に広がっていた。

きっと、この子が大人になった時、また、ここへ訪れ、この同じ景色を見ることになるだろう。その時、自分は一緒なのだろうか。いや、この子はきっと一人で来るに違いない。ゆう子はその頃には自分はもうこの世に存在していないような気がした。十年後、二十年後の自分というのをいくら想像しても、目前には闇が広がるばかりだった。

橋を渡って、元のあぜ道のところで芳雄は『ひろさわ茶屋』の方へ、ゆう子はペンションへ戻った。

居間にはステファニーと多恵がいた。ハルが生まれてから、ステファニーとは気まずい関係になっていた。彼女は明らかに赤ん坊の泣き声に神経をとがらせているし、夜泣きした時など、乱暴にドアの開け閉めをして、どしどしとこれ見よがしに足音をたてて出て行くのを何度も耳にしている。

ゆう子は、視線を合わさないようにさっさとテレビの前のソファまで行くと、雑誌ホルダーから今日の新聞を引き抜いて逃げるように部屋へ行った。

都らんどのコーナーのページを開いて、伝言板を確認する。

《宝石のようなつぶらな目をした可愛い一歳の猫、ミラクル、もらい主がみつかりました。飼い主の方、至急電話連絡くれたし。075—×××—×××× 青室》

文面を読んで、ゆう子は焦った。もらい主？　いったいどういうことなのだ。

至急と書いてあるのだから、なんとかこの番号に連絡をつけなくてはいけない。しかし、逆探知されていてはまずいので、ここからかけるわけにはいかない。どこかの公衆電話からかけることにした。

あまり近くでないほうがいいが、赤ん坊をかかえてバスに乗るのは大変だ。まず、ハルのおむつを替えた。一日に十回以上替えるのだが、替えても替えてもいつもぬれていた。おしっこの間隔がもう少し短くなってくれれば楽になるのだが。産着とその上から着せていた黄色いつなぎを新しいものに着替えさせた。携帯用に紙おむつを二つと替え用の肌着、タオル、ウェットティッシュ、白湯《さゆ》を入れたほ乳瓶、ベビー用リンゴジュースをリュックに詰め込むと、ハルをおくるみに包んで抱きかかえた。

ゆう子はハルを腕に府道に出ると、福王子の方向へ歩いていった。しばらく歩いていると、後ろからタクシーが追い越して、信号で止まった。大覚寺まで客を乗せて戻るところなのだろう。空車なのを確認して、右手を挙げながら、咄嗟にタクシーまで走っていった。ドアが開いたので乗り込んだ。ここから距離があり、なるべく人が多く、公衆電話がどこにでも設置してありそうな場所がいいだろう。ちょっと考えてから、行き先を運転手に告げた。

「京都駅までお願いします」

タクシーはそのまま進行方向へ走り出した。

目を覚ましたハルは、揺れるタクシーの中で、しばらくきょとんと目を開けていたが、むずかりはじめたので、ブラウスのホックを外しておっぱいをやった。強い力で吸い付いてくるハルの必死で生きようとするエネルギーにつかの間、気持ちが安らいだ。

タクシーは西大路通りを南下していき、丸太町通りを再び東に向かって走っていく。中心街へでるのは久々のことだ。病院にずっと入院していた人間が突然活気のある場所に出たみたいな目まぐるしさを感じた。

烏丸《からすま》通りを南下していくと、京都タワーが見えた。ビルの上から伸びた白いろうそくは、お世辞にも洗練されているとはいえない。

だが、昔、あのてっぺんの展望台に、母と姉と三人で来たことがある。田舎から出てきたゆう子たちにとっては、京都の町が三六〇度眺められる高い塔に上れるというだけでわくわくした。姉と一緒に「ミニカーだ!」と地面を走る車を指さしてはしゃいだものだ。

家族との縁が希薄なゆう子にとっては、数少ない思い出の一つだ。

「Mの会」に入ってから、尾汰の教えに従って家族との連絡を絶って修行に専念した。だが、組織の中で孤立するようになってから、あまりに心細くなり、天橋立の母のところに一度だけ電話したことがある。父は女を作って出て行ったきりだった。姉は三年ほど前に結婚して、修学院のマンションに住んでいるという。

——あんたを嫌ろうてたお父ちゃんもおらへんようになった。お姉ちゃんはお嫁に行ってしもたし、ここ、一人で切り盛りしてんのや。手伝いに帰ってきてくれへんか？

母にそう懇願されたが、その時はまだ尾汰に対する未練が残っていたので、今は無理だと言って電話を切った。

姉の連絡先をその時もらったが、連絡する気にはならなかった。

「烏丸口ですか、八条口《はちじょうぐち》ですか？」

気がつくと、高く伸びる八階建ての塔と横長の建物がクロスする駅が間近に迫っていた。

「烏丸口で下ろしてください」

ゆう子は、慌てて、ハルを乳首から引き離して、ブラウスのボタンを留めた。

荷物を肩からかけて、泣き出すハルを抱きながらタクシーから降りると、駅の建物に入っていき、公衆電話をさがした。切符売り場の向こう側に何台か並んでいるのを見つけて、そこまで走っていく。

鞄から新聞の切り抜きを取りだし、受話器を取った。十円玉を入れて、伝言板に書かれている番号を回した。

「はい、ホテル千都でございます」

ホテル？　つまり大村は市内のどこかのホテルに待機しているのだ。はたして、なんという名前で滞在しているのだろうか。伝言板で使われている、大村のアナグラムである名前をゆう子は咄嗟に言った。

「青室さん、いらっしゃいますでしょうか?」

「青室さんですね。どちらさまでしょうか?」

「飼い主です」

「カイヌシさま、ですか?」

「はい、そうです。そう言って頂ければ分かると思います」

「では、取り次ぎますので、暫くお待ちください」

「もしもし」

大村の声だった。

「私です」

「ご無沙汰《ぶさた》しています。今、どちらに?」

「公衆電話からかけています。それより、石貴は?」

「ぼっちゃんを預けていた会員夫婦が、修行中に、ある会員に暴行を加えて入院させたことで、警察沙汰になっています」

「なんですって! あの子をそんな夫婦に預けていたのですか?」

泣きぐずるハルを抱え直し、その声に負けない大声でゆう子は言った。

「心配しないでください。うまい具合にぼっちゃんを取り戻して、私の遠縁にあたる親戚《しんせき》に預けました。会とはなんの関係もない親戚です」

「尾汰はそれで納得したのですか」

「会が警察に睨《にら》まれているので、関係ないところに一時的にでも預けた方がよいと私が助言しました。リーダーも、そんな夫婦に自分の息子を預けたことを不覚に思っておられるようです」

「では、石貴は無事なのですね」

「ええ、大丈夫です」

安心してその場にへたり込みそうになった。相変わらず泣き続けるハルを抱え直す。

「で、緊急の用事とは?」

「あなたが持ち去ったものを会は取り戻したがっています」

「あれは、元々私が祖父から受け継いだものです」

「それは分かっています。しかし、会になくてはならない秘宝となってしまいましたから。当然のことですが、リーダーは、あのネックレスを持ち出したのがあなただと確信しています。実は、だいぶ前からあなたの居所は突き止めているようなのです。黒井がそう話していているのを聞きました」

「黒井が？　いったい、どうやって？」

心臓がバウンドし、全身から血の気が引いていった。

「それは分かりません。ですが、居所はすでに分かっているが、もう少し泳がしてみるつもりだ、あと一ヶ月ほど待ってください、というようなことを……。ですから、今いる場所から、なるべく早く逃げた方がいいと思います」

「分かりました。知らせてくれてありがとう」

「あの勾玉ですが……」

「何？」

「よけいな忠告かもしれませんが、あの勾玉にはあまり執着しない方が身のためかもしれません。あなたの命を奪ってでも取り返す気ですよ。リーダーが賞金をかけましたから。あなたがあれさえ会に譲ってしまえば、そこまで執拗にあなたを追いかけないと思います」

「ご忠告、ありがとう。でも、あれは、この子、ハルのものよ。この子に受け継がしたいの」

「そうですか……。分かりました。心に留めておきます」

ゆう子は電話を切ると、再びタクシーを拾った。ハルの下半身がぬれている。タクシーが走り出すと、リュックからビニールシートを取りだし、座席の上に敷いて、ハルをその上に仰向けに寝かせた。つなぎのホックを外し、紙おむつを交換した。肌着もつなぎもおしっこでぬれていたのでこのままでは気持ち悪いだろうと思い、新しいものをリュックから出した。

ウェットティッシュでさっと全身を拭いてやり、肌着を着替えさせた。ごめんなさいね。気持ち悪かったでしょう。ほら、もう大丈夫よ。そう囁きながら、泣き叫ぶ口におっぱいを含ませた。

ハルはおっぱいに吸い付くなりぴたりと泣きやんだ。暫く夢中で飲んでいたが、やがてすーすーと寝息を立て始めた。唇からたれる白い液体をティッシュでそっと拭いてやった。もたもたしてはいられない。一刻も早く、あのペンションから出て、他に落ち着く場所を探さなくてはいけない。さて、自分はいったいどこへ行けばいいのだ。お金もない、芳雄以外に頼る人もいないというのに。

ハルの寝顔を見つめながら、まず、あなたの安全を確保するのが先決ね、それだけは絶対にやってみせる、と心の中で誓った。

第十三章　鯉あげ

——二〇〇八年——


私は、半ば啞然としながら、水がすっかりなくなり、底の泥土が露呈した池を眺めた。

「本当に池の水が抜かれちゃうんだ。『鯉あげ』ってこのことを言うのね」

「ちょっとした景色やろう？　他では、なかなかお目にかかれへん」

並んで歩く悠斗が自慢げに言った。

白鷺が数羽舞い降りてきて、池の底にできた溝に集まった小さな魚をついばんでいる。広々とした土の上に等間隔に並ぶ鷺の姿が、なんとも風情のある景色を醸し出していた。

私は、天橋立を思い出した。

「天橋立の、あの海の水が抜けて、底がこんなふうに見えたら、いったい、どんな景色になるのかしら」

ばかげた空想だと笑われるかと思ったら、悠斗は大まじめで答えた。

「海の水はこんなふうには抜けへんやろ。そんなことしたら地球上の海水がなくなってしまうやんか」

「それもそうね。引き潮満ち潮が激しいところはあるけれども……」

私たちは、府道まで出た。そこには「こい、ふな、もろこ」と手で書かれた看板が立っていて、キロ単位で売られている。業者らしい人たちが箱単位で買いに来ていた。

悠斗は、鯉二匹と、もろこを一キロ注文した。

「もろこってどんな魚？」

「コイ科の淡水魚で、もともと琵琶湖《びわこ》に生息する固有の魚やったんや。ここのは養殖やけど、淡水魚では一番美味しい魚って言われてる」

発泡スチロールの箱に大きな二匹の鯉、それにビニール袋に小魚の入った袋を販売員から受け取った。

「ほら、これがもろこや」と小魚のたくさん入った袋を私に差し出して見せて、悠斗が言った。せいぜい体長十センチくらいの魚だ。

「これが淡水魚の中で一番美味しいの？　ふーん」

私は半信半疑で聞いた。

「そう言われてるってだけや。海の魚に比べたら、淡水魚はまずいいうからな。天橋立で育った君やったら、海の魚のおいしさを知り尽くしているやろう？　淡水魚とは比べもんにならへん」

「淡水魚でも、鮎《あゆ》とか鮭《さけ》とか美味しいものもあるじゃないの」

「それは、海と川を行き来している魚やからや」

「なるほど。純粋の淡水魚というのは、食べたことがないからなんとも言えない。それより、京都市内の魚ってどれも新鮮じゃないのね。特にスーパーで売っているものなんて、ちっとも魚の匂いがしないのよ。見た目は綺麗なのに」

「京都市は、海から遠いからしょうがないんや。それに比べたら、養殖でも、ここの魚は新鮮やから美味しいよ。もろこは、ステファニーさんの好物なんやって。だから、買ってきてって、母に頼まれたんや」

　今夜、ステファニーが来ることになっていた。

　悠斗は、自分の出生についての意外な事実を知ったとき、暫く落ち込んでいたが、母親の美奈子を問いつめることはしなかった。あえてそのことは考えないでおこうと決めたようだ。結局のところ、そんな事実とは関係なく日々は普通に過ぎていくものだ。むやみに悩んでも、時間の無駄だと割り切ったのだろう。これが自分だったらもっと引きずるところだ。男っぽい頭の切り替え方だなと私は思った。

「これ、どうやって食べるの？」

「天ぷらとか南蛮漬けにして食べるんやけど、炭火で焼いて、レモンをギュッと絞って、塩で食べるのが、僕は一番好きや」

「なんだか、ツウっぽいわね」

悠斗は子どもの頃からここの池の魚を食べて育ったのだという。

私は、ふっと、叔母がこの池に浮かんでいた絵、そう自分が描いたあの絵のことをまた思い出した。あの光景をいったい私はどこで見たのだろうか、と。

ペンションに戻ると、買ってきた鯉ともろこを美奈子に見せた。

「なかなかいい鯉やね。今夜は、鯉の洗いをぎょうさん食べられるで」

美奈子は、いつになく弾んだ声だった。久々にステファニーにあえるので嬉しそうだ。

夕方の五時過ぎくらいに、ステファニーは大きなスーツケースを引っ張って、ペンションに現れた。年齢は四十代半ばくらい。長身、栗色の髪、やや青みがかった瞳をしていて彫りは深いが、肌のきめもこまかい、和洋を融合したきれいな顔立ちだった。私は彼女の顔を見た瞬間、どこかで会ったことがあるような気がした。

美奈子と工司が、久しぶりに会えた喜びを語り合い、お互いの近況を伝え合った。

悠斗が押す車いすで多恵が現れると、ステファニーがきゃーっと大げさに叫んで、懐かしがって抱きついた。多恵はステファニーのことは一目で分かり「まあ、ステファニー、よう来てくれたな」と嬉しそうに言い、互いに昔話に花を咲かせた。

次に彼女は、悠斗に、「まあ、こんなに大きくなっちゃって!」とまたやや大げさに叫んで抱きついて、頰にキスしたから、彼は頰を赤らめた。

私と亮太と南都子は初対面だったので、それぞれ自己紹介をした。

するとステファニーは私の顔をまじまじと見て「どこかで会ったことある?」と聞いた。私の方でもそんな気がしていたのだが、「いいえ」と首を横に振った。

「そんなわけないかあ。私、日本に来るの十年ぶりだもの」

十年前といえば、私はまだ十歳だ。

「天橋立に来られたことあります?」

「行ったことないわ」

「私、十年前だったら、天橋立にいました」

「じゃあ、やっぱり、今日が初対面ね。似たような人に会ったことがあるのかも。多恵さん、よかったね。相変わらず若い人たちに囲まれてにぎやかで」

ステファニーは、多恵に向かってそう言うと、お土産《みやげ》のチョコレートとチーズを机に並べた。一通りおしゃべりが終わると、「でっ、私はどの部屋に泊まればいいの？」と屈託なく訊いた。

「二階の私のいる部屋を使うて」

美奈子が言った。

「いいの？」

「私は、『ひろさわ茶屋』に泊まるさかいええよ」

ステファニーは、久しぶりにこのペンションのお風呂に入って旅の疲れを癒《いや》したいと言い出し、荷物を持って二階の部屋へ消えていった。美奈子たちは食事の用意に取りかかり、私は、ソファで、亮太とトランプゲームをやった。

それから一時間後、入浴後のステファニーがすっぴんのまま食卓に現れた。

「久しぶりにここのお風呂、堪能《たんのう》したわ。木のいい香りがして気持ちよかった」

それから、テーブルの上に並べられた鯉の料理を見て、感嘆の声をあげた。

「おお、鯉の洗い。なんて、懐かしいの！」

悠斗がしちりんを持ってきて、炭に火をつけた。

「これ、もしかして……」

「もろこを焼くんだ」

た。

「やっぱりそうか。そんな予感がしたのよ！」

ステファニーが手をたたいて喜んだ。なんだか、食卓が急に明るくなったような気がした。

悠斗は、皿に盛ったもろこを持ってきて、しちりんの隣に置いた。

「炭で焼いたこの魚の味だけは忘れられなかったのよ。近ごろじゃあ、スイスにだって、日本料理屋はいっぱいできたんだけど、寿司《すし》と焼き鳥ばっかり。この味だけは食べたくても食べられなかったの」

「スイスに淡水魚っていないんですか？」

私は頭に地球儀を描いてスイスを探してみたが、元来が地図に弱いので、どのへんだか分からなかった。

「スイスは、アルプスの山に囲まれた国やから、淡水魚はおらんやろう」

工司が口を挟んだ。

「相変わらず、飲んだくれてるのね」

ステファニーは、工司が口に運ぶ水割りを見て呆れた顔をした。

「これでも、ここ数日、昼間は飲まんようにしてるんや」

「肝臓の検査でも引っかかったの？」

「いや、金がのうなってしもたから、酒が買えへんのや」

「相変わらず、株やってたの？」

「まあな」

「まったく、この不況で、投資家がやまほど自殺しているわよ」

「なんや、ヨーロッパにもサブプライムのババつかまされたアホがおるんか」

「世界中よ。ヨーロッパもえらいことになっているのよ。ま、おいしい食事の前でそういういやな話はやめましょう。それより、スイスの料理なんだけど、ドイツ、イタリア、フランスに囲まれているでしょう。お隣さんの国の影響が強くて、独自のものって少ないの。チーズくらいかな。チーズだけは自慢できるわよ。ジャガイモをチーズでからめたものを、山派の料理と向こうでは言われてるの」

「昔、ラクレットをここでよう作ってくれたな。ジャガイモとからめて食べたの懐かしいわ」

美奈子が言った。

悠斗がしちりんでもろこを焼き始めた。

南都子が鯉こくを運んでくる。

鯉の洗いを酢みそにつけて食べた。天橋立でとれる海の魚とはまた別種の淡水魚特有の臭みのある味だが、逆にそれが目新しいし、身がしまっていて美味しい。なによりも、久々に新鮮な魚だ。

もろこは、まずお腹を両面焼いて、最後に逆さまにして頭の部分を網の上に立てて焼くらしい。その光景が珍しいので、私は興味をそそられた。

「こうやると、頭から美味しく食べられるんや。油が下に落ちるから」

逆立ちしたもろこからしたたり落ちた油が炭の中でジュと小さな音をたてる。

「これ、これ、この味。食べたかったんだあ」

レモンを搾って、焼けたもろこを食べながら、ステファニーが、近ごろの現代アートの世界のことを話し始めた。

やはり、芸術の発信地は、ニューヨークで、今、ある日本人女性画家が密かに注目を集めているらしい。そのうち日本でも話題になるだろうといったようなことを情熱的に語った。

夕飯が終わって、私と亮太は二人でカードゲームをやった。工司とステファニーが向こうのソファで昔話に花を咲かせている。

そうしているうちに後かたづけが終わり、みなは部屋へ引き上げて行った。私と亮太と南都子と悠斗だけになった。

計画どおり、悠斗が、ステファニーを呼びに行った。四人だけになったところで彼女に来てもらって、話を聞きたかったのだ。

南都子が五人分のコーヒーを入れた。

ステファニーはソファに座るとコーヒーを飲みながら、改まった顔をしているみなの顔色を黙ってうかがっている。

「実は、私、藤野木さくら、といいます」

改めて私は、自分の名前をフルネームで言った。さきほどは、さくらとだけ紹介したのだが、藤野木という名字を聞いてステファニーの表情は、こちらの思惑どおり青ざめた。

「昔、ここに住んでいた藤野木ゆう子という人の姪なんや、彼女」

悠斗が付け加えた。

「ゆう子さんの姪なの、あなた。どうりで会ったことがあるような気がした。よく似てる」

「そうですか？」

誰が見ても私は叔母ほどの美貌の持ち主ではない。すんなり受け入れられない私の心を察したかのように彼女は付け足した。

「雰囲気がとてもよく似ている。声の質とか」

「叔母の雰囲気や声の質は知りませんが、そういえば、多恵さんにも叔母としょっちゅう間違えられるんです」

「でしょうね。分かる気がする」

「そんなに似ていますか?」

「ええ、目をつぶれば、ゆう子さんが生き返って、私の前にいるみたいな気がする」

そういってステファニーは目を閉じた。私は思わず、悠斗の方に視線を走らせた。彼はなんとも形容しがたい複雑な表情を浮かべていた。

「実は、ステファニーさんに聞きたいことがあるのです」

「もしかして、ゆう子さんの死の謎について、とかかしら? あなたの顔を見たときからなんとなくそんな気がしていた」

なんて勘の鋭い人なのだ。

「もし差し障りがないようでしたら、あの日のことをもう一度再現していただけますか?」

「もう、だいたいここにいる人から話は聞いているのでしょう?」

「あの日、この家にいたのは、ステファニーさんの他には工司さんと多恵さん、芳雄さんと西岡教授。それに……田村和夫という人」

田村和夫とはまだちゃんと話していない。だいたい、彼とはこのペンションで一度しか会っていない。朝早く出て行き、夜遅く帰ってくるので、話す機会がないのだ。『ひろさわ茶屋』で美奈子にお金を渡しているのを目撃してしまったせいで、気分的に、こちらから自然に声をかけにくくなっていることもある。

「博士には聞いたの？」

「西岡教授にも、あの日のことを正確に話して頂きました。もうとっくに時効の過ぎた事件ですし、真実を明かしていただいたからと言って、ご迷惑をかけることは断じてありません」

「それは分かっているわ。ちょっと待って。あなたはいったいどこまで、真実を知っているの？」

そう言って、ステファニーは腕を組んだ。

私は、この家の住人と、西岡教授からきいた話をメモ帳にしるして、大まかにまとめたことを彼女に話して聞かせた。

まず、叔母が部屋でなくなっているのを岩沢芳雄が発見したこと、それからみんなで居間に集まり、それぞれのアリバイを確認した。外部から犯人が侵入した形跡も抜け出した形跡もないこと。それだけではなく、現場から赤ん坊が消えていたこと。全員にアリバイがあるのに、犯人がペンションの住人以外にいるという証拠が見つからないこと。みんなで叔母の死体を広沢の池に移動したこと、を説明している間、ステファニーは、目を見開きそこまで知っているのか、と私の執念に舌を巻いているようすだ。

「問題は死亡推定時刻なんです。叔母の隣の部屋にいたステファニーさんだったら、きっと、何か物音を聞いておられるのではないかと思うのです」

「そのことなら、何度も警察で聞かれたからよく覚えているわ」

彼女は話し始めた。

その日、彼女は朝からアトリエに行っていたという。知り合いの陶芸家の家がここから歩いて二十分くらいのところにあり、当時、彼女は、そこの一部屋を安い家賃で借りて、和紙と木の蔓《つる》を使ったランプや、墨絵の制作に励んでいた。

午前中一杯、作業に取り組んでから、近々自分が展覧会をやることになっている北山のアトリエの下見に行った。ペンションに帰ってきたのが午後四時頃だった。

その時、珍しくゆう子の部屋から物音一つしなかったので、赤ん坊を抱いて散歩にでも出かけているのだろうと思った。

赤ん坊が生まれてから、泣き声がうるさくて、ステファニーはイライラして、神経を消耗していた。元々あまり親密になれなかったが、ゆう子との関係はますます悪くなり、隣同士なのに顔を合わせても無視するようになった。

赤ん坊の泣き声がきこえると、ステファニーが居間に逃げるか、ゆう子が気を遣って赤ん坊を抱いて、どこかへ散歩へ行くかのどちらかだった。昼間はそれでなんとかしのいでいたが、夜中に三十分おきに泣き出すことがあり、耳栓をしても聞こえてくる時など、腹立ち紛れに壁に本を投げつけたこともあったという。

「今から思えば、私も若かったし、理解がなかったの。ただただ、うるさい、私の生活が侵害されている！　って感じでね。自分の作品がうまくいかなくて、神経がささくれ立っていた時期だったから尚更ね。生まれたばかりの赤ん坊というのがどういうものなのかってことにまで考えが及ばなかったの。今は後悔しているわ。ゆう子さんには申し訳なかったと思っている。病院にも行かずに、たった一人でこんな場所で子どもを産んで育てるなんて並大抵の覚悟ではできないことだったというのに、私は心の狭い人間だったの」

ステファニーは話しながら目に涙をうっすらためた。

午後四時に帰ってきたステファニーは、暫く、音楽をききながら、スケッチブックに自分の制作するランプの図柄を描いていた。すると、部屋の前を通り過ぎる足音と激しく泣く赤ん坊の声が聞こえてきた。

彼女が帰ってきたのだ、とそれだけで神経が逆《さか》だった。ゆっくり音楽を聞いている心境になれないので、ラジカセのスイッチを切った。その時、時間を確認すると、午後五時ちょっと過ぎだったという。

ドアの開け閉めする音が聞こえ、「ハル、ハル」とゆう子の金切り声が聞こえてきた。赤ん坊を黙らせようとあやしていたのだろうが、泣き声はますます激しくなった。耳栓をしたが、気にし出すと微かな声にもイライラするので、半分嫌がらせで、ラジオを大きなボリュームでつけた。

それから、五分くらい部屋にいたが、どうしても我慢ができなくなり、ダイニングの方へ行ってみると多恵が忙しそうに夕飯の準備をしていたので、苦情を言うタイミングを逃して、一人でテレビを見ながらふてくされていた。

「つまり、その時点で、叔母も赤ん坊も無事だったわけですね」

「ええ、そう。それから芳雄さんが帰ってきて、あんなことになって……」

ステファニーはそれから一時間くらいテレビを見ていたが、六時頃に西岡教授が居間に現れたので、テレビの前の席を譲って、食事の用意をしている多恵の方へ行ったのだという。

そこは、教授の話と一致していた。

「午後五時過ぎから六時までの約一時間の間ですけど、居間を誰かが通り抜けた、ということはありませんか？」

「それはないわね。テレビがちょうどこの位置にあるでしょう。二十年前と変わっていないもの」

テレビは廊下に背を向けた形で設置されている。ここでテレビを見ていたら、どんなに画面に集中していても、居間を横切って廊下へ行く人に気がつくだろう。

「だいたい、私は、その時イライラしていて、テレビはつけていたものの、まったく集中していなかったの。ゆう子さんが赤ん坊をつれて、また、散歩にでも出かけてくれればいいのにってそう考えていたから」

そうなると、岩沢芳雄がその時間に居間を横切って、叔母のゆう子を殺して、また、外に出て、六時四十五分にあたかも帰ってきたように装って叔母の死体を発見した、と偽装するのは不可能だ。

午後五時よりもっと早くに彼がペンションに忍び込んで、叔母を殺したとしたらどうだろう？　いや、ステファニーは、五時頃に散歩から帰ってきた叔母の赤ん坊をあやす声を聞いているのだ。その時点で、叔母だけがもっと早くに殺されていた、ということもない。

私は亮太の方を見た。彼は落胆の表情を浮かべている。ステファニーの話を聞いて、自分の仮説が崩れたことを思い知ったのだ。

話は振り出しに戻った。

「犯人は、いったいどうやってペンションに侵入し、叔母を殺して、脱出したのでしょうか?」

「それは、謎ね。まったく、不可解な謎よ。それから暫くして芳雄さんが、ゆう子さんの後を追うように自殺してしまったものだから、みんな悲しみにうちひしがれて、ろくに口もきかなくなってしまったわ。一番打撃を受けたのは多恵さんね。二人のこと心底愛していたんですもの。きっと、ゆう子さんと芳雄さんが一緒になってこのペンションをついでくれればいいと考えていたのよ、多恵さんは」

「芳雄さんは、短パンにランニングシャツ姿で池に飛び込んだそうですね。それは、いったいどうしてなのでしょう?」

「さあ、分からない。どうしてなのか。彼があの猫の花瓶を持って、池に飛び込んだことは間違いないと思うけれど」

ステファニーは、棚に飾られている青い猫の花瓶を指さした。

「それ以外に、何か変わったことはありませんでしたか?」

「いいえ、特に、なにも……」

「どんな小さなことでもいいのです、何かあったら話していただきたいのですが……」私は、謎が解けないもどかしさから、食い下がった。

「そういえば、あの日の朝、彼女、おかしなことを言っていたわ。電話の前で」

「おかしなこと？」

「ええ、誰それの子が死んだって、受話器を置いてから……」

「誰の子だったのですか？」

「多分、聞き間違いだと思うのだけど、はね、とか言っていたわね。はねの子が死んだ、そんなふうに聞こえたの」

「はねの子……」

「叔母さんに、そういった名前の知り合いっていたの？」

「さあ、分かりません」

「じゃあ、聞き間違いよね。もう一つ、これは、事件とは関係のない話かもしれないけど、芳雄さん、生前に事故を起こしたらしいの。亡くなるちょっと前に。その相手の人が、車の修理代を払って欲しいって、催促にきたのよ。その人、芳雄さんが亡くなったことを知らなかったらしいの」

「それはいつのことですか？」

「えーと、芳雄さんが亡くなって一週間くらいたってからかしら。北山通りで車線変更する時に、芳雄さんの軽トラが右車線の車に軽くこすってしまったらしいの。その時芳雄さんは急いでいたので、警察沙汰にしないで欲しいと頼んで、郵便局から十万円を引き出して、連絡先と一緒にその人に渡したのだそうよ。で、その人が言うには、軽くかすっただけなんだけど、塗装やらなにやらで、受け取った額以上かかったって、明細を持ってきたの」

「なんという人だか分かりますか？」

「名前は覚えていないけど、『京つけもの本舗』という名刺を多恵さんがもらってた。千本通りで店をやっていたみたい。芳雄さんが亡くなったと聞いて、その人びっくりしてた。多恵さんが修理にかかった費用を払ったらすごく恐縮しながら、それでも受け取って、そそくさと帰っていったわ」

「今でもあるのですか、その店？」

「さあ、どうかしら」

「ネットで調べてみるよ」

悠斗がそう言って立ち上がった。もし、その店が今でもあるのだったら、いったいどんな事故だったのかを聞きに行ってみたい。

悠斗が席を立っている間に私は、ふと聞いてみた。

「赤ん坊の特徴とか、何か覚えておられること、ありますか？」

「とにかくよく泣く子だったわ。それくらいかしら。顔はねえ、いわゆる生まれたての赤ん坊ってだけしか記憶にないわ。赤ら顔でシワがあって……それくらいかしら。悪いけど、当時の私はちっとも可愛いと思わなかったから、ろくに見もしなかったの」

「右足にひょうたんみたいな形をした痣があるの、ご存じですか？」

「いいえ、知らないわ。誰が言っていたの？」

「西岡教授です」

「そう、ひょうたんみたいな形をした痣ねえ……」

ステファニーは腕を組んで考えているようすだったがはっとして顔を上げた。

「私、なんかそんな痣をした子を見たことあるような気がする。確か、もう走り回れるくらいの幼児になっていたような……」

「どこでですか？」

「うーん、どこでだろう。思い出せないなあ。もしかしたら……このペンションでだったかも、いや、そんなわけないか。その赤ん坊は相変わらず行方不明なんですものね」

私は亮太と意味ありげな視線をかわした。悠斗の顔がふと浮かんだ。今頃、ネットで『京つけもの本舗』を調べているのだろう。このことは彼の耳には入れないでおこうと思った。

「ひょうたん形をした痣ねえ」

南都子が深刻な顔で言った。彼女も悠斗の右足の痣のことを知っているのだろうか。

「あったよ、その千本のつけもの屋」

悠斗が戻ってきて、いきなりそう言った。今、痣のことを話題にしていたばかりなので、私はどぎまぎした。

「さっそく、明日にでも、行ってみようよ」

亮太が言った。

「その前に私、天橋立に帰って叔母の遺品を確かめたいの。それからにしましょうよ」

「じゃあ、さくらさんが天橋立に行っている間に、私たちが、その人に聞いてくるってのはどう？　それでお互いに情報を交換しあった方が早いでしょう？」

南都子が提案した。

「あなたたち、とっても真剣なのね。びっくりしちゃうわ」

ステファニーが言った。

「真実は、一度追求し始めると、止められなくなるもんなんです。特にこんな不可解な謎の真相はどうしても突き止めたくなるじゃないですか」

南都子が力を込めて言ったのに、ステファニーが反論した。

「私だって博士と、さんざん考えたのよ。でも、結局、私たちが結論に達したのは、犯人は私たち以外にいて、なんらかの形で、このペンションに侵入し、ゆう子さんを殺して赤ん坊を奪って逃げていったということだけなの。きっと、どこかに抜け穴か何かがあって、それを犯人は知っていたのじゃないかしら」

「抜け穴、ですか」

「そんなもんあるかなあ。僕が知ってる限り、そんな抜け穴なんて聞いたことないけど」

「もちろん、見つかってないわよ。警察だって、このペンションの中はさんざん調べたのよ。そんな仕掛けはこの建物のどこにも見つからなかったわ」

私は教授のところで見せた、叔母の絵をステファニーにも見てもらうことにした。部屋に戻ってロッカーから絵を取りだし、居間に持っていった。

ステファニーは私から絵を受け取ると、教授と同じように顔色を変えた。

「これをいったい、あなたはどこで？」

彼女の声は驚きのあまり震えている。

「西岡教授にも確認したんですけど、これは、叔母ですよね？　叔母はこんなふうに、胸に花束を抱えて……」

「芳雄さんがしたことよ、花束は。彼女を水に埋葬したつもりだったの、彼」

そう言うと、ステファニーは、目頭に指をあてて鼻をすすった。

「これ、私が小学校の時に描いた絵なんです」

「嘘！　どうして、あなたが小学校の時にこの絵が描けたの？　こんな精密な絵が……」

「そこなんです。昔、私はこのペンションに来て、多分、この絵にあるような光景を見せられたのだと思うのです。ほんの小さな時に」

でなければ、あの絵が描けたはずがないのだ。私は、ここ数日の間に頭の中ではすでに達していた結論を初めて述べた。

「でも、仮にそんな小さい時にここへ来たからって、なんでこんなに丁寧に描けるんや。しかも、覚えてへんのやろう？」

悠斗は、全然納得できない顔をしている。

「不思議に思うでしょう？　覚えてもいない光景が描けるなんて。私の頭の中には、デジカメみたいに、脳が撮影した、つまり一度見た光景が、写真みたいに細部にわたってデータとして記憶されてしまうの。それが、ふとした瞬間に精密に蘇ってくるのよ。映像記憶って言うらしいわ」

「それを絵にするっていうんか？　そんなアホな」

「信じられない話かもしれないけれど事実なのよ。実際、そういう脳を持った人は世界に何人もいるの。脳の記憶ファイルから蘇ってきた映像を描いてしまって、それを見たまわりの人間が大騒ぎする、そんな経験を子どもの頃からずっとしてきたのよ」

それから、私は、昔、自分が描いた、このペンションの絵をみんなに見せた。

「なんてことなの。これはまさにこのペンションそのものじゃないの」

南都子が絵を裏返すと、「小学四年生　藤野木さくら」と書かれたサインペンの文字が出てきたので、みなは「えーっ！　嘘だろう！」と驚きの声をもらした。

「この絵を描いているのを見た祖母がびっくりして、ここで亡くなった叔母のことを話してくれたの。でなければ、私はここへは導かれていないのよ」

家族に嫌われる原因になっていたこのあまりありがたくない特技が、私を叔母、ゆう子の死んだ場所へ導いたのだ。この運命の巡り合わせにはなんとも感慨深いものがあった。

この家のどこかに、この絵の元になるものが存在するはずだ。

それで、ふと、私は、ここへ来てから気になっていた突き当たりの物置のことを聞いてみる気になった。

「ここの奥の物置なんだけど、あそこには何が入っているの？」

そう聞いてから、不思議なことに私は、岩沢芳雄が残していたものがあるような気がした。

「おばあちゃんが鍵を管理しているんやけど、あそこは開けたがらへん。開かずの間ってとこかな」

「もしかして、そこに抜け穴があるとか？」

南都子がステファニーの顔を見た。

「いいえ、ないわよ。あそこは窓もないの。昔は、物置代わりに私も使わせてもらっていたから知っている。ゆう子さんが殺された時は、もちろん物置にも鍵はかかっていたらしいけれど、仮にあいていたとしても、出口はないのよ」

「中には入れないの？」

「おばあちゃんが鍵を管理していて、どこにあるのか分からんようになってしもたんや。そやから、僕が物心ついた頃から開けられへんみたい」

「そう言われると、なんだか中にあるものが気になるわね。なんとか、多恵さんに許可もらえないかしら」

「その話になると、かわされてしまうんや。本人も思い出せへんのとちがうかな。多分、おばあちゃんの部屋のどこかにしまってあるとは思うんやけど」

「思い出してもらえるような、なにかヒントみたいなのを見せられないかしら」

「ヒントねえ？　難しいな」

悠斗がうーんと唸って腕を組んだ。

翌日、私は天橋立へ発った。京都駅から、九時二十八分発のはしだて1号で、約二時間だった。

海水浴のシーズンではないが、蟹《かに》と温泉目当ての旅行客が多い季節だ。

旅館に着くと、案の定、そこそこ客が入っているらしく、バタバタと食事を運ぶ母とかち合った。

「あんた、どうしたん！　来るなら来るでちゃんと連絡しなさい」

鋭い声で詰め寄られたので、手短に近況を伝えた。何か言おうとする母から、逃げるように早足で祖母の部屋へ行った。

祖母にだけ、前もって帰ることは電話しておいたのだ。

旅館の裏の戸から外に出て庭を横切ると、離れがあり、そこに祖母の部屋はあった。ふすまを開けて中に入るとコタツに入った祖母と目があったが、私が誰なのかすぐには気づかず「さくらです」というと「ああ、さくら！」と嬉しそうな顔をした。どうやら、目がよく見えていないらしい。

お茶を淹れようと立ち上がったが、「あいたた」と膝を押さえるので、私が代わって淹れた。前回会ったときからわずかしかたっていないのに、祖母は目に見えて衰えていた。一線から退いたことで、生活に張りがなくなってしまったからだろう。

「ゆう子叔母さんの遺品のことなんだけど」

お茶を一緒に飲んでから、私は切り出した。電話で話したところ、庭の一番西側にある蔵の中にそっくりそのまま置いてあるというのだ。

「中には何が入っているの?」

「あの子の持ってた服とか、ノートとか、そんなもんや」

「叔母さんがあのペンションで出産したこと、どうして話してくれなかったの?」

「出産? そういえば、司法解剖の結果ゆう子は出産してるって刑事さんがいうてはったけど、赤ん坊なんてどこにもいてへんから何かの間違いかと思ってました。で、その赤ん坊はどないしたん?」

やはり祖母は何も知らないのだ。それにしても、いったいどうしたことなのだろう。

「ペンションの人からは?」

「何も聞いてへん」

そんな大切な事実を多恵は説明しなかったのか。尋常でない叔母の死がショックだった上に赤ん坊が消えてしまったので、説明を避けた、ということか。

「遺品は確か、お母さんが取りに行ったのよね。叔母さんが死んだあとに」

「そうなんや。旅館が忙しいて行く暇がなかったし、あの頃、幸子《さちこ》がまだ京都に住んでいたさかいに、取りに行ってもろたんや」

それをそのまま段ボールにつめて、こっちに送って来たのだという。

「母は、赤ん坊のことは、何も聞いていなかったんだ」

「あの子からもゆう子が出産したなんて話、聞いてへん。きっと知らされてへんのやと思うわ。私は、半年後くらいに、ペンションの人たちに挨拶に行ったけど、ゆう子について詳しい話はせえへんかった。あそこの人たちも、あまり思い出したくない話みたいやったし」

その当時だったら、叔母の死は、まだみんなの心に生々しい傷となって残っていただろうから特にそうだろう。

「そういえば、幸子から聞いたんやけど、ペンションの人に、ゆう子の持ってた猫の花瓶を形見の代わりに分けて欲しいと頼まれたらしい。それで、それだけ置いてきたそうや。あの子がまだ小学生の時、デパートで見つけて欲しがったさかいに買うてやったもんなんや。あの子、死ぬまであれを大切に持っててくれたんやと思うと、けなげで、哀れで……。

母親らしいことなーんもしてやれへんかった、すまんかったなあ、思て涙が出てきて止まらんようになった。多恵さんいう人にはお世話になったから、いい形見分けになったと思うてる」

そう言って、祖母は涙ぐんだ。

あの花瓶は、岩沢芳雄が広沢の池に飛び込む時に持っていたものなのだ。多恵が形見代わりに欲しがったのは心情的に理解できた。なんといっても、あの花瓶には二人の思いが詰まっているのだ。

私はとりあえず、蔵にある叔母の遺品を調べて見ることにした。

鍵を渡しながら祖母は「幸子には内緒やで」と繰り返し言った。母は自分の妹である叔母のことを今でも嫌っている。現に、私はその存在すら知らされていなかったのだ。姉妹の間で、よほど根に持つ確執があったに違いない。

「小さい頃から、ゆう子ばっかし目立って、幸子は惨めな思いしよったからな。お父ちゃんはそんな幸子が不憫《ふびん》に思てかわいがってたけど、周囲の人ときたら、ゆう子ばっかりちやほやしてた。モデルになって騒がれるようになった頃なんか、コマーシャルにゆう子が出たら、幸子は反射的にチャンネル変えよったもんな」

「あんなに美しい女優の妹なんかがいたら、私だって、惨めな気持ちになったかも。神様ってなんて不公平なんだろうって」

「ある意味、ああいう際立った美貌を持ったゆう子はゆう子で、幸せやったとは思われへん。案の定、あんな死に方してしもて……司法解剖の後、ここに遺体が送られてきて、久しぶりにあの子の顔を見たら、死に顔がまたあんまり綺麗やったもんやから、可哀想なん通り越して、震えが来たわ。この顔がよけいな災いを招いたんちゃうやろか、とかいろんなこと考えてしもて……」

私は、庭に出て、蔵に行った。この土蔵は、大祖父がこの旅館を建てた時に一緒に作られたものだ。

外見は子どもの頃から見慣れているが、中に入るのは今回が初めてだった。

鍵を開けて重厚な扉を開ける。上の方に小さな窓があるだけなので、中のようすはよく見えない。私は鍵と一緒に手渡された懐中電灯をつける。中はほこりだらけで、いくつもの棚に壺《つぼ》や掛け軸などの入った箱が並べられている。

祖母の話によると、一番奥に木の引き戸のついた押入があり、そこの下に母から送ってきた叔母の荷物があるという。私は懐中電灯を片手に、蔵の奥に歩み寄った。

色あせた木の引き戸のところまでたどり着くと、そこを開いた。

叔母の遺品はすぐに見つかった。黒いスーツケースと、（ゆう子のもの）とサインペンで書かれた段ボール箱が二つあった。

私はそれらをひっぱり出すと、中を点検することにした。

段ボール箱の中には、トレーナーやジーンズなど普段着、ワンピース、靴下、下着など叔母がペンションで身につけていたものが入っていた。もう一つの箱には、鞄、靴、文房具などが詰められている。スーツケースの中もやはり服がつまっていたが、一番底からスケッチブックと、一冊の革表紙のノートが出てきた。

妊婦が着るような服や赤ん坊の服などは見あたらない。なるほど、これだけでは、ゆう子が妊娠し、出産したことを祖母が知らないのも頷けた。誰かが、そういった痕跡のあるものをすべて処分してしまったのだ。

多恵の顔が浮かんだ。母の荷物を整理したのはおそらく多恵だろう。だとしたら、そういうことをするのは彼女くらいのものだ。

私は、スケッチブックとノートをスーツケースから出して床に置くと、衣類などを片づけて、すべてを元に戻した。

その二つを脇にかかえて、廊下で母と出くわさないように用心しながら、自分の部屋へ行った。

机に座ると、まず、スケッチブックを広げてみた。

最初の数枚は、広沢の池近辺のデッサンだった。観音像、弁天社、池で餌をついばむ白鷺、東側の山とその手前にわらぶき屋根の家、など見慣れた風景がさまざまな角度で描かれている。

当然のことだが、あのペンションに叔母はいたのだ、と改めて実感した。私が今、毎朝歩いている場所を二十年前、叔母はいったいどんな気持ちで歩いていたのだろう。私は、目を閉じて、その当時の叔母の気持ちをなぞってみる。

妊婦になった叔母の姿、赤ん坊をあやしながら散歩している姿、想像はどんどんふくらんでいった。

風景画が何枚か続いた後に、まるでCのような形をした緑色の石の連なる輪っかの絵があった。**「卑弥呼のエネルギーを受け継いだ翡翠の勾玉のネックレス」**と書かれている。

これはネックレスなのか。私はその石のネックレスにしばらくみとれた。他のスケッチに比べると、力を込めて丹念に描かれていて、画用紙から浮き出てきそうな迫力があった。

勾玉、というのを辞書で引いてみた。

古代の装身具。瑪瑙《めのう》・水晶・滑石製が多く、Cの字形やコの字形の一端に孔《あな》をあけて緒を通し、垂れ飾りとした。日本、朝鮮の古墳時代に好んで用いられた。もとは、動物の牙に孔をあけて身につけたものから由来している。

とあった。

瑪瑙、水晶ではなく、これは翡翠の勾玉らしい。

こんなに写実的に描いているところを見ると、叔母は多分、この古代のネックレスの実物を見たことがあるのだ。実際に、これを目の前に置いて、デッサンしたのかもしれない。石の大きさ、形は決して均等ではなく、緑のわずかな色の違い、斑《まだら》になった部分まで細かく描かれている。機械ではなく古代の人の手によって作られたものであることを物語っている。

見ているだけで、これを身につけていたであろう古代人のパワーが伝わってきそうだ。

私は、自分の右手を絵の上で大きくひらいてみた。しばらくすると、手のひらが熱くほてってきたので、はっとなった。まるで叔母の熱が伝わってきたみたいだ。

次をめくってみると、真っ白な氷河の上を走っているヒョウの絵が出てきた。それまでの絵はすべて現実の風景だったのに、この最後の絵だけはなぜだか空想で描いたものなのだろう。叔母の手がかりが、前の絵まででとぎれてしまったような気がした。

だが、よく見ると、そのヒョウは前のページの絵にあった、勾玉のネックレスを口にくわえていた。

絵の下に「ケニアの氷河を駆け上るヒョウの屍」と書かれていた。

屍？　どう解釈していいのか分からず、しばらく、ヒョウがくわえたネックレスを観察した。

真ん中の石が大きく、その他の石の形などが前のページで描かれていたネックレスそっくりだった。同じネックレスをヒョウがくわえて、氷河を駆け上っているのだ。

私はスケッチブックを閉じると、ノートの方を手に取ってみた。

B5サイズくらいで、緑色の革の表紙だった。

日付は、一九八八年、二月九日から始まっていた。

岩沢芳雄のいるペンションをたずねる。とたった一行だけ、書かれている。

叔母が岩沢芳雄と出会い、ペンション・エイドウに入居するきっかけとなった日づけが二月九日なのだ。

次に、ペンションに住んでいる人間の名前が書かれていた。しかし、特に、ペンションでの出来事が書かれているわけではなかった。

ページをめくると、都新聞、都らんど　伝言板「もらってください」のコーナー

　１９８８年　２月10日
《宝石のようなつぶらな目をした三ヶ月になる、まったく病気知らずの健康なオス猫、ミラクル、欲しい方探しています。ＴＥＬ０７５―×××××　青室まで》
という新聞の切り抜きがあり、後は、日付だけが書かれていて、最後の十月十三日の下にだけ住所が書かれていた。
　　　　４月12日
　　　　６月10日
　　　　８月13日
　　　　10月13日
　　　　京都府船井郡日吉町胡麻○×番地
青室？　どこかで聞いたことのある名前だという気がしたが、思い出せない。
「さがしています」コーナー

1988年　9月7日
1988年　10月11日
1988年　11月14日

つまり、都新聞、都らんどの、「もらってください」「さがしています」のコーナーのこの日付の新聞に叔母が伝言を載せた、もしくは、興味のある伝言が掲載されているということなのだろうか。しかし、猫をもらって欲しい、と書かれているだけだ。しかも、新聞の切り抜きは、一番最初の一九八八年二月十日のものだけ。

二十年前の都新聞の縮刷版は、図書館に行けば閲覧できるだろうから、京都へ帰ってから、私は、中央図書館へ行こうと決め、ノートを閉じた。

そろそろ日が暮れかかっているので、厨房へ行った。二人分の夕飯を受け取って、祖母の部屋へ持って行こうとした時、母に「さくらちゃん」と後ろから呼び止められたから、私は飛び上がりそうになった。母が私のことを「ちゃん」づけで呼ぶのは、怒りが爆発する前兆なのだ。

「久しぶりに帰ってきたと思たら、こそこそ、いったい何してんの？」

「こそこそなんかしてないわよ。お母さん忙しそうだから、邪魔しちゃ悪いと思って、気を遣っているのよ」

私は背中に冷や汗をかきながら言った。

「おばあちゃんのところへ行くの？」

お盆に並べられた二人分の食事に目を落としながら母は言った。

「うん、まあ。だって、お母さんは、まだ、ばたばた忙しいでしょう？」

昔からそうだった。海水浴や蟹のシーズンになると、旅館は大忙しで、あわただしく働き回る母や祖母に、私は、放っておかれた。厨房で、私のために用意された夕飯を受け取って、一人で自分の部屋で食べるのが常となっていたのだ。

「今日は旅館の仕事は他の者に任せることにしたんよ。それより、あんた、一緒に食事しよ。話したいことがあるし」

予期していないことなので、がっかりした。久しぶりに母と食事ができるのは、嬉しいことだが、できることなら祖母と二人きりで話したかった。それに、母が話したいことがある、とこんなふうに不機嫌な声で言う時は、大抵の場合、あまりいい内容の話ではない。漠然とだが嫌な予感がするのだ。

「えっと、でも……どうしよう」

私は、二人分の食事しかないことを軽く盆を持ち上げて母に示した。

「私もおばあちゃんのところへ自分の分の食事を持っていくさかい、待っててんか。三人で話そ」

祖母の部屋で久しぶりに三人で向き合い、食事をすることになった。

久々に新鮮な焼き魚を口に運んだとたんに切り出された話の内容に、私の食欲はたちまちしぼんでしまった。

「あんた、引っ越したんやって？　そんなこと、全然知らんかったわ」

母はきっとした表情で言った。

「えっ、まあ……ね」

私はしどろもどろで答えながらちらりと祖母の顔を見た。祖母には伝えたが、母には直接言っていない。伝わっていないだろうことは予想していたが、そのことをあえて祖母に確認することもしなかった。

どうせ携帯があるのだ。住んでいる場所までいちいち報告しなくても連絡がつく。

「どうして、そんな大切なこと隠していたの！」

ちゃぶ台をたたいて怒り出した母を祖母がいなした。

「ごめんごめん、私がいい忘れたんや。さくらを叱ったらんといて」

「しかも、あなた、今、あの……ペンションにいるんやってね。あの子の……ゆう子の亡くなった」

母の声は怒りで小刻みに震えている。

「お母さんこそ、どうして、私に叔母さんがいること、一度も話してくれなかったの？」

私は、にわかに怒りがこみ上げてきて、反撃した。隠し事をしていたのは母の方ではないか。

「知る必要がないと思ったからよ。普通の死に方やなかったし……。知って気持ちのええものやないでしょう、そんなこと」

確かに、それは一理ある。だが、説明のつかないことが一つだけあったから、この際、思い切ってたずねた。

「でも……私、あのペンションに昔、行ったことがあるわよね？」

「何言うてるの。そんなわけないやないの」

「嘘ばっかり」

「なんで、そんなふうに思うの？」

「だって、私、ずっと小さい頃からあのペンションの絵を描いていたんですもの。お母さんだって知ってるでしょう?」

「なんのこと、それ?」

「しらばっくれんといて。行ったことなかったら、あんなに克明に描けるはずがないのよ」

「アホなこと言いなさんな」

「お母さんじゃないの、不安がる私に、いつも言っていたの。私には映像記憶といって、眼に映った対象を写真のように細部までくまなく記憶する能力があるんだって。つまり、私の絵は、どこかで見たことのあるものなのよ」

私は自分の部屋に駆けていった。押入をあけると、天井に隠してある画用紙に描かれた絵を取り出した。

祖母の部屋に戻って、それを母と祖母に見せた。

「ほらこれ、私が小中学生の時に描いた絵よ。これは、ペンション・エイドウだわ。違う?」

私に詰め寄られて、言葉を失った母は、しばらく、貝のように口をつぐんでいたが、ついに白状した。

「確かに、一度だけ私はあの場所にあんたをつれて行ったことがある。その頃、まだ、あんたにそんなへんな能力があると知らんかったさかいに。うかつなことをしてしもた」

そう言うと、母は深いため息をついた。

母がペンションに私を連れて行ったのは、一九九一年の夏のことだという。私は、すでに四歳になっていた。

あのペンションに、叔母が亡くなった当初、遺品を取りに訪れたことがあった母は、あれから、妹を殺した犯人が分からずじまいになっているのが気になり、ふらっと行ってみたのだという。

ペンションの前にしばらく立っていたが、挨拶する気分は湧かず、そのまま帰ろうとしたところ、玄関の扉がひらいて、中から見知らぬ女性がでてきた。長身で、栗色の髪をした白人のような女性だったという。当時、四歳だった私は、まるで吸いつけられるように家の方へ走っていった。母は私の名前を大声で呼んで引き留めようとしたが、その住人が出るのと入れ違いに開いた扉からペンションの中に入ってしまったのだという。

その白人の女性が、慌てて中に引き返して、ペンションの経営者の英堂多恵を呼んできた。

私は、居間を通り抜け、一直線の廊下を走っていった。母は必死で私を追いかけたが、廊下から突然消えてしまったのだという。どうやら、突き当たりの物置の中に入り込んだらしかった。

「物置って、あの一番北側にある?」

私は興奮して母の話を遮って聞いた。

「そこにあんた入り込んでしもて、出てきいひんのよ」

多恵が、私に続いて物置の中に入って行った。人の家の物置にかってに入るわけにいかないので、母は廊下から私の名前を呼びながら待っていたが、なかなか出てこない。

母はしばらくぴかぴかに磨かれた廊下に突っ立ったまま、多恵が私を捕まえてくれるのを待っていた。数分後、多恵が、私を抱きかかえて出てきた。

母はきまりが悪くなり、迷惑をかけたと頭を下げて、私を抱きかかえて逃げるようにペンションを出て、バス停の方へ歩いていった。それから、一度も、そのペンションを訪ねたことはない。なんとなくイヤで、広沢の池方面に行くこともしなかったという。

その白人の女性というのは恐らく、スイス人のステファニーだ。以前どこかで会ったような気がしたのは、気のせいではなく、本当のことだったのだ。

「やはり、子どもの頃にあのペンションに行っていたのね、私」

「そやけど、今頃になって、なんでそんなことを……」

「叔母さんを殺した犯人を突き止めたいの、私」

「やめなさい。そんなことして何になるの？」

母の顔が気色《けしき》ばんだ。

「ゆう子の無念を晴らしてもらうんや」

祖母が私に加勢した。

「お母さんまで、そんなことに荷担して、あんたらときたら。ゆう子のことを今頃、蒸し返したかて、誰も幸せになんかならへんのよ！」

「幸子、あんたがそうやって反対するから、さくらは内緒にしとったんやないの。そういう頭ごなしの口の利きかたやめなさい。心ひらかれへんよ、この子かって」

「お母さんは黙ってて。私はさくらに言うてるんです。あんた、そんなふうに過去に起ったことを掘り起こすんやなくて、これから先の人生をしっかり生きなさい。この不況で、絵なんか売れへんでしょう。そやのに、画廊みたいなところで働いててどないするの。そんなとこにいてても将来なんかあらへん。旅館を手伝いに帰ってきなさい。ここは、あんた以外に後継ぐ人、いてへんのやから」

「さくらに旅館の仕事は向いてへん。それはあんたが一番よう知ってることやないの」

旅館に戻ってきて欲しくて仕方がないはずの祖母が、私の味方になってくれた。

「しっかりした人と結婚してくれたらよろしいのや。ビジネスが天職の」

「そんな人、こんな片田舎にいてますかいな」

「それがな」と母は、急に意気込んで、地元の某ホテルの息子の話をしはじめた。

まだ三十歳そこそこなのにやり手で、ビジネスセンスがあるともっぱら噂なのだという。旅行会社と組んで、ユニークな企画を立てて外国人の客まで集めているらしい。ネットをうまく利用して、天橋立の特産品の通販にも成功しているという。

「これからはネットの時代やさかいにね。やっぱり、若い人は考えることが違います」

そう言って、やたらとその青年のことを褒めちぎった。

漠然と母の話を聞いていたが、なんだか雲行きが怪しい。どうやら、母はその男と私を見合いさせたいのだ。私は、急に食欲がなくなり、逃げ出したい心境になった。

「三十過ぎって、さくらはまだ二十一歳やないの。年齢が離れ過ぎてます」

祖母が反対した。

「さくらみたいにぼけーっとした子には、それくらい年齢のいったしっかりした人が向いてるんです」

「二十一歳で結婚やなんて、早すぎます。可哀想やないの」

祖母と母の言い合いがだらだらと続いている間、私は、見ざる言わざる聞かざるを決め込んで、黙々と、蟹の身をほじって口に運んだ。

ふと悠斗のことが頭に浮かんだ。

——明日帰るね。いろいろ手がかりが見つかったから。

と携帯に打った。

——こちらも『京つけもの本舗』の人から興味深い話をきいたから明日。

とすぐに返事が返ってきたから嬉しくなった。最後にVサインまでしてある。私の気持ちは、もうすっかり京都に向いていた。

興味深い話、ということは、岩沢芳雄が起こした事故が、叔母の事件と何か関係があったということなのだ。私は、早く悠斗の仕入れた情報が知りたくなり、いても立ってもいられなくなった。

翌朝、母から見合い写真を見せられた。向こうは、私のことを子どもの頃からよく知っていて、見合いを積極的に考えていると聞かされ、びっくりした。その写真の男性に私はまったく見覚えがない。

どうして自分のいない間にそんなに話が進んでいるのだ、と不満を訴え、逃げるように旅館を後にした。

第十四章　決意

――一九八八年――

その夜、夢を見た。それは、姉の幸子が電話して欲しい、と泣きながらゆう子に訴えかける夢だった。同じ場面が何度も繰り返され、夜中に目が覚めた。

ゆう子は宮津の中学を卒業して、京都の高校へ進学してから姉の幸子とは一度も会っていない。

会いたいとも思わなかった。ゆう子は小学生の時から、なんとなく感じていたのだ。姉が自分のことを嫌っていることを。

その理由も分かっていた。ゆう子は、大人受けする子どもだった。いや、大人にだけではない、学校でもクラスですぐに一目おかれる人気ものになった。それが自分の容姿に由来しているということも、分かっていた。

母に連れられて、姉と歩いている時でも、いつも注目されるのはゆう子の方だった。物心ついた時には、大人から可愛い、愛らしい、と褒めちぎられ、いい気になっていた。大人に何かをねだるのも得意だった。どうやったら受ける表情になるのか子ども心に分かっていたから、自然と磨きがかかっていくのだ。だから、そういうことが子どもの頃から身についていた。

自分はかわいい、他の子より際だっている、みんなは私と話したがっている。もちろん、そんなそぶりは見せないが、心の底ではちゃんと知っていた。

小学五年生の時、旅館の客である数人の若者に庭で声をかけられ、海水浴場の場所をきかれたことがある。ゆう子は、にっこり笑って行き順を丁寧に教えた。ただそれだけのことだった。

それなのに「子どもの癖におまえの仕草ときたら、なんて淫乱《いんらん》なんや」と父にどやされた。ゆう子は、その言葉に傷つき、初めて、自分の心を見つめなおした。確かに、自分は若者を意識していたし、好かれたいという気持ちがあった。それを淫乱と評した父の言葉が的はずれなものではなかっただけに落ち込んだのだ。今思えば、狡猾《こうかつ》な子どもだった。そのことを見抜いて、自分を憎んだ父や姉の気持ちも、分からなくはない。子どもだから純真なんてことは決してない。容姿で好かれる子は、それが自分の得意分野になるから、いろいろ工夫してもっと好かれようとする。自然とそういうふうに計算するものなのだ。

そう考えてみると、人格が容姿をと言うより、むしろ容姿が人格を形成することの方が多いような気がした。

父は、ゆう子が中学生になり、体が女性らしく成長していくに従って、ますます、忌み嫌うようになった。何も言わないが、時々こちらを見る目が語っていた。おまえの仕草は不純で淫乱だ、と。

二歳年上の姉の幸子は、ゆう子とは対照的に、容姿も地味で控えめ、影が薄く、いるのかいないのか分からないようなところがあった。

姉は、旅館の従業員や客と話すゆう子をじっと見ていることがあった。父とはまた違う、陰鬱な目だった。まるで、日の当たる場所をゆう子が占領しているから、自分は陰に押しやられているのだと、恨み言を吐いているみたいな。姉の陰険な表情を見るたびにゆう子は心の中で言い返した。

――あなたは、いつだって、お父さんの愛情を独占してきたじゃないの。自分の持っているものに満足せずに、私のことを妬《ねた》むのは、お門違いよ。

それから、まもなく、父が事業に失敗し、ゆう子への父の憎しみが倍増した。その頃から、ゆう子は以前ほど人前で明るく振る舞えなくなり、むしろ、無口であまり笑わない子に変わっていった。

母の計らいで、宮津を出て、姉とはそれきりになった。

姉が自営業の社長と結婚して、修学院離宮の近くのマンションに住んでいると母から聞かされた時、なんの感慨も湧かなかった。

それほど、姉はゆう子にとって影の薄い存在だったのだ。なのにさきほど見た夢には、妙に胸をかき立てられた。

姉のあの訴えかけるような表情。あの目はいったい、何を語っているのだ。少なくとも、ゆう子を必要としているように見えた。こういう記憶に残る印象的な夢は、時には現実に起こり、時には、ただ単なる夢で終わる。だから、今のところ断定はできないが、姉に連絡してみる気になった。そこから、何か道が開けるような予感がした。

翌朝、泣き叫ぶハルを抱きかかえて、池の周辺を散歩した。一時間もそうしていると、やっとのことですーすーと腕の中で寝息を立て始めた。ハルを抱きかかえたまま、居間にある電話の受話器を取った。昔母から教わった姉の番号をゆっくり回してみる。

姉は、ゆう子からかかってきた電話に最初は驚き、それから電話口で泣き出した。

姉に起こった不幸を知らされ、昨夜の夢はやはり正夢だったことを悟った。

「大丈夫、心配しないで。私がなんとかしてあげるから」

そう言ってから、受話器をゆっくり置いた。

ゆう子は、しばらく電話機の前に立って、ぼんやりしていたが思わず独り言を言っていた。

振り返ると、ゆう子が口を滑らせた言葉にステファニーが怪訝そうな顔をした。よけいなことを口走ってしまったことを後悔する。

芳雄がすぐそばにいたので、ステファニーを無視して、話があるから来て欲しいと、彼を誘って一緒に部屋まで歩いて行った。

部屋に戻ったゆう子はハルをベッドに仰向けに寝かした。ほ乳瓶に粉ミルクと熱湯を半分ほど入れてよく振って溶かしてから、湯さましを加えて人肌くらいの体温まで冷ます。それをハルの口に近づけた。ここ数日、母乳はやめて、粉ミルクにしている。最初はほ乳瓶を口にいれても、舌で押し出してしまうので手こずった。

ゆう子の体内では相変わらず母乳を作っているので、胸が張ってきて痛い。つい、おっぱいを与えてしまいたくなるのだが、そこはぐっと我慢して、どんなに泣いても、ほ乳瓶を口に押しつけ、やっと受け付けてくれるようになった。

ゆう子は先ほど姉と話したこと、それに基づいて、立てた計画を芳雄に話した。

第十五章　ミラクル

――二〇〇八年――


私たちは、京都市内の中央図書館で待ち合わせをした。

雑誌が並べられているコーナーのソファにみんなで腰掛けると、まず、岩沢芳雄の起こした事故がどんなものだったのかを、悠斗に聞いた。

「それが、なんか、奇妙な話なんや」

悠斗の顔は深刻だ。

「本当に信じがたい話なの」

南都子もやはり同じような深刻な声でつづけるものだから、私は聞く前から緊張した。

岩沢芳雄が事故を起こしたのは、なんと、叔母が殺された十一月六日のことだったという。岩沢は北山通りを仕事用の軽トラで東に向かって走っていたらしい。ちょうどノートルダム女学院を通り過ぎたくらいのところで、突然車線変更したため、右車線を走っていた「京つけもの本舗」の主人、水島勇二《みずしまゆうじ》の車の左後部ドアを軽くこすってしまったのだという。

「それ、その日の何時頃なの？」

「午後三時半頃だったらしい」

「つまり、老舗和菓子屋に仕入れに行く途中だったということ？」

「そのはずなんだけど、その和菓子は円町《えんまち》の近くにあるんだ」

岩沢芳雄は、和菓子の仕入れに行ってくると言って、ペンションを午後三時に出た。事故の起こった三時半といえば、円町にあるその菓子屋に向かっているか、すでに到着していなくてはいけないはずなのに、なぜかそれよりずっと北東にあるノートルダム女学院付近を走っていたのだ。

「寄り道したのかしら。それにしても、そんな北の方へ何しに行くつもりだったのかな。おかしな話ね」

「いや、それだけやったら、どこか他へ行く用事があったからなんやろうと思えるんやけど、まだあるんや」

水島勇二の話によると、とりあえず車を道路脇に止めて、ぶつけられた箇所を見に出たという。軽トラは、その五メートルほど後ろに止まり、運転席に乗っていた男が形相を変えて、飛び出してきた。それが岩沢芳雄だった。

彼は平謝りに謝ってから、今、よんどころなき事情で急いでいるので、金を出してくるから、警察沙汰にしないで欲しいと頼んだ。水島が了解しようかどうしようか迷っている間に、彼は免許証を渡して郵便局へ走って行ってしまった。戻ってきた岩沢は、つけもの屋に十万円を渡すと、免許証にある住所と電話番号を紙に書いて、これで足りなければ、ここへ連絡して欲しい。後から、修理にかかった費用はかならず払うから、と頭を下げた。

「よっぽど、急いでいたのね。いったい、なんの用事だったのかしら」

私が聞くと、ここからが本番だ、といわんばかりに、悠斗がごくりと唾《つば》を飲み込んでから言った。

「岩沢芳雄が郵便局にお金を引き出しに行っている間に、そのつけもの屋は、彼の軽トラを見に行ったらしいんや。すると、泣き声が聞こえてきたから、へんやと思ってフロントガラス越しに中をのぞき込んだ。そしたら、助手席に置かれた籠《かご》の中に、生まれて間もなさそうな小さな赤ん坊がいたんやって」

「なんですって！」

私は叫んだ。

「でも、そんなはずは……だって、赤ん坊は叔母が……もしかして、叔母も車の中にいたの?」

「いいや、それが赤ん坊だけやったそうや。こすった衝撃にもかかわらず、元気に泣いていたから、人ごとながら、ああ、無事でよかった、と思ったんやって。この状態で、警察沙汰にしたら時間をくうから、赤ん坊が可哀想や、彼が急いでいるのももっともやなあ、と納得し、お金を受け取ってその時は別れたらしい。つけもの屋は、高野川を渡ったところで右折したけど、岩沢芳雄の軽トラはそのままどんどん東へ向かって走って行ったんやって」

「いったい、それ、どういうこと?」

私は、悠斗、南都子、亮太の顔を順番に見た。全員の顔に、はてなマークがあった。

「昨日から、僕たちもそのことでずっと首をかしげているんだ。赤ん坊の具合が悪くなったので、病院へつれて行く途中だったのかな、とか、いろいろ考えてみたんだけど、答えは見つからない」

「病院へ連れて行くのだったら、叔母も一緒に行くはずよ。片時も赤ん坊を離さなかったんですもの。それに、そんな遠くまで行かなくても、病院だったら、もっと近くにあるじゃない」

「その日の午後五時に、ステファニーさんが、君の叔母さんが赤ん坊と一緒に帰ってくる足音を聞いている」

「その時点では、叔母はすでに赤ん坊を取り戻していたのね」

赤ん坊は、その日、午後三時に岩沢芳雄の軽トラに乗せられ、五時前には戻ってきて、叔母の手に渡された、ということになる。

「結局、岩沢芳雄がなんの目的で赤ん坊を車に乗せて北山通りを走っていたのか分からんけど、とりあえず、それだけの材料では、君の叔母さんの殺人事件と関係があるかどうか判断はできひん、いう話になった」

「それにしても、彼はそのことを秘密にしていたのでしょう？　知られては困ることだったのよ、きっと」

南都子が言った。

「そこなんやなあ。工司オジと西岡教授にもう一回確認したんやけど、岩沢芳雄は、その時間、和菓子屋に仕入れに行っていたとだけ言うてたそうや。なぜ、そんな嘘をついたのか、が問題やな」

「警察で裏は取らなかったのかしら？」

「警察がどこまで捜査したんか、僕らには分からへん。ただ、死亡推定時刻のアリバイとは違うから、そこまでの裏は取れへんかったかもしれん」

悠斗がそう言うと、亮太が付け足した。

「いや、裏は取ったかもしれない。だけど、岩沢はすでに自殺してしまっていたから、追及できないままになった」

「考えられる可能性というのは、とりあえず、この程度や。それより、叔母さんの遺品から何か見つかったんやて？　そっちに話を移そうか」

悠斗にそう促されて、実家の蔵で見つけた叔母のノートをみんなの前に広げて見せた。

「もらってください」のコーナー

１９８８年　２月10日

《宝石のようなつぶらな目をした三ヶ月になる、まったく病気知らずの健康なオス猫、ミラクル、欲しい方探しています。ＴＥＬ０７５―××××××　青室まで》

４月12日

6月10日
8月13日
10月13日
京都府船井郡日吉町胡麻○×番地

「さがしています」コーナー
1988年9月7日
1988年10月11日
1988年11月14日

「これ、伝言板か何かかな？」

「そう、恐らく、叔母は、都新聞都らんどの伝言板を使って、誰かとメッセージを取り合っていたのよ」

私たちは、ノートの中にあった都新聞都らんどの伝言板をさがすことにした。二十年前の都新聞の縮刷版のあるところはすぐに見つかった。

悠斗と南都子と亮太と四人で手分けして、ノートに記されている日付の伝言板の新聞をコピー機まで持っていって複写した。その中で、一番最初の記事である、2月10日の伝言を手がかりに、同じ青室という人物の名前の伝言を切り抜いてテーブルに並べてみた。四人で向かい合ってすわると、みんなでその伝言の内容を確認した。

都新聞　都らんど、伝言板

「もらってください」

1988年4月12日

《よく庭を走り回る宝石のようなつぶらな目をしたオス猫、ミラクル、欲しい方さがしています。TEL075―××××××　青室まで》

6月10日

《病気知らず、こちらの言葉もよくわかるとても利口な宝石のようなつぶらな目をした猫、ミラクル、早く迎えにきてください　TEL075―××××××　青室》

8月13日
《宝石のようなつぶらな目をした猫、ミラクル、文字も理解できるようになりました。母猫待っています。TEL075—××××× 青室》
10月13日
《宝石のようなつぶらな目をした猫、ミラクル、里親がみつかりました。至急電話連絡くれたし。075—24×—××× 青室》

「宝石のようなつぶらな目をした猫のもらい手をさがしているってこと?」

南都子が首をかしげた。

「それにしては、おかしいなあ。宝石のようなつぶらな目をした猫ってへんな表現だよな」

亮太が言った。

「言葉が分かる、とか迎えに来てくださいとかいうのもへんとちがうか?」

悠斗が記事を指さして言った。

「それに、いくらなんでも猫は文字を理解できないよな。母猫待ってるって、どういう意味だ？　人間のもらい手をさがしているのと違うのか？」

　亮太が腕を組んで考え込んだ。

「里親が見つかった、というのもへんだし、それで、至急連絡をくれってのもつじつまが合わないわね」

「ミラクルって最初から名前がつけてあるのもどうかと思うよ。普通、もらってもらう猫に名前はつけないだろう」

「この猫ってのは、実は人間の子どもやとしたら？」

　悠斗が言った。

「なるほど、言葉もよくわかるし、文字も理解できるようになった、とこれを読む人に知らせているのか。でもほしい方、さがしています、というのはどういう意味だ？」

「それにはあまり意味がないと思う。『もらってください』のコーナーだから、不自然にならないように、そう付け足しているだけよ。そして、これが人間だとしたら？」

「宝石のようなつぶらな目をしたってのは？」

「その子どもの特徴じゃないかな。くりくりしたよく光る目をした子どもなのかもしれない」

「これ、もしかしたら、子どもの成長を誰かに伝えているようにも取れるな」

「叔母にだわ」

私はすぐさまそうひらめいた。

「いったい、誰が？」

「この青室って人がよ」

「それは分かるけれど、この人物は、その子といったいどういう関係があるんやろう？」

「その子どもの近くにいて、内緒で叔母に成長のようすを知らせている人物、ということかしら。文字が分かるようになるのって何歳くらい？」

「三歳か四歳頃かな？」

「どうして、その年齢の子どものことを伝言板で知らせる必要があったのかしら？」

しばらく四人で考え込んでいたが、もし、叔母が、そこまでして知らせて欲しいのだとしたら、それは自分の子どもだからなのではないだろうか。

「叔母には、もう一人子どもがいたのよ。その子のことが心配で、だから、誰かがその子のことを猫にたとえて教えてくれていたのだとしたら？　その子は叔母が迎えに来るのを待っていたのよ」

「でも、どうしてその子と離ればなれになってしまったんだ？」

「父親が引き取ったんじゃないの？」

南都子が言った。

「でも、寂しいから、早く迎えに来て欲しかったのよ、きっと」

叔母はそれからまもなく殺されてしまったのだから、結局、その子は母親に迎えに来てもらえなかった。どれほど寂しい思いをしたことだろう。そう思うと、会ったこともないのに、幼児の悲しみが胸に伝わってきた。

「ミラクルっていうのが名前かしら？」

「日本語に訳したら奇跡だ」

「奇跡かあ、変わった名前だなあ」

そんなことを話す三人の言葉を耳にしながら、私は心の中で何度も「ミラクル、奇跡、ミラクル、奇跡」と繰り返した。そんな息子が叔母にいたなんて……。叔母の真実が少しずつ明らかになっていき、想像もしなかった悲劇に出会い、私は打ちのめされた。

「この里親が見つかったというのはどういう意味かしら？」

「その子を養子に出すことになった、とか」

「この日の電話番号だけ、いままでのものと違っているわね」

「ここに至急、電話して欲しいってことや」

そこで、亮太が「あっ！」と突然声を上げたのでみんなはなにごとかと思い、一斉に彼の方を見た。

「どうしたの？」

「青室って、確か、西岡教授が話していたじゃないか。ゆう子さんが殺されてしばらくしてから訪ねてきた男がいるって、あの話」

そこで私も思い出した。確か、以前に叔母を知っていた人物だったという。その青室という人物が叔母のもう一人の子どもの成長をこんな形で知らせていたのだ。

「まず、この青室という人のこの番号なんだけど、いまでも存在するのかな？」

「どうかしら。本当の番号かどうか分からないわよ」

「試してみる？」

館内で携帯は使えないので、とりあえず四人で階段を下りて丸太町通りへ出た。

私は自分の携帯をリュックから出すと、０７５……と、掲載されている番号にかけてみた。ベルが鳴る音が聞こえてきたので、ドキドキした。

「はい、もしもし」

女性の声がした。

「青室さんですか？」

「いいえ、違います」

「えーと……これは昔青室さんの番号だったと思うのですが……いつからおたくの番号になったのですか？」

「……もう五年ほど前からです」

「そうですか」

私は電話を切ると、「青室さんじゃないって」と悠斗たちに伝えた。

「じゃあ、こっちの至急連絡くれたし、の方の番号はどうかな？」

私は、携帯からその番号にもかけてみた。

「ホテル千都でございます」

年配の女性の声だ。こっちは、市内のホテルのようだ。

「あの、そちらに青室さんという方はいらっしゃいますか？」

「青室……しばらくお持ちください」

三十秒くらいしてから、そのような宿泊客はないという返事が返ってきた。二十年も時間が過ぎているのだから当然のことだろう。

「宿泊客ではなく、そのホテルで働いている方に青室さんという方はいらっしゃいますか」

「…………」

おかしな質問だったのか相手は返事を躊躇《ちゅうちょ》している。

「実は、青室さんに、そちらの番号を教えてもらったものですから」

私はそう付け加えた。

「そのような者は、従業員でもここにはおりません」

予想どおりの答えだった。私はがっかりして電話を切った。

「いないって」

「だろうな」

「この伝言板を載せた頃に、青室という人物は、そのホテル千都に滞在して、叔母の電話を待っていたのかもしれない」

「もしかしたら、このノートのこの住所、ここがその里親のところじゃない？」

私は叔母のノートに記された住所を指さした。

京都府船井郡日吉町胡麻◯×番地
「そうか、この宝石のようなつぶらな目をした猫、つまり、君の叔母さんの子どもは、この住所に預けられているということなのか」

「今、二十三、四歳になっているわね？」

「オス猫やから、つまり二十四歳くらいの青年、ということになるな」

「まだ、この住所にいるかしら?」

「どうかなあ。これ、かなり田舎だよ。二十四歳の若者が、こんな所に残っていることはないんじゃないかな。職がないじゃないか」

次は、さがしていますのコーナーに取りかかることにした。

「こっちは日付が三つしかないわね」

「9月7日と10月11日、それに11月14日」

「11月14日って、へんじゃない? さくらさんの叔母さん、11月6日に殺されたのに……」

「掲載されるまでに一週間くらいかかるから、死ぬ前に申し込んだんじゃないかな」

まず、9月7日の伝言の中から、青室の名前をさがしたがなかった。しばらく、該当する伝言が見つからなかったが「ひすいの首輪」というのに私の視線は止まった。叔母の残したスケッチブックの中に翡翠の首輪が描かれていたからだ。

「もしかしたらこれじゃないかしら?」


ひすいの首輪の似合う猫、さがしてください。

バラマディ

「バラマディ？　これ、日本人の名前か？」

「バラマディ、バラマディ、あれ、なんか聞いたことあるぞ」

亮太が言った。

「どこで、誰から？」

南都子が亮太に詰め寄った。

私は、叔母の描いた「卑弥呼のエネルギーを受け継いだ翡翠の勾玉のネックレス」という題名の絵をみんなに見せた。

「へーえ、勾玉かあ」

「亮、なんのことだか分かるの？」

「古墳時代の装飾品だろう？　翡翠でこれだけ大きい粒のそろった本物の勾玉だったら、とてつもなく高価なものだと思うよ」

亮太が鼻息を荒くして言った。

「どうしてそんなこと知ってるの？」

「考古学も勉強したんだ、発掘とかに興味があったから。地理学と関係が深いしね。それにしても、邪馬台国《やまたいこく》の女王卑弥呼のエネルギーを受け継いでいる勾玉だなんて、ロマンチックだなあ」

興奮のあまりうわずった調子で亮太が言った。

「卑弥呼って実在の人物なの？」

南都子が聞いた。

「『魏志倭人伝《ぎしわじんでん》』によると、女王卑弥呼の宮殿がどこかにあったらしい。幻の国をさがし求めて多くの人たちが邪馬台国への道をたどったことが書かれているんだ。江戸時代には〈畿内だ〉〈九州だ〉と候補地が全国に乱立したそうだけど、いまだに分かっていないんだ」

「幻の女王様ってことね」

「このネックレス、もしかしたらその卑弥呼がつけていたものかもしれないってことだろう。これが実在してたらすごいな」

「それで、この次のページの意味なんだけど……どう思う？」

私は、絵をめくり、次の**「ケニアの氷河を駆け上るヒョウの屍」**という、例のヒョウの絵を見せた。

「このヒョウが、ほら、こんなふうにネックレスをくわえているでしょう？　これ、前の絵にあったものと同じものよ」

「でも、どうして屍なのかしら？」

私と同じ疑問をもった南都子が聞いた。

「分かった。これは、ケニアで西岡教授が発見したヒョウの屍のことだよ、きっと。教授はケニア山に行ったとき、山頂付近でヒョウの死骸をみつけたらしいんだ。なんと九百年近く氷河に閉じこめられていたそうなんだ。それで、バラマディという名前も思い出した。そのヒョウの首があるところだ」

「そのヒョウの首は今はケニアの山頂にないの？」

「誰かが持ち帰って、現地の旅行会社につとめる女性に渡したそうなんだ。ホルマリン漬けにして。そうしたら、その人が、その夫の実家にあずけたらしい。その実家の人の名前がバラマディって言うんだ」

「じゃあ、もしかしたら、このネックレスはそこの家にあるのかしら？」

南都子が声を張り上げたから、みんなは興奮して顔を見合わせた。

「どうだろう。西岡教授に聞いてみれば分かるかも」

そんな話は教授のところではしなかった。いや、そういえば、教授はこんなことを言っていた——ケニア山へ連れて行って欲しいとしきりに頼まれたことがあります。ヒョウの屍の近くに。あんなお腹になっていて、よくもそんな気持ちになれるな、と奇妙に思いました——と。

「教授は言っていたじゃないの、叔母がケニア山のヒョウの近くに行ってみたいと……」

「そういえば、思い出した。でも、結局、出産してから、体力がなかなか回復しないから、やっぱり、ケニアは無理だってことになった」

「じゃあ、どうして、こんな伝言を載せたのかしら」

「この時は、ケニアに憧れていたから行くのが夢だったのかも。きっと、ヒョウがひすいを守ってくれる、そんな妄想を抱いていたのよ。この日付を見る限り、まだ、出産前のことだし。ところが、体力が思うように回復しなかった」

私は叔母の気持ちを勝手に想像して言った。

「とりあえず、次の日付の伝言板をさがしてみよう。えーと、10月11日だな。やっぱり、ひすいの首輪があるよ、ほらここ」

亮太が指さした。

石橋の下でひすいの首輪をした猫を落としました。どなたかさがしてください。

右京

「石橋の下?」

「これはいったいどういうことかしら。石橋って言ったら、もしかして、あの池にある石橋のこと?」

「まさかあ」

「でも、その可能性はあると思うわ。だって、叔母は、あの池のすぐそばに住んでいたんですもの。そのネックレスを落としたのかも。これは叔母が申し込んだ伝言の可能性が強いわよ。右京って名前だけど、ローマ字にするとほら、YuukoはUkyouのアナグラムになるわ」

「でも、どうして落としたことをわざわざ伝言に記すんだ?」

「誰かにひろってもらいたかったから」

「誰に?」

「もし、自分がすごく高価な宝物を持っていて、しかも、自分の身が危険にさらされていたとしたら、それをどこかに隠さなくてはいけない。最初に叔母が候補にあげたのは、ケニアのヒョウの首のある、バラマディさんの家」

「でも、そんな見知らぬ人のところに宝物を預けたら、売り払われてしまうかもしれないじゃないか」

「ケニア人だから、価値が分からないと思ったんじゃない？　ただの石のネックレスくらいにしか受け取られないと」

「だが、結局、君の叔母さんは、そうはしなかった」

「ええ、石橋の下に、ネックレスを沈めたのよ、きっと。そして、それを自分が死んでも、誰かに見つけて欲しかった。としたら、それは誰にだと思う？」

「子どもに……じゃないかしら」

南都子が言った。

「でも、この伝言は、青室、という人物に向けて送っているんだろう？」

「この青室という人が自分の息子の保護者代わりだとしたら、その人にネックレスを見つけてもらおうとして、こんな伝言を残しておいたのよ、きっと。その人から子どもに渡してもらおうとして」

はたして、ネックレスが叔母の子どもに渡ったのかどうかは定かではない。悠斗がネックレスを持っているはずはないのだが、私たちは一斉に彼の顔を見つめた。悠斗はぶすっとしたまま返事をしない。まだ自分の出生の事実を受け入れていないようすだ。

「まさか叔母は、遺品であるスケッチブックやノートが祖母のところへ行き、そして、そのノートを私たちが手に取り、こんなふうに図書館の縮刷版でその伝言を見つけてくれるとは思っていなかったでしょうけれども」

「そうかしら。こんなふうに書き記しているところを見ると、私たちがここへ来て、縮刷版を調べることを願っていたのかもしれないわよ。さくらさん、私たちはあなたの叔母さんの霊に操られてここへ来たのかも」

「気味の悪いこと言うのよせよ」

「でも、なんかすごい話じゃない？　まさに、ミラクル、奇跡ね」

南都子が感動して言った。

「本当に、二十年後に、こんな形で叔母の残した伝言を読むなんてまさに奇跡」

「それより、最後の伝言をさがそうよ」

「えーと、日付は、11月14日、つまり、藤野木ゆう子さんが、亡くなって一週間が経過してから掲載されたものね。多分、亡くなる直前だわ」

叔母は最後にいったいどんなメッセージを残したのだろうか。

「もしかしたら、これかしら？」

その日付の伝言の中から二行の文を見つけて、南都子が指さした。

「でも、これはいったい、どういう意味なの？」

１９８８年11月14日
姉のところの子猫、さくらが亡くなりました。かわりの猫を届けます。　右京

「さくらが亡くなった」

叔母にとっての姉とは、私の母親のことになる。つまり私が死んだというのか。

みんなは呆然とその二行を見つめていた。

ステファニーはこう言っていた。叔母は誰かに電話した直後、はねの子どもが死んだとつぶやいたと。はね、ではなく姉だとしたら？

それから、岩沢芳雄が、北山通りをなぜその日走っていたのか、その理由について、私は、ある結論にたどり着いた。

私は、館内を飛び出すと、携帯ですぐさま天橋立の母のところに電話した。

私がせっかく帰ってきたのにろくに話もしないで行ってしまったことを責め立てる母の愚痴をしばらく聞いていたが、例のお見合いの話を持ちかけられそうになったところで「本物のさくらは死んだの？」と私は自分でも驚くほど冷静な声でたずねた。とたんに、母は黙り込んだ。電話の向こうは不気味なほどしーんとなった。

母の無言がその答えなのだ。

母は、明日、京都へ行く、とそれだけ言って電話を切った。

頭がくらくらして、立っているのがやっとだった。

第十六章　別れ

——一九八八年——

芳雄がゆう子の部屋に行くと、彼女は、ハルのおむつを替えていた。

布おむつにこだわっていたゆう子が、使い捨て紙おむつを使うようになったのは一週間くらい前からだ。布だと毎日大量の洗濯物を庭の水道で手洗いしなくてはならない。これから寒くなる時期、大変だから、ちょっとくらい高くても紙にすればいいと、以前から芳雄は提案していたのだが、なぜかゆう子は布に固執した。

母乳をやることにもこだわっていたはずだが、粉ミルクを与えるようになったのも同じくらいの時期からだ。

ゆう子はほ乳瓶に粉ミルクとポットの熱湯を半分まで入れてよく振りながら芳雄に言った。

「姉のところのさくらが亡くなったらしいわ。昨日、姉が泣いている夢を見て、なんだか胸騒ぎがしたから、電話してみたの。そうしたら、愛娘が亡くなったんですって。まだ一歳なのに……それで、この子を姉のところへ誰にも知られずに連れて行って欲しいの」

「なんのために、そんなことをするんや？」

「暫く、さくらのかわりに育ててもらうの」

「なんなんや、急に！」

芳雄の怒鳴り声を制するために人差し指を口にあてて、ゆう子は言った。

「もう決めたことなの」

「君はなんでもそうやって、自分で決めるんやな。そんな話、僕はなに一つきいてへん」

「興奮しないで聞いてちょうだい。私には、身の危険が迫っているのよ。ヤツらに居所を突き止められそうなの。だから、どこかへ逃げなくてはいけない。でも、ハルをつれて行くと目立つでしょう？　まず、この子を姉のところへ届けて無事を確保し、それから、どこかへ行くの」

「どこへ行くんや？」

「日本にいては危険かもしれない。そうなったら、海外へでもどこへでも行くつもり。これが私の最後のお願い。頼むわ。もう二度と迷惑をかけるようなことはしないから」

「ゆう子を追ってる組織いうのはいったいなんなんや？　それだけでも教えてくれ。でないと納得できひん」

ゆう子はしばらくためらったが、『Mの会』という組織の名前を聞いて、芳雄は、「なんてことや！」と驚きと悔しさに唇をかみしめた。

『Mの会』といえば、あまりテレビを見ない芳雄でも知っている。リーダーや会員に超能力のあることを売りにし、テレビを通じてそれを披露することで、一躍有名になった組織だ。ところが、最近になって、修行の際に、リンチで会員を死なせてしまったり、信者の資産を奪い取ったとして、その家族に訴えられたり、何かと悪い噂が流れるようになった。警察も摘発に乗り出し始めたところだ。

「あの、いろいろ問題が発覚している恐ろしいやつらか？」

「ええ、そう。テレビで報道されていることなんてほんの氷山の一角。とても危険な組織なの。暴力団や政治家ともつながっているし」

「なんで、そんなあぶない会と？」

「私、そこのリーダーと出会い、彼の理想論に魅せられ、そして……恋に落ちてしまったの」

「それが原因なんか？　スクリーンから姿をくらましたんは？」

「スクリーンにうんざりしていたこともあるけど、彼に出会わなかったら、いまでも映画やテレビに出演していたでしょうね」

ゆう子は、そう言ってから「三流女優として」と付け足し、寂しくほほえんだ。

そんな異常な集団に、ゆう子が奪われたのかと思うと、あの、テレビで見かける、尾汰という男に怒りを感じた。芳雄の表情を見て取ったのか、ゆう子は言った。

「失望した、私に？」

「三流女優やなんて、そんなわけないやろう。きっと、今頃、トップ女優として、映画界の女王になっていたんや、君は。テレビだって、ゴールデンタイムを独占して。あんなヤツのせいで、君がスクリーンから消えてしまったやなんて、世間が知ったら、ファンが残念がるで」

「ファン？　もう、私のことなんか誰も覚えていないわよ。だいたい、あなた言っていたじゃないの。『オレなんか忘れて、とっとと有名女優になれや。へたくそな演技、映画館に見に行って、笑ったるし』って。スクリーンの私を見て、どうせ笑ってたんでしょう？」

「冗談に決まってるやろう。別れるのが辛かったから、そんなふうに言うただけや。ほんまは、ゆう子が大女優になるの期待してたんや。そやのに『Mの会』やなんて、あんな胸くそ悪い組織に……」

「でも、この子にもあの人の面影が……」

ゆう子は深いため息をついた。

「つまり、ハルはその尾汰の？」

「そう。この子は尾汰の子どもなの。もう一人、石貴という息子が会の中にいる。もう四歳になるわ。どちらも私にとっては、かけがえのない可愛い子どもたち。そうしてふと思い返すと、出会った頃の尾汰もそんなに悪い人じゃなかったなと思える。あの人が権力に溺れて変わってしまったことは許せない。でも、人間なんてそういう脆《もろ》くて壊れやすいものなんだって達観してしまったことも事実」

「今、そのもう一人の息子はどうしてるんや？」

「ある会員夫婦に育てられていたのだけれど、その夫婦が修行中に暴行を加えて信者を死なせてしまったの」

「例のリンチ事件？」

「ええ」

「ほんなら、君の息子は、今、大変なところにいるんやないか」

「幸い、息子は、会の中で信頼しているある人物が、親戚のところに預けてくれたの。組織とは関係のない。だから、無事だし居所も教えてもらった。あなたが、ハルを姉のところに届けてくれたら、明日には、ここを発つつもり。石貴を迎えに行って、それから海外のどこかへ身を隠すの」

「海外って、そんなお金あるんか？　もし、どこかへ行くのやったら、僕がなんとかしたる」

「これ以上、あなたに頼るの申し訳ないわ」

「なんにもできひんくせに、えらそうなこと言うな。あの、『Mの会』という組織は、どうせそのうちぶっこわれるにきまってる。そやから、逃げることなんてないで。警察がなんとかしてくれる」

「それまでだけでも、姿をくらましている必要があるでしょう？」

「そやから、僕が君をどこかにかくまってやる。誰にも分からんとこに」

「あなたと一緒にいるのも危険だわ。連中はすでにここをかぎつけているのよ。ヤクザとも関わりのある組織なの。人を殺すのなんて平気な連中」

「ほんなら、お金だけでも、支援する。その代わりに、居所だけ、連絡してくれ。誰にももらしたりせえへんから」

このままゆう子と別れることになったら、自分はどうしたらいいのだ？　その先の寂しい生活を想像するのは耐えられなかった。とにかくなんらかの形で彼女と繋がっていたい。いずれまた会える、その保証が欲しかった。

彼女は口を結んだまま、返事をしなかった。芳雄の手の中でますますハルが激しく泣くので、ゆう子は、ハルを引き取って、あやした。

「この申し出、断れへんやろう。今の君は無一文なんやから。逃げる、いうても、どこへも行けへん。それに、ハルのことかて、君が僕の申し出を承諾してくれへんのやったら、お姉さんのところへ届けるのはごめんや。身軽になった君が僕の知らんどこかへ行ってしまうなんて、そんなこと許さへん。絶対に！」

ゆう子はしばらく、ぐずぐず泣くハルをあやしていたが、ベッドに仰向けに寝かせると、おむつを交換した。ほ乳瓶を口に近づけるとそれに吸い付き、やっと静かになった。

「分かった。居所は時々、連絡する。でも、絶対に私に会いに来ないと約束してくれる？」

「それは、約束する。絶対に僕の方から君に会いに行ったりせえへん。ほとぼりがさめるまでは」

「ほとぼり……。そんな日が来るのかしら」

「『Mの会』がつぶれるのは時間の問題や。今、警察の手入れをうけてるって、連日報道されてるやないか。尾汰はもう終わりや」

「だったら、いいのだけれど……」

ゆう子は曖昧な返事をした。まだ、あの男に未練があるのだろうか。なんだかむしゃくしゃしてきたから力を込めて言った。

「せいぜいあと半年くらいのもんやって、つぶれるまで。そうしたらあいつは刑務所行きや」

「残党がまた組織を立て直すわよ」

「その頃には、君のことなんか忘れてる」

「だといいのだけれど。ほんの数日でもいい、石貴とハルと、親子で一緒に暮らせる日が来るのだったら、その後の私はどうなってもいい」

ゆう子は、窓に首をひねり、遠くを見つめる瞳になった。儚《はかな》い夢を追う人のように、ぼんやりとしていて、まるで焦点が定まっていない。

机に視線を落とすと、ゆう子が投稿したらしい伝言の下書きが目に入ってきた。それを読んで眉をひそめた。


石橋の下でひすいの首輪をした猫を落としました。どなたかさがしてください。

右京

「どうしたの？」

「これを都らんどの伝言板に？」

「ええ、そうよ」

しばらく考えたが、ようやく、この伝言の意味が理解できた。

「まさか、あの池に、あの猫を？」

ゆう子は静かに頷いた。

「なんで、僕に相談してくれへんかったんや。君はそんなふうに一人でなんでもやってしまうんやな。結局、こっちの助けがいるっていうのに」

「どういうこと？」

「とりあえず、あそこはまずいんや」

その時、うとうと寝ていたハルがまたむずかりはじめた。

「さあ、もう時間がないわ。早く、ハルを連れて行かなければ。あなたの軽トラのところまで一緒に行きましょう」

ゆう子から行き先を書いたメモ用紙を渡された。

京都市左京区修学院川尻町○×番地502号　大山幸子

住所から推測すると、場所は修学院離宮の近くだ。

ゆう子は、ハルを抱きかかえると、クーファンに大きなリュックを入れて、もう一方の手で持とうとしたので、それを芳雄は引き取って部屋を出たが、そこで思いとどまった。芳雄の軽トラは『ひろさわ茶屋』の方に置いてある。二人でそこまで歩いていったのでは人目につく。考えた末、ゆう子の部屋の窓の付近まで、車を持ってくるのが一番人目につかないだろうと判断した。

ゆう子を部屋に置いて、芳雄は、急いで喫茶まで走っていった。アルバイトの子に和菓子屋に仕入れに行く、と伝えてから、軽トラに乗って、山の北側を回り込んで、いったんペンションの裏側に止めた。

ゆう子は、部屋の窓をあけて、クーファンと荷物をまず芳雄に渡した。芳雄はリュックを後部座席に置き、クーファンを助手席に固定した。

窓から、ハルを受け取ろうとした時、ゆう子が我が子を抱きしめたまま、泣き出した。ハルは母親の泣くのに圧倒されたのか、自分が泣くのも忘れて目をぱちくりさせている。

芳雄は、ゆう子が泣くのを黙って見守っていた。自分はこんなふうに母親に抱きしめてもらったことがない。母性に対する憧れはあるものの、イメージするのは難しい。芳雄にとってはいまだに未知の母性というものの狂おしい痛みをただ想像するばかりだった。今に限ったことではない、ハルが生まれてから、ゆう子が片時も目を離さずにハルの面倒を見ている姿に芳雄は、はっとさせられた。

最初は嫉妬の念に駆られていたが、ハルの世話に参加することで、自分に欠けているものが補われるような、ここちよい錯覚に陥った。別れの悲しみが同化して、いつの間にか、芳雄も泣いていた。

「ほんの少しの間だよ。半年もすれば、きっとまた親子で一緒に暮らせる時がくる」

芳雄がそう言って慰めると、ゆう子は「お母さん、すぐに迎えに行くから、待っててね」とハルの頬を優しくさすりながら繰り返した。

決心したように、ハルを窓からこちらに差し出した。芳雄が抱きかかえると、火がついたようにハルは泣き出した。

「早く、早く行って」

ゆう子は、そういうと、未練を断ち切るように、窓をぱちっと閉めてくるりとこちらに背を向けた。

彼女がベッドに倒れ込むのを見届けて、芳雄は、急いで車に向かった。助手席に固定したクーファンに泣き叫ぶハルを仰向けに寝かせると運転席に回って乗り込んだ。

車が走り出すと、すぐにハルは泣きやんだ。府道に出ると、東の方向へどんどん走っていき、きぬかけの道を通り抜け、北大路通りをさらに東へ向かった。赤信号の時にそっとハルの顔をのぞき込むと、すやすやと気持ちよさそうに眠っていた。

堀川通りを北上し、右折して北山通りにでた。植物園を通り越し、ノートルダム女学院を過ぎたあたりで、ハルが目を覚ましてむずかり、またぐずぐずと泣き始めた。泣き声がだんだん大きくなってきたので、早く目的地に着きたいと焦り、前方の車を追い越そうと右に車線変更した。そのとたん、車体が何かにこする衝撃を感じた。

「しまった!」

右側を走っていたシルバーのトヨタスターレットにバンパーをこすってしまったのだ。すぐさま、クーファンの中をのぞき込んだ。幸い座席にしっかり固定しておいたので、ハルは無事だ。

トヨタスターレットは、ウィンカーを点滅させて、左側の路肩に止まった。芳雄はその後ろに続いて、少し間隔をあけて止めると、車から飛び出し、スターレットの方に走りよった。三十代くらいの男が出てきて、こすった場所を確認している。

「すみません、不注意で」

後部ドアのあたりが少しへこんでいるし、塗料もはがれている。

芳雄が自分の名前を告げると、相手は、「京つけもの本舗」の水島勇二と名乗り、名刺を渡された。水島は公衆電話を目で捜しているようすだった。今、警察を呼ばれては、まずい、と咄嗟に思った。時間がかかるし、ハルを乗せていることがばれてしまう。急いでいるから警察沙汰にしないでもらいたいと水島に懇願し、自分の免許証を形に取ってもらってから、タバコ屋で郵便局の場所を教えてもらって全速力で走っていった。ATMで十万円を引き出し、北山通りに戻った。

芳雄は水島に十万円を渡し、住所、名前などすべて控えてもらい、修理代がこれ以上かかるようだったら、連絡して欲しいと言い残した。相手はあんがいすんなり承諾してくれた。再び、軽トラの運転席に乗った。

ハルが泣き叫んでいるので、後部座席においてあるリュックの中から、あらかじめゆう子が作っておいたミルクを取りだした。

ハルはほ乳瓶に口を吸い付けると、ぴたりと泣きやんだ。お腹がふくれるとまたうとうとし始めたのでそのまま車を走らせた。

バックミラーを見ると、先ほどのスターレットが三台後ろに見えた。つけられているのでは？　と不安になったが、松ヶ崎橋を渡ったところで、右折して南下して行ったので、自分の思い過ごしだと気づいて安堵《あんど》した。

　そのまままっすぐ行き、白川通りを北上し、右折して川に沿ってさらに東に走っていく。修学院離宮道に入る手前の道を左折したところに、住所のマンションがあった。

　ハルをかかえて、エレベーターの五階でおりると、５０２号室をさがした。大山という表札に目をとめながらチャイムを鳴らした。インターフォンから低い女の声が聞こえてきた。

　ゆう子があらかじめ、自分のことは教えているはずなので、芳雄は自分の名前を名のった。しばらくして、ドアが開いた。中は真っ暗だった。

　化粧気のない、やせて青白い顔の女がチェーン越しに芳雄の顔を確認すると、ドアをあけて「どうぞ」と中に入るように促した。この女が、ゆう子の姉、幸子なのかとちょっと意外な気がした。あのゆう子の姉にしては、あまりにも生彩がない。我が子を失ったばかりだからなのかもしれない。

　中は、カーテンも雨戸も閉め切った状態で、真っ暗で、風通しの悪い部屋特有のすえた臭いが漂ってきた。

　入って右側の畳の部屋に通されたので、芳雄は、そこでハルの寝ているクーファンを女に渡した。女はそれを畳の上に置くと、しゃがみ込んで、じっとハルの顔を眺めていた。女はハルを抱きあげた。そして、夢遊病者のように話し始めた。

「さくら、さくら。会いたかった。やっと戻ってきてくれたのね」

それから、おしめが濡《ぬ》れていることに気づいたのか、つなぎのホックをはずしはじめた。

「まあ、ぐちょぐちょに濡れてるやないの？　気持ち悪かったでしょう、可哀想に」

そういいながら、紙おむつをすぐに出してきて、慣れた手つきで交換しはじめた。

芳雄は、ハルの産着や服が入れてあるリュックを渡して、中の物の説明をしたが、幸子は、彼の話には耳を貸さず、赤ん坊に向かって「さくら、さくら、ほら気持ちよくなったでしょう？　お腹はすいていない？」と夢中で話しかけている。不思議なことにハルは泣きやんで、機嫌のいい声を出している。

その姿を見て、このままハルをこの女に任せても心配はいらないだろう、きっと自分の娘の代わりに大切に育ててくれるに違いない、芳雄はそう思い、大山幸子の家を後にした。

円町にある和菓子屋で、あらかじめ注文しておいた『ひろさわ茶屋』で出す和菓子を仕入れて、戻った。

喫茶に戻ったのが、午後六時前だった。仕入れた和菓子を棚にしまうと、アルバイトの女の子から、今月いっぱいでやめたいという相談を持ちかけられた。

第十七章　翡翠の勾玉

――二〇〇八年――


私は混乱した。みんなのすわっているテーブルに戻ると、努めて感情のこもらない声で言った。

「本物の藤野木さくらはどうやら死んだらしいわ。この文面のとおりに」

みんなはしばらく、伝言板の「**姉のところの子猫、さくらが亡くなりました。かわりの猫を届けます。右京**」という文字と私の顔を見比べていた。

「ほんなら、君は誰や？」

悠斗が眉をひそめてたずねた。

「多分、私がハルよ。叔母の娘の」

「そんなアホな？　じゃあ、いったい僕は……」

「あなたは、叔母の子どもではないの。美奈子さんの子どもよ」

「あの、ひょうたんの痣は？」

　亮太が聞いた。

「そこが分からないの。私にはそんな痣はないわ。でも、悠斗、あなたにはあるのね。そのことあなたのお母さんを追及した方がよさそうね」

「母はコーヒー豆を仕入れに海外へ行っているから、今すぐに確かめようがないんや」

「結局、さくらさん、あなたの方がハルっていうゆう子さんの本当の子ってことになるのね。じゃあ、ハルは男の子ではなく女の子だったんだ」

「今までの話をつなぎ合わせるとそうとしか考えられないの。叔母は周りの人たちの目をごまかすために、私があたかも男の子であるかのような言い方をしたのだと思う。岩沢芳雄が北山通りで事故を起こした時、向かっていたのはきっと修学院離宮だったのよ。まだ父が生きていて京都に住んでいた頃、あのあたりのマンションに私住んでいたの。彼は、実の娘のさくらが死んだばかりの母のところへ叔母の娘であるハル、つまり私を連れて行って代わりに育ててもらうことにしたのよ」

「だから、叔母さんが殺された時、ペンションには赤ん坊がいなかったということなの？」

私は黙って頷いた。

「でも、それやとへんや。ステファニーや西岡さんが赤ん坊の泣き声を聞いているやないか」

そこなのだ。その二人の証言がある。赤ん坊は、叔母が部屋に帰ってきた五時前頃から六時四十五分まで、部屋に叔母と一緒にいたのだ。

「もしかして、西岡教授とステファニーが嘘をついているとしたら？」

悠斗が言った。

「それしか考えられないわね。ひょうたんの形をした痣の話も西岡教授の嘘かもしれない。赤ん坊にそんな痣はなかったとしたら？」

南都子もその意見に同意した。

「そやとしたら、さくらさんがゆう子って人の実の娘で、僕がそうでないという説明もつくな」

「多恵さんは、悠斗に何も言ってくれなかったの？」

私は悠斗が多恵のそばで泣いていた時のことを思い出した。悠斗は黙って首を横に振った。複雑な話を順序だてて話すには多恵の記憶はあまりにも希薄になっているのだ。

「でも、なぜ、あの二人はそんな嘘をつく必要があるんだ？　だいたい、僕は西岡教授のことはよく知っているつもりだけど、あの人は、そんな嘘をつくような人じゃないよ。正義感が強くて立派な人だ」

「さくらさんの叔母さんが、実際には部屋で殺されていたのに、そのことを警察に隠していたじゃないの。それは嘘を言ったことにならない？」

「多恵さんが誰かを庇うために主張したからだよ」

亮太が力説した。

「だったら、西岡教授が誰かをかばって、そんな嘘を言ったのかもしれないわよ」

そこで、亮太はうーんと考え込んだ。

西岡教授はいったい誰をかばったのだろうか？　ステファニーか？　何のために？　私の頭はますます混乱した。この奇妙な話をいったいどう理解すればいいのだ。

翌日、私は母と京都駅ビルにある京都劇場七階屋上の「カフェチェントチェント」で待ち合わせした。

硝子《ガラス》張りのモダンな作りの喫茶にはいると、テラス席に母が座って待っていた。

ここは先頃画廊に訪れた建築家のコレクターから、京都駅のデザイン建築を見ながらお茶を飲むことができるときいたので選んだのだ。私は特にこの駅ビルの建築が好きというわけではないが、この店は隠れ家的な場所だと聞いていた。

私が向かい側に座ると、母は表情をこわばらせて、居住まいを正した。

「本物のさくらは死んだのね？」

私は電話で母に言ったことをもう一度繰り返した。

母は黙って頷いた。

「それで、私にさくらという同じ名前をつけて育てたの？　お母さんの本当の子どもの代わりに」

「そうよ」

やはり、そういうことだったのか。母は自分の娘を死なせてしまった悲しみから、叔母ゆう子の子、ハル、つまり私をさくらと名付けて育てたのだ。

そこまで考えて、それだと、年齢が合わないことに気づいた。私は今、二十一歳だ。叔母が亡くなった時、すでに一歳になっていなくてはいけない。

「まさか、お母さんは、本当のさくらが亡くなったことを世間に隠して、私をさくらとして育てたの？」

「さくらの葬儀は、お父さんと二人だけでひっそりと済ませたんや。それからなくなった妹の子であるあなたをさくらと名付けて養女にすることにしたの。ゆう子は自分が出産したことを公にしたくなかったらしくて、あなたの出生届をだしてへんかったの。それで、助産師だった多恵さんにお願いしたのよ。届けを出す時に」

「多恵さんは、こころよく協力してくれたの？」

「ええ。でも、天橋立の母には、さくらを死なせてしまったことはどうしても打ち明けられへんかった。そのことを気づかれとうなかったので、しばらく疎遠にしてたんや。あんたがよちよち歩き始めるようになってから、また、行くようになったんや」

「どうして、そんなことを？」

「あの時、私はどうしても、あの子の死を受け入れることができひんかったの。自分の不注意で死なせてしまったあの子の死を。そんな時、ゆう子から電話があり、私の事情を聞くと、しばらくあなたを育てて欲しいって頼まれた。あの岩沢という男があなたを連れてきたとき、もう私にとっては、さくら以外のなにものでもない、この子がさくらなんや、とそう思いこもうと必死になって……でも、ゆう子の子なんやからと一方ではそんなふうに自分に言い聞かせてたんよ。ところが……」

「叔母が殺されてしまった」

「そう。そしてあの岩沢という男も自殺してしまった。あなたを私のところへつれてきたことは多恵さん以外誰も知らへんことになった」

多恵さんは口の堅い人なので、そのことは誰にも口外しなかったのだ。

「ペンションに叔母さんの荷物を取りに行ったのは、お母さんよね。その時、叔母さんに赤ん坊がいた証拠となるようなものは処分したのね？」

母は黙って頷いた。きっと、母はハルが存在したという痕跡を消したかったのだろう。

「さくらが死んだことは、いまだに受け入れられへん。思い出したら、死にたいほど落ち込んでしまうんや」

「それに、さくらが生きていれば、アメリカの伯父さんからの支援もある。でしょう？」

自分の出生にお金の絡む事情があろうとは夢にも思わなかった。私はなんとも消化しきれない複雑な気持ちになった。

「それは、お父さんや。お父さんが、そんなふうなことを言い出したんや。さくらが亡くなってしもたら、きっと義兄からの支援がえられんようになるいうて……。私はそんなことより、さくらの死を受け入れられへんかったんや……義兄のお金なんか、そんなもんはどうでもよかったんやけどな」

母は震える声でそう言うと、ハンカチを顔にあてて泣き出した。

そういえば、私は子どもの頃、発達の遅れた子だった。一年年上のさくらとして、ゼロ歳の時、すでに一歳児として、一歳の時に二歳児として育てられたのだから、当然だったのだ。

何をやっても他の園児についていくのが難しくて、一人取り残されぽつりと園庭の隅っこにいた。そのおかげで絵に目覚めることができたのだから、今更母を恨む気はなかったが、苦々しい記憶としてずっと心に残っている。

「その、本当のさくらって子はどうして亡くなったの？」

「私の不注意で、窒息死させてしもたんや。あの日は、少し風があったんやけど、天気のええ日やった。私は、さくらがお昼寝している部屋の窓を開けて、洗濯物を取り込もうとしてたんや。その時、間の悪いことに……ほんまあの電話さえなかったら……」

そこで母はぐっと言葉を飲み込み、その時のことを思い出したのかしばらく声を発するのもしんどそうにしていたが、再び決心して続けた。

「電話のベルがなったもんやから、すぐに戻るつもりで、窓を開けっ放しのまま電話口へ行ったんや。それが間違いやった。電話の主は高校時代の友人で、同窓会があるという連絡やったんやけど、久しぶりに声をきいたもんやから、懐かしいなって、お互いの近況を伝えあっているうちに、洗濯物を取り込むのをすっかり忘れて長話してしもたんや。電話を切って、さくらの寝ている部屋へ行ったら、おねしょ用の防水シートが顔に被さってたんや。あの時、電話に出る前に窓をちゃんと閉めてたらそんなことにならへんかったのに。自分のアホさ加減を悔やんで、悔やんで、死んでしまいたい思た」

母は嗚咽した。

そういえば、昔、私はお昼寝している赤ん坊の絵を描いたことがある。それは、母が赤ん坊にタオルケットをかけている姿だった。窓があいていてそこから風がそよそよと吹き、外に干してある赤ん坊用の衣類や黄色いシーツが揺れている光景を克明に描いたあの絵。それを見て、母があからさまに落ち込み、逆に私も母のその反応にショックを受けて、それから絵を描くことを諦めようとした。あのことにはそういう意味があったのだ。

私は純粋に母と赤ん坊の自分の姿を想像して描いたものなのだが、あの絵が母の逆鱗《げきりん》にふれるのにはそれなりの理由があったのだ。私が普通の子どもだったら、そんな絵を見ても母は、単なる偶然だと思ったかもしれない。しかし、私には過去に見た映像を記憶するという特技がある。あれは断じて私が見た光景ではないのだが、そんな娘が描いた絵だからなおさら自分の不注意を告発しているように受け取れたのだろう。

「もしかして、叔母さんには、もう一人、男の子がいたの？」

「ピエールのこと？」

「えっ、ピエール？　それどういうこと？」

母の話によると、岩沢芳雄が、赤ん坊の私を母のところに連れてきたとき、ゆう子から手紙を渡されたのだという。そこに、叔母にはもう一人、石貴という息子がいて、日吉町の家に預けてある。もし、自分に何かあったら、その子の無事を見守って欲しいと書かれていた。叔母が殺された後、母はその家に行ってみたそうだ。事情を説明すると、預かってくれている人もそれほど悪い人には見えなかったという。母は三ヶ月に一度くらいの割合で日吉の家に、おみやげを持って石貴の様子を見に行くようになった。そうこうするうちに、預かっている家の人が病気になり、石貴の面倒がみられないと連絡があった。見に行ってみると、五歳になる石貴《いしたか》はよごれた服を着ており、顔色も悪く、別人のようにやせこけていたという。

すぐにでも引き取ろうかと思ったが、事業がうまくいかない父に、そんな余裕はないと反対された。

アメリカの伯父が、私を養子に欲しいと言ってきている時だったので、日吉町のその子はどうだろうかと閃《ひらめ》いた。それで、伯父夫婦にゆう子の悲劇的な死について説明し、石貴がその長男であることを打ち明けた。伯父夫婦を日吉に連れて行き、石貴を会わせたところ、懐の深い二人は、大層気に入り、養子縁組の話は、とんとん拍子に進んだのだという。

「じゃあ、ピエールと私は本当の兄妹なの」

「そういうことや。そやからなんかあんたら初対面やったのに、まるで血のつながりを直感したみたいにうち解けてよう遊んでたな。義兄さんとこ、あれから事業の方が大変で、ちっとも日本にこんようになってしもたけど。一度、天橋立の温泉にゆっくりつかりに来てくださいと手紙を書いたんやけど」

ピエールが伯父夫婦と初めて日本に来てから十年以上がたっている。いまでも、あの時の彼の優しさが懐かしくてたまらない。英語を教えてもらったり、桜の絵とドナルドダックを交換したり、彼と一緒に遊んだのが、私にとって、子どもの頃の最も楽しい思い出だ。

クリスマスカードのやりとりによると、彼は、今、アメリカの某大学の大学院で経済学の勉強をしているらしい。私の描いた桜の絵は今でも額に入れて彼の部屋の壁に飾ってある。また、いつか日本に遊びに来たいと書いてあった。

彼がアルファベットを教えてくれたおかげで、他の科目に遅れのあった私はローマ字だけは、みんなより先に知っていた。思い返せば、あれが、学業で自信を取り戻すきっかけになったのだ。

あの伝言板の、宝石のようなつぶらな目をした猫、というのはピエールのことだったのだ。なんという不思議な運命の巡り合わせなのだ。

「でも、どうしてピエールなの？」

「石貴っていう名前やろう。それやと向こうではなかなか覚えてもらえへんから、石にちなんでストーンとしようと思うたらしい。でも、それもあんまし聞かへんので、フランス人の名前に多いピエールとしはったんや。ピエールはＰｉｅｒｒｅと書いて、フランス語で石という意味もあるんやそうや」

「でも、自分はベトナム人だって……」

「それは級友に言われてそう思いこんでただけや」

「ピエールは五歳くらいまで日本にいたのでしょう？　どうしてそんなふうに思い込むのよ」

「ピエールはな、預かったおうちの人が病気になってから、かなりひどい虐待を受けていたかもしれへんの。あの子を一目見て、義兄さんはそれが分かったさかいに、よけい引き取りたい気持ちにならはったんや。アメリカにつれて帰った当初は、情緒不安定で、カウンセリングに随分通わせたそうや。そやから、本人は、日本にいる頃の自分をあまり覚えてへんの。いうか、思い出しとうないのやろうね。級友にベトナム人の孤児やと言われた時、そう思いこむ方が楽やったんとちがうかな。それを聞いたとき、あの子が可哀想にならたけど、今、立派に大学へ通ってしっかり勉強してるみたいやし、よかった思うてる。ピエールはあんたの描いた桜の絵を大切に額に飾っているそうや。あの子の日本のイメージはあんたの描いたあの絵なんやって。日吉の家のことは全く覚えてへんらしい」

「それ、クリスマスカードに書いてあった。また、日本に来たいって」

「花見の季節に来てくれるとええな」

あの伝言板に載せられていた、宝石のようなつぶらな目をした、というのは、つまり宝石が石の意味だからだ。

ミラクルという猫の名前についても、なるほど、それがちゃんとピエールにたどり着くことを発見した。

母がトイレに立ったので、その間に、私は悠斗にメールした。

――やっぱり、私がハルでした。

そう打った後、叔母の息子はアメリカの父方の伯父のところに引き取られ、ピエールという名前なのだということも短く説明した。

そして最後に、

――ミラクルについて、謎は解けた！

そう打つとすぐに、

――どんな謎やったんや？　早よう教えてくれ！

と返事がきたので、こう書いた。

ミラクル→奇跡→貴石→石貴→ピエール

コーヒーを飲み干して、手持ちぶさたになり、水を口に運んでいると、母が戻ってきた。

「結局、叔母さんは誰に殺されたの？　実は、お母さんは知っているの？」

「それは知らん。もう、そのことは考えんようにしてるの。それよりあんた、あの子の分までしっかり生きや。ゆう子はあんたと石貫の幸せだけを望んでたんやから」

そう言うと、母は、鞄から封筒を出して、私に差し出した。封は切られていない。

「ゆう子があんたに当てた手紙や。芳雄さんがあなたを私に届けた時リュックの中に入っていたんや。あの子、自分が死ぬことを予知してたんかもしれん。勘の鋭い子やったし。大きくなったら見せてやって欲しいと預かってたもんや。あんたが、このまま私の子どもやと信じてくれている間は、渡すつもりなかったんやけど、真実を知ってしまった以上、読ませるべきやと思って持ってきた。内容は私もしらん」

私は、それを受け取ると自分のリュックの中にしまった。これは一人で読むつもりだった。実の母親からの手紙を今の母の前では読みにくい。母も内容を知りたくなさそうだった。

お正月には天橋立に帰ると言って、そのまま母とは京都駅で別れた。

ペンションに帰って部屋に戻ると、叔母の手紙の封を切った。

ハルへ

もし、あなたがこの手紙を姉から受け取ったとしたら、きっと、私はもうこの世にいないでしょう。この手紙を姉に託し、大人になったあなたに渡してほしいと頼みましたが、具体的に何歳頃に、ということは決めませんでした。

ですから、これを読んでいるあなたが、どれくらいの年齢の大人になっているのかは、想像するしかありません。あなたは、何歳ですか？　あの世であなたの声を聞き漏らさないように耳を澄ませていますから、教えてください。

これを私が書いている、今のあなたは、まだ生後二ヶ月で、私の横ですやすやと眠っています。これからあなたとお別れしなくてはいけません。

あなたとは、今日までの二ヶ月間、片時も離れることなく一緒にすごしました。お腹の中にいる時も含めれば、十二ヶ月間です。よく泣き、おっぱいをたくさん飲む元気な子でした。あなたが私のおっぱいに吸い付いてくる時の感覚、私の体が作った栄養があなたの愛らしい口を通してお腹に流れていく、その感触の心地よさときたら、今、こうやって手紙を書いている時でも、胸が張ってくるので、あげたくてたまらなくなります。

あなたが、目を覚ましむずかったら、また、おっぱいをあげますね。悲しいことですが、それが最後になるでしょう。これからは、姉のところで粉ミルクをもらってください。もうミルクにも慣れて、機嫌良く飲んでくれるようになりました。もうちょっとしたら離乳食が食べられるようになります。あやすとやっと微笑むようにもなってくれたし、私の声によく反応して目をきょろきょろさせてくれるようにもなりました。

あなたがこの手紙を手にしている頃には、あなたの泣き声やしぐさを天国の映写機で何度も再生して、懐かしんでいることでしょう。

お母さんの形見として、翡翠の勾玉のネックレスを残します。これは、祖父から受け継いだもので、あなたにこそ相応しいものだと信じています。広沢の池の石橋の下に青い猫の花瓶を落としました。勾玉のネックレスはその中にあります。恐らく、大村、もしくは青室という人物が引き上げてくれたはずです。今頃、あなたの手に渡っているでしょう。もし、そうならなかった場合は、あなたがあの池からひろってください。

さようなら、私の愛する子

母、ゆう子

私は手紙を何度も読み返し、母、ゆう子の自分への愛情の深さに胸が締め付けられた。

きっと、私がこの家に導かれたのは、実母の魂が私を強く呼んでいたからに違いない。このペンションの絵を何枚も描いたのは、そんな見えない霊に突き動かされてのことなのだ。

それから、青い猫の花瓶について、ある推測が頭の中を渦巻いた。バラバラにだが、おおかた揃ったピースを組み立てては、うまくいかずに壊して、またつなげてと、その繰り返しをしている最中に、ノックの音がした。

ドアを開けると、悠斗と南都子だった。私が泣き顔なのを見て、二人は、遠慮して何も言わなかった。

悠斗は黙って、私に鍵をかざして見せた。

「その鍵は？　ああ、もしかして……」

「物置の鍵や、おばあちゃんの部屋にあったんや」

「かってに持ってきたの？」

「いや、違う。それが不思議なんや。おばあちゃんにあらためて物置の鍵のことを尋ねたら、突然思い出したみたいに、自分から部屋のタンスの一番下の引き出しをあけて、出してきたんや。そして『そういえば、もし、さくらがここへ訪ねて来たら、あの物置の中に入れてやってくれって芳雄から言われてたんやった』って、ついこの間のことみたいに言うんや」

それはつまり、岩沢芳雄が亡くなる前に言っていたことなのだろうか。だとしたら、二十年も昔のことになる。

「でも、なんで、さくら、なんやろう」

「彼だけは、ハルがさくらさんだって知っていたからじゃないの。そして、さくらさん、いつかあなたがここへ訪ねてくると信じていたのよ」

「もしかしたら、あの中に……」

私のその考えを補足するように南都子が言った。

「芳雄さんは、あの物置を、さくらさん、あなたに開けてもらいたいと考えていたのよ。きっと、あなたへのメッセージがあの中にあるはずよ」

いったい、あの物置の中に何が隠されているのだろうか？　私たちは、開かずの間となっている物置へ行った。

鍵穴に鍵を差し込むとくるりと一回転させる。中は十五畳ほどのスペースに、段ボール箱が積み上げられ、右の壁一面本棚になっていて、文庫本がずらりと並んでいた。

左手奥には机がおいてあり、その上にアルバム二冊が立てかけてあり、カセットテープとビデオテープがその横に並べてある。そこの後ろの壁には、横の長さ五十センチくらいの額縁がかけられてあった。上から白い布が被さっていて、まるでオークションに出品される前の名画を思わせる。

背伸びして布を取ろうとしたら、悠斗が横からさっと取り除いてくれた。

額縁の絵をみて、私はあっと小さく叫んだ。

それは私が描いた池に浮かぶ叔母（実母というべきなのか）の絵、そっくりなのだ。いや、これは絵ではない。絵にしてはあまりにもリアルだ。

写真だ。亡くなった実母を誰かが撮影して、ここに飾ったのだ。

実母がかかえている菊は、ピンク、白、黄色だった。それぞれ三本ずつ、全部で九本の束。私の描いた絵の中の花と、色も本数もまったく同じだった。

服装は、グレーのブラウスにエンジ色のフレアスカート、同色のコート。心臓のあたりにナイフが突き刺さっている。なにもかもそのままだった。

つまり、これがオリジナルなのだ。

子どもの頃に、私は、この家に来て、物置に入ったことがあると天橋立の母が言っていた。その時、この写真を見たのだ。悠斗と南都子の顔を見ると、写真があまりに私の絵と似ているので、二人の視線はそこに釘付けのまま、口はぽかんと開いた状態になった。

「これは、きっと、岩沢芳雄が撮ったんだ」

「それで、ここに飾っておいたのね、さくらさん」

私は二人の意見に黙って頷いた。

「さくらさん、あなたの描いた絵は、これを見てのことなのね」

南都子が改めて確認する。

「昔、私、このペンションへ来たことがあるの。ほんの幼児の頃に。母に連れられて。そして、この物置の中に入り込んでしまったそうなの」

「映像記憶ってやつ？　半信半疑やったけど、君のその能力、本物なんや。すごいな」

悠斗が尊敬のまなざしでこちらを見ているから照れてしまった。この特技を褒められたのは、生まれて初めてのことだったから、嬉しいような悲しいような複雑な心境だった。

私は机に立てかけてあるアルバムを取りだした。

そこには、実母の写真ばかりがあった。すべてこの近辺で撮影されたものだ。殆どが広沢の池をバックにしている。舟に乗って笑っている母、大きなお腹をかかえた母、それから、私と二人の写真が何枚も続いた。産湯につかっているもの、母の腕に抱かれて寝ているもの、部屋でおっぱいを与えられているものなど、日付と成長の記録まで書いてあった。その字は母のものとは違った。きっと、これは岩沢芳雄がアルバムに貼り付けたのだ。赤ら顔でしわくちゃのいまにも壊れそうな私を抱きかかえた実母の顔からは、たった一人で病院へも行かずに我が子を産んだ孤独や悲壮感は伝わってこなかった。

なにかを成し遂げた人の満たされた表情をしている。さきほどの手紙の文面を思い出して、私はまた泣けてきた。

ビデオテープを手にとってみると、それは「さよなら、私の愛する人」と「淡水の妖精」というタイトルの映画だった。タイトルのすぐ下には桐岡葉子と大きく書かれている。母が、女優桐岡葉子として主演した映画だ。

ずっと捜していた物がやっと手に入った。私は、今すぐ見たい心境に駆られた。

「VHSを再生する機械、このペンションにある?」

「今時そんなんないで。もしかしたら、工司オジが持ってるかもしれんけど、さっき出かけたしな。カセットの方は、これがあるから聞けるよ」

横幅三十センチくらいの古いカセットテープレコーダーが棚に置いてあるのを見つけた悠斗が机の上に載せた。私はカセットテープの方も確認した。全部で五本、ケースに入っている。ヴィヴァルディ、サティ、ショパンなどクラシック、それに恐らく二十年前の流行歌らしき歌手の名前が書いてあるものなど、計五本。ケースに手書きのラベルが貼ってある。母が何かから録音したものなのだろう。

「もしかしたら、胎教にいいと思って、実母が聞いていたテープかしら」

「かもね。さくらさんもゆう子さんのお腹の中で聞いていたかもね」

そう言われるとなんだか聞いてみたくなった。

「そんなカセット聞くより、まず、居間に集まって、話さへんか？　さっき、天橋立のお母さんに逢ってきたんやろう？　その話、聞かせてくれ。ミラクルって名前の由来にも驚きだ」

「悠斗からきいたわ。その奇跡君は今アメリカにいるんですって？　まったく、さくらさん、あなたが来てから明かされる真実ときたら、何から何まで驚きの連続だわ」

南都子の目が好奇心できらきら光っている。

三人が居間のソファに腰掛けた時、亮太が大学から帰ってきた。私は、母から受け取った手紙をみなに渡した。

みんながそれに目を通している間に、本棚に行くと、猫の花瓶を手に持って、ソファの前のローテーブルに置いた。

手紙を読み終わると、南都子が言った。

「さくらさん、これで確定したわね。やはり、あなたが、ここにいたゆう子さんって人の実の娘だったのよ」

「ええ、そういうこと。それからもう一つ、謎が解けたわ」

私はみんなの顔を見回しながら言った。

「どんな謎だ？　ああ、あんまし不可解なことが多すぎて頭が混乱するなあ、まったく」

南都子が黙れという意味を込めて、亮太の脇腹を肘《ひじ》でつついた。みんなは一様に黙り、私の次の言葉を待った。

「この花瓶なんだけど、岩沢芳雄は、これを持って池に飛び込んで自殺したのではないと思うのよ。だって、母は、この花瓶を自分で沈めたんですもの、ほら、ここ」

私は文面の最後の方を指さした。


広沢の池の石橋の下に青い猫の花瓶を落としました。勾玉のネックレスはその中にあります。


「この文面だと、確かに、そういうことになるけど、それでいったいどんな謎が解けるんだよ？」

「岩沢芳雄が、短パンにランニングシャツで、池に飛び込んだっていう謎よ。彼は、花瓶を持って自殺するつもりで池に入ったわけじゃないのよ。母が落とした花瓶を拾うために、あの石橋の下に潜った。そして、時期が時期だったので、心臓マヒを起こして死んでしまったのよ」

「でも、どうしてそんなことを？　そんな寒い時期に何も池に入らなくても、暖かくなってからにすればよかったのに」

「そうはいかなかったのよ。だって、広沢の池は『鯉あげ』という行事があって、十二月には池の水が抜かれてしまうでしょう？」

「つまり、君の叔母さんはそのことを知らずに、池に花瓶を沈めた。それを知った岩沢芳雄が、『鯉あげ』で花瓶が発見される前に池から拾い上げようとしたってことか」

「そこまでする？　たかだか花瓶のために」

「もう一度、ここを読んでみて」

私は手紙の最後の箇所を指さした。

「この花瓶の中には、翡翠の勾玉が入っていたの。だから、それを回収するつもりだったのよ」

「で、そのネックレスはどうしたのかしら？」

そういいながら、南都子がドライフラワーを花瓶から抜き取って、振ったり、中をのぞいたりした。

「死体を発見した誰かが、持ち去ったか、そうか、池のどこかに散乱してしまったかやろうな」

「うわあー、古代の秘宝は、結局、池に散ってしまったってのか。あの泥の中に埋まったんだったら、捜しようがないな、くそっ！」

亮太がいかにも悔しそうに歯ぎしりした。

「もしかしたら、白鷺の餌になってしまったかもしれない」

南都子も残念そうに続けた。

「いや、誰かが持ち去ったんだよ、きっと」

「でも、だとすると、たまたま死体を発見したヤツだろう。これの骨董《こっとう》価値がわかるのがそうそういるかなあ。俺、勾玉のコレクションの写真集なんか結構、読みあさってるんだ。あの絵が実物大だとしたら、あれほど大粒の立派なものはそうそう見かけない。たちまち業界で噂が流れるはずだ。親戚に寺町で骨董品店をやっているのがいるから、この間聞いてみたんだ。そんなやつここ二十年の間に売りに出されてないってさ。持ち去ったヤツが手放さずに、こっそり隠し持ってるんだったら別だけどな」

「でも、こんな花瓶の中にそんな高価なものを入れて隠すなんて、あまりうまい手やないな」

「池に沈めるってのもね。流れ出ちゃうかもしれないと思わなかったのかしら。現にそうなった可能性が高いし。さくらさん、せっかくお母さんがあなたに残してくれた古代の宝物なのに残念ね」

そこで私は青室という人がここへ訪れた時に西岡教授と多恵と話した会話を思い出した。

――あれが、いったいどうしてここに？

――これ、池から引き上げたのですか？

と彼は驚いて訊いたという。彼は母の伝言を見て、ペンションを訪れたのだ。

「青室って人は、猫の花瓶が池に沈められたことを知っていたのよね。あの伝言板を見て。だから、すでに回収されている花瓶を見て驚いたのよ。花瓶を確かめたところ、ネックレスは見あたらないので、結局、あきらめて、帰っていったのよ」

「確かに、それでその人の反応は頷けるな。でも、なんだかもったいない話だよなー」

「別に、そんなネックレスはいらないの。欲しいと思わないからいいわ。それより、母は誰にどんな方法で殺されたのか、それは突き止めたい」

「問題はそれや」

悠斗が力を込めて言った。

「ここまできたら、どうしても犯人を突き止めたいわね」

「この痣のことも知りたいしな」

悠斗が自分の右のくるぶしを指さして言った。

「そうよ。なんであなたにその痣があって、さくらさんにないのよ。それもへんな話じゃない。そのこと、お母さんに聞いた?」

私は首を横に振った。そういえば、そのことを母に訊くのを忘れていた。

「とりあえず、いままで分かったことをおさらいしてみようか」

私たちは十一月六日に起こった、事件の前後のことについて、改めて分かったことをメモに付け足した。

一九八八年　十一月六日

午後三時頃　岩沢芳雄は、ゆう子から赤ん坊を預かり、それを姉の大山(現在藤野木)幸子の住む修学院離宮近くのマンションに向かう。

午後三時半　岩沢の運転する軽トラは、「京つけもの本舗」のスターレットにぶつける。事故処理をせずに、十万円を運転していた水島に渡して、ふたたび幸子のマンションに向かう。

午後五時過ぎ　スイス人のステファニーが赤ん坊の泣き声がうるさいと言っ

午後五時過ぎ　て居間に来て多恵に愚痴を言う。

田村が工司の部屋に行き、そのまま二人はずっと将棋をしていた。

午後六時頃　西岡教授が居間に向かうために廊下に出ると、ゆう子の部屋から赤ん坊の泣き声が聞こえてくる。

午後六時頃　岩沢芳雄は和菓子を仕入れてから「ひろさわ茶屋」へ戻ってくる。

午後六時四十五分　岩沢芳雄がペンションに戻ってきて部屋で殺されているゆう子を発見する。

午後六時四十六～七分頃　全員がゆう子の部屋に駆けつける。

その数日後、田村和夫の部屋に泥棒が入る。

それからさらに数日後、岩沢芳雄が花瓶を拾うために池に飛び込んで、心臓麻痺《まひ》で死ぬ。

青室がペンションに訪ねてくる。

「これで矛盾しているのは、まず、赤ん坊ね。あっ、つまりね、さくらさんのことよ」

「岩沢芳雄はすでに、赤ん坊の私を修学院離宮のマンションまで届けている。なのに、西岡教授も、ステファニーも、田村和夫も赤ん坊である私の泣き声をきいている」

「ステファニーは、ゆう子さんが赤ん坊を抱いて、外から帰ってくる足音もちゃんときいているんだ」

「もしかしたら、岩沢芳雄は、赤ん坊を届けなかったのかしら。断られて、連れて帰ってきたとか」

「そんなことはないわ。母にそれはちゃんと確認しているもの。母は実の娘のさくらを失ったばかりだったので、まるで、その子が生き返ったかと錯覚し、そのまま、私を娘のさくらとして育てたのよ」

そう説明しながら、自分が赤ん坊の時からさくらの代役を与えられた偽物のような気がしてきた。母の私への愛情に偽りがあったとは思わないが、私を通して、ずっと母が見ていたのは、亡くなったさくらの方だったのではないか。その一方で、私にはゆう子という実母がいて、その霊が私をずっと見守ってくれていた。見えないところで、交差する愛情の中で私は、こうして無事に二十一歳にまで成長したのだ。

「本物のさくらという人は？」

「身内だけでこっそり葬儀をしたそうよ。戸籍上、私は今の母の養女ということになるの。

高校入学の時に戸籍を持っていったはずだけど、特に内容まで確認しなかったから、自分の戸籍なんてちゃんと見たことないから知らなかったんだけど……」

母が愛している本物のさくら、その子の魂は母の心の奥底に生き続けているに違いない。なんとなく自分のルーツがあやふやになったようで、物寂しくなってきた。私の気持ちを察して、南都子はそれ以上追及しなかった。

「もしかしたら、ステファニーと西岡教授と田村が三人で共謀して、藤野木ゆう子を殺したとしたら？　だとしたら、ありもしない、赤ん坊の泣き声を三人で口裏を合わせてでっち上げることだってできたわけだ」

亮太の考えに悠斗が反発した。

「なんのために？　この三人にそんな接点があるようには思えへん」

「ステファニーは、赤ん坊の泣き声をうるさいと思っていたんだから、動機としてありえるさ」

「そんなの動機としては弱いやろう」

「ノイローゼ状態になっていたとしたら？」

「そういうのは衝動的犯罪としてはありえるかもしれないけど、三人で共謀してというのはありえないわよ。それだと計画犯罪ということになるじゃないの」

「西岡教授は、そんな人じゃないな」

「田村さんは？」

「田村さんのことはよく知らないけれど、ステファニーや教授と組むとは思えへんな、あの人が。殆どつきあいがないもの」

「ゆう子って人は、その三人が部屋をノックしても開けてくれなかったんでしょう？　だったら、殺しようがないじゃないの」

「あー、そうだった。元から無理なんだよ、この推理は」

亮太が頭を抱え込み、悠斗がため息をついた。

「やっぱり、犯人は岩沢芳雄だ。それ以外に考えられないな」

そうなのだ。結局、そこへたどり着いてしまうのだ。彼以外に実母を殺せた人間はいない。

私を修学院離宮のマンションに届けた彼は、帰ってきて、衝動的に実母、ゆう子を殺してしまった。二人の間にどんな確執があったのだろう。それは、本人たちの間でしか分からないことだから、ここであれこれ推理しても仕方がない。

私は、猫の花瓶を手のひらに載せて、菊の花を元に戻した。差し込んだ花は、なんだか、奥までちゃんと入っていない感じだ。

「この花瓶、見かけより底が浅いわね」

私は花瓶を目の前にかざしてみた。悠斗が私から花瓶を引き取って、花を抜いて穴の中をのぞき込んでいる。

「暗くてよう見えへんけど、確かに上げ底やな」

「もしかしたら、その中にまだネックレスが入っている、なんてことないわよね？」

南都子が言った。

「まさかあ」

悠斗が笑いながら、花瓶を逆さにして振ってみた。

「その、まさか、かも」

そう言うと、南都子は立ち上がった。台所から箸を持ってくると、花瓶の中にそれを差し込んで、どこまでが底かを計っている。

「ここまでしか入らないでしょう。五センチくらいは上げ底になっているわよ、これ。この厚みの中に秘宝が隠されているとしたら？」

南都子のこの発言に、みんなは一斉に顔を見合わせた。私は、この場にいる全員の心がぴんと張りつめるのを感じた。

「でも、でも、どうやって取り出すんや」

「花瓶を割ってみるしかない」

亮太が鼻息荒く言った。

「そんなことできないわよ。ねっ？　さくらさんのお母さんの大切な形見なんだから」

南都子が心配そうに私の顔をみた。

「でも、母は、この中に勾玉のネックレスを入れたと書いているの。そんなに簡単に流れ出てしまわないように、花瓶の底に埋め込んだ、というのが正解のような気がする」

「絶対そうに違いない。よっしゃ、金槌《かなづち》で花瓶を割ってみようぜ！」

「よく、そんな無茶なことを言うな」

悠斗が亮太をたしなめた。

「実物が見てみたいだろう。もし、存在するんだったら」

「そうね、私も、この中を確かめてみたい」

私は亮太に同意した。

「うまいこと割って、後から、接着剤で張り合わせたらどう？」

南都子が提案する。

「なんかうまい道具ないのか？」

南都子は、立ち上がってキッチンへ歩いていった。数分後に彼女は黒いプラスティックの箱を持ってもどってきた。ふたをあけると中に大工道具が入っている。

私は、中から、ドライバーと金槌、錐《きり》を取り出した。

最初は、亮太が先のとがったドライバーや錐で中からつついたり、外側から小さな穴をあけてみたが、それではらちが明かないので、結局、私が金槌を握りしめた。

「やっぱり、これでたたくしかないわ」

みんなは私の手元に視線を集中させた。

私は花瓶の底を金槌で軽くたたいてみた。次に、もう少し強く、そうやって徐々に激しくたたいていった。五回目で、やっと小さなひびが入った。それだけでは足りないので、そのひびの隙間にドライバーを差し込んで、二、三回軽くたたいた。すると花瓶の底の一部が割れてはがれた。

はがれた箇所からコンクリートの塊が露出したから、みんなは息をのんだ。

「きっと、この中だわ」

私はコンクリートを金槌でたたこうとしたが、亮太がそれを制した。

「そっと、やった方がいいよ。勾玉まで壊れてしまったら元も子もないからさ」

コンクリートの端の方に錐をあてて、金槌で錐の背中をそっとたたいた。コンクリートは意外とあっさり割れて、中から直径四センチ、高さ三センチくらいの丸いクリーム入れのような化粧瓶が出てきた。

「この中だよ、きっと」

瓶についたピンク色の蓋を回してみるが、接着剤できっちりと密閉してあり、どんなに力を入れても手であけることはできなかった。

「この蓋はプラスティックでできてるな」

そう言うと、亮太がライターをポケットから取りだし、ドライバーを火であぶると、蓋の縁に押しつけた。蓋に穴が開いた。同じことを何度も繰り返して、缶詰をあけるみたいにぐるりと一周した。

蓋をあけると中には白い綿のようなものが入っていた。みんなは生唾を飲み込んで、それを凝視した。

綿を取りだすと、その下に、Cの字型をした緑色の石がぎっしり入っていたから、それを見たとたんに亮太が「おぉーっ！」と歓声をあげた。

大きい物から小さいものまで、翡翠の勾玉は全部で、二十個くらいあった。

私は、石を丸く円形に並べてみた。すると、母のスケッチブックに描かれた絵と瓜二つになった。

「すげえなあ。やっぱり、存在してたんだ。この一番大きいのなんか、色とか大きさからいっても、すごい高価なもんだぜ」

亮太の声が感動で震えている。

「これ、そんなに高価なものなの？」

「ただの翡翠じゃないんだぜ。骨董価値があるんだ。途方もなく高価なものだよ」

「もしかして、母はこれが原因で殺されたのかしら？　犯人はこれを奪おうとして、母を脅して、殺してしまった」

「ありうるかもしれないな。いや、それが一番可能性としては高いかも」

喜びでゆるんでいた亮太の顔がにわかに強ばった。

「確かに、それ、動機としては一番説得力があると思うわ。犯人は、あなたのお母さんがこれを持っていることを知って、それで、ずっと狙っていたのよ」

「だから、君のお母さんは、こんなふうに巧妙にこのネックレスを隠したんだ。狙われていることを勘づいていたから」

母はこれを西岡教授が話していた、ケニア山で見つけたヒョウの首が保管されている家に預けようと考えた。ところが、新生児である私を連れて、そんなところまで行く気力がなくなってしまったのだ。

そこで「鯉あげ」の行事を知らなかった母は、広沢の池にこれを沈めた。

「ということは、つまり、犯人が岩沢芳雄やとしたら、彼がゆう子さんを脅して、ネックレスの場所を聞き出したんか？」

「岩沢にナイフを突きつけられたゆう子さんは、池に沈めたと白状した。その後、彼女を殺した。そして、彼は、『鯉あげ』の前に花瓶を回収しようと、焦って池に入ったんだ。ネックレスを自分のものにしたくって。それで命を落としたのだとしたら、まさに、天罰だな」

果たしてそうなのだろうか。岩沢芳雄という男に会ったことはないが、あのアルバムを見る限り、母のことを赤ん坊である私共々本当に思いやってくれていたようだ。このネックレスがただ欲しい、そんな理由で母を殺したりするだろうか。

私は翡翠の緑色の光沢を見つめながら、岩沢という男についてしばし考えを巡らせた。

「でも、人物像がなんとなく浮かんでくるの。岩沢という人の。彼は、母にとても尽くしてくれた人でしょう。そんな悪い人とは思えない」

「確かになー」

「うわっつらだけで、人なんて分からへんもんや」

悠斗が物知り顔で言った。

「うわっつらじゃ分からないけど、その人が、母にしてくれたことを考えれば分かるわ。母が妊娠してここへ頼って来た時だって、助けてくれたのだし」

「最初から、ネックレスが狙いで、ゆう子さんをここへ誘ったのかもしれないよ。美術館にあっても不思議じゃないぐらい価値があるんだぜ、これは」

「そんなこと分かるの亮くらいのもんじゃないの。岩沢芳雄は骨董を理解できるような、そういう目のある人だったのかしら」

「それは分からないけど」

「そんなことより、さくらさん、それ、他の人に見られる前にしまっておいた方がいいと思う」

南都子にそう言われて、私は、一つ一つ翡翠をつまんで、瓶の中にしまった。

「これ、どこに保管しようかしら？」

「さくらさんが、持っておいてよ。それはあなたのものですもの。それから、これは四人だけの秘密にしておきましょう。人を疑うのはいやだけど、もしかしたら、このペンションの中に、あなたのお母さんを殺した犯人がいるかもしれないでしょ。岩沢芳雄以外の人物が犯人だとしたらね」

「だとしたら、このネックレスを使ってなんとか犯人を突き止める方法はないかな？」

「どうやって？」

あれこれ意見が飛び交ったが、結局、これといったいい案は出なかった。

猫の花瓶は瞬間接着剤で貼り合わせて、外見だけなんとか元に戻すことができた。

悠斗と南都子は、そろそろ夕飯の準備に取りかからなくてはならないので、ひとまず、夕食まで、解散することにした。

部屋に帰って、時計をみると、午後五時前だった。

母の残したカセットをレコーダーに入れて再生ボタンを押した。

ヴィヴァルディの四季がながれてきた。

私はこれを母のお腹の中で、羊水に浮かびながら聞いていたのだろうか。

疲れを感じて、ベッドに仰向けになった。美しいヴァイオリンの音色を聞きながら、翡翠の勾玉を胸に、私は眠りについた。

第十八章　使命

――一九八八年――

芳雄は、ゆう子の姉、幸子にハルを届けて『ひろさわ茶屋』に帰ってきた。そこでアルバイトの女の子の話を聞いて内心イライラしていた。彼女は今月いっぱいでやめたいという。どうやら、ここが立地的に辺鄙《へんぴ》なので嫌気がさし、市内の中心地に新しいバイト先を見つけたらしい。

率直にそう言ってくれれば話は早いのだが、大学のサークルが忙しいので、交通の便のいいところにバイト先をかえた、とだらだらいいわけが続いた。話を早めに切り上げたかったので、今月の給料は払うから、好きにしてくれ、と言い残して、『ひろさわ茶屋』を出た。

ペンションに戻り、ゆう子に一刻も早く伝えなくてはいけない。ハルを幸子に無事預けたことを。

あの調子なら、幸子は、間違いなくハルを我が子のようにかわいがって育ててくれるだろう。今のゆう子を慰められるのはそれくらいだ。それをうまく伝えることができれば、絶望から少しは立ち直ってくれるだろう。

居間に行くと、西岡教授がテレビをつけていた。ステファニーと多恵がテーブルのところでなにやら話し込んでいる。

芳雄は、三人を尻目に、ゆう子の部屋までゆっくりと歩いていった。

決められた回数をノックする。

「ゆう子、帰ってきたよ」と告げたが、返事がない。

何回かノックして、呼んでみたが、やはり返事はなかった。一人で散歩にでも出かけたのだろうか。そう思ったが、彼女が散歩するのはせいぜい池の周辺くらいのものだ。それだったら、自分が喫茶からペンションに来る間に目にとまっているはずだ。

もしかしたら、出て行ってしまったのか？　芳雄は、焦って、ノブを回した。すると鍵があいていたので、ドアを開けて中に入った。

ゆう子はベッドの上で仰向けに寝ていた。さきほど、ハルを預かる時に着ていたのと同じ、グレーのブラウスにエンジ色のスカートをはいたまま。

目がうっすらと開かれているのに微動だにしない。一瞬、ハルを手放したショックのあまり放心状態なのかと思ったが、胸に何かが突き立ててあり、赤い染みが広がっている。よく見ると、それはジャックナイフの柄のようだった。

——まさか、そんなことが……おい、冗談はやめろ、ゆう子！

そう思い、彼女のそばに近づいた。体をゆすって起こそうとしたが、ゆすられるまま、目を開けているのに、なんの反応も示さない。

バカな。そんなはずはない。彼女がこの世からいなくなるなんて、そんなことは断じてあってはならない。いったいどうしてこんな場面に自分は出くわしているのだ？

今の自分の置かれている状況を理解しようとしたが、意識が惚《ほう》けてうまくいかない。これは夢なのだ。そうだ、早くこんな悪夢から目を覚まさなくては。そう思い、芳雄は大声で叫んだ。叫び、泣きわめいた。だが、夢から目覚めることはなかった。

早く、早く、こんな悪夢から目覚めさせてくれ。頼むから、早く。そう思い、必死で叫び続けた。

気がつくと、自分の後ろにペンションの住人が全員集まっていた。

みんなもゆう子の死体を見て、その場に凍りついている。

それからなにがなんだか分からないまま時間が過ぎた。居間にみんなで集まって話し合ったが、錯乱していて、自分が何を話したのか思い出せなかった。

結局、ゆう子の死体を広沢の池に移そうと多恵が提案した時、芳雄はそれに強く賛成した。ゆう子を池に浮かべれば、彼女の主演したあの映画「淡水の妖精」のように水の妖精になって、戻ってきてくれるに違いない。彼女がこんな理不尽な形でこの世を去るはずがないのだから。

あの作品の中で、ゆう子が花束を持っているカットがあり、その場面の彼女がことのほか気に入っていた。初めて映画で見たとき、あの場面のアップのあまりの美しさに背筋に寒気が走ったほどだ。

ゆう子が外出していたことを装うため、他の者が彼女にコートを着せたり、靴を履かせたりしている間に、芳雄は、あの映画と同じようにピンクと白と黄色の野菊を花壇から三本ずつ摘んできた。

夜中の二時頃、ランタンを持って、みんなでゆう子の死体を池のそばに運んだ。

ゆう子の両手に菊の花束をかかえさせようとした芳雄を西岡が制した。

「そんな不自然なことはしない方がいい」

「せめてお花くらい供えてあげてちょうだい。どうせ死体が沈んだら、花は流されてしまうんやから」

多恵が泣きながらそう訴えたので、西岡はそれ以上なにもいわなかった。

芳雄はしっかり握りしめられていた彼女の手を開くと、右手の中にふわっと柔らかい何かが入っていた。よく見えないので、それをポケットにしまい、それから、菊の花を両手に抱えさせた。

みんなで彼女の体を持ち上げてそっと池に浮かべた。膝から下は水に沈んだが、顔と胸は半分水面に出たまま浮かんでいた。

その時、芳雄は、あの「淡水の妖精」の時のゆう子と池に浮かぶ彼女の姿を重ね合わせた。月の光にきらめく水の中に浮かぶ彼女は生きている時と変わらない華麗な美しさのままで、もうそこに魂がないとは思えないほど艶《なま》めかしかった。

芳雄は、ゆう子が水面から起きあがってきて、あの映画みたいに花束を抱えて、きらびやかな笑顔を見せてくれることを切望し、その光景を何度も夢想した。

「さあ、引き上げよう」

誰かが言った。

しばらくゆう子と二人だけにして欲しい、と芳雄が頼むと、みなは了解して、ペンションの方へ帰っていった。多恵の発作的な嗚咽が聞こえてきたが、それもだんだん遠のいていってやがて静寂が訪れた。

ゆう子の姿をこのまま永久に止めておきたい。もちろん、今、自分の脳にしっかり焼き付けている。だが、もっと客観的な、肉眼ではなく機械を通した映像を持っておきたかった。芳雄は、あらかじめ持ってきたニコンのカメラで彼女の姿を撮影した。

それから、じっと彼女のことを見守っていた。どれくらい時間が過ぎただろうか、彼女の体は徐々に沈んでいき、菊の花が水面に広がった。

やがて、向こうの空が少しずつ明るくなってきた。

不意に芳雄は肩をたたかれて振り返った。

西岡だった。

「さあ、帰りましょう。もうすぐ日が昇ります。こんなところにいて誰かに目撃されてはまずい」

芳雄は西岡に腕を引っ張られてしぶしぶその場から離れた。

翌朝、あらかじめ計画していたとおり多恵が池に行った。

そこで、彼女は水面に靴が二つ浮かんでいるのを発見した。池に近づくと、ゆう子の髪が水中でもやもやと揺れていた。

多恵は、それを偶然発見したように装って、警察に通報した。

駆けつけてきた刑事に事情を訊かれ、全員が口裏を合わせた。

藤野木ゆう子は、昨日、夕飯に現れなかった。心配して芳雄が部屋へ様子を見に行ったところ、いなかった。赤ん坊と散歩にでかけたのだろうと、その時は思ったのだ。が、いつまでたっても帰ってこないので心配していた、と偽証した。

警察にかなりしつこい取り調べを受けたが、実際、全員にアリバイがあり犯人ではありえないことを承知していたので、後ろ暗さを感じずに、一貫して最初に証言したとおりのことを貫き通した。結局、それほど長く嫌疑はかけられなかった。

ゆう子が「Mの会」と関わりがあったので、そっちを調べて欲しいと芳雄は警察に訴えた。実際、芳雄は、彼女は「Mの会」の尾汰が差し向けた妄信的《もうしんてき》信者、もしくはプロの殺し屋に殺されたのだと思っていた。

でなければ、ペンションにみんながいたにも拘《かか》わらず、あんなに手際よく、出入りした証拠も残さずに殺せるはずはない。

最近、時々テレビのニュースなどで再生される尾汰の映像をみるたびに、芳雄は呪い殺してやりたいほどの憎しみを覚えた。

しばらくたってから、芳雄は、ゆう子を池に運んだ時、彼女の右手の中からみつけたふわふわしたもののことをふと思い出した。

あれはいったい何だったのだろう？

その時着ていたジャケットを洋服ダンスから取り出し、ポケットの中を探った。

そのふわふわをポケットから出してじっくりと観察した。それは見覚えのあるものだった。これを死ぬ間際のゆう子が握っていたとしたら、争った際に犯人からむしり取ったものだと考えられる。

そう思った瞬間、持ち主、つまり犯人の顔が浮かんだ。なんということだろう。だが、まさかそんなはずはない。その人物には鉄壁のアリバイがある。

しばらく、犯人を示すそれをにらんでいたが、なんとしても確証をつかむ必要がある、その思いに駆られた。決定的な証拠をつかんだら、復讐《ふくしゅう》することも視野に入れた。

それから数日後、芳雄は、ゆう子を殺した犯人がどのような方法を使って殺害したのか、おおよそ突き止めることに成功した。

警察の目が「Mの会」の方にむけられるようになり、ペンションの者が容疑の対象からはずれた後、密かに復讐の方法を練り始めた。

だが、その前に、ゆう子が沈めた、猫の花瓶のことが気になった。もうすぐ「鯉あげ」の時期が来る。そうなったら、あの花瓶が誰かに拾われてしまうかもしれない。石橋の下なのだから、誰にも発見されないだろう。いや、清掃業者か何かに見つけ出されてしまう可能性だってある。そうなっても、ゆう子のものだから返してくれ、と頼むことはできる。だが、そう頼んだとしても、返してくれなかったらどうするのだ。あの花瓶の中には、勾玉のネックレスが埋め込まれている。それがどれほど貴重なものか芳雄には分からないが、ゆう子が命がけで残していったものなのだ。ゆう子とハルと一緒に散歩した時、ゆう子は石橋の上にたって、「ここよ」と言っていたではないか。あの時、彼女は勾玉を隠す場所を芳雄に示していたのだ。

なにがなんでも自分の手で回収する必要がある。

ゆう子を殺した犯人に復讐するのは命がけだ。仮に成功しても、警察に捕まってしまえば、刑務所に拘束されることになる。その前に、花瓶は拾っておかなくてはいけない。そんなことをあれこれ心配しているうちに、ゆう子が死んでしまった今、あの花瓶をハルに渡すのが、自分の使命だという念が、日に増して強くなった。犯人に対する復讐はその次だ、と。

ある明け方、寒いのを承知で、芳雄は、短パンにランニングシャツの上からジャンパーを羽織って、池に行った。

石橋のところまで行くと、ジャンパーを脱ぎ、池に片足をつけて温度を確認してみた。足が凍えるほど冷たいのかと予想していたが、思いの外冷たさは感じなかった。それより、早く花瓶を見つけなければ、と焦った。

しばらく躊躇したが、思い切って飛び込んで、石橋の下に誘われるように潜って行った。その刹那《せつな》、激しい痙攣《けいれん》に襲われた。それでも、花瓶を見つけたい一心で、手足をばたつかせた。

全身がしびれて、意識が朦朧《もうろう》としてきた。花瓶への思いだけが、かろうじて、芳雄の意識を生に繋いでいた。

そうしてしばらくあがいているうちに、突然手足が自由に動くようになった。すると、水の底からゆう子が手招きしているのが見えた。彼女は左手に花瓶を持っていた。芳雄はゆう子の方へ泳いでいくと、彼女の手の上から花瓶をしっかりと握りしめ、池の底に足をつけた。彼女の右手が芳雄の左手を取った。

——やっと来てくれたのね。待っていたのよ。

——待っていた、僕を?

——あの時、何も言ってくれなかったのね。

——あの時って?

——私が東京へ行くと言った時に、引き留めてくれなかった。それどころか、とっとと行け、と言われて、私、あなたに見捨てられたんだと思った。私のこと愛していなかったのね。

――愛してたよ。でも、引き留められるわけがないやないか。君はスターを目指していたんや。僕みたいなつまらんヤツが束縛したらあかん人やったんや。

――引き留めてくれたら私、行かなかった。あの時、私はそれを望んでいた。なのに、まるでやっかい払いしてせいせいしたって喜んでいるみたいに私を見送って……ひどい人。

――君は飛ぶのが怖かっただけや。そやから、僕を逃げ道に使おうとしたんや。もし引き留めてたら、一生、僕は愚痴られることになる。君の運命を変えた責任を背負わされて。

――逃げたのはあなたよ。責任を負いたくなかったから。

――そら、負いとうなかったで。

――「こんなはずじゃなかった」って、一生恨み言を言いながら平凡な家庭を築きたかった。きっと、その方が幸せだったに違いないわ。

――そんな君は君とちがう。

――じゃあ、こんなふうに殺されるのは？　それは私らしいの？

芳雄は返事に窮した。自分は結局、ゆう子を守れなかった、そう思い苦悩した。

――ゆう子が死なへんかったら、いつかハルと三人で暮らせたかもしれへん。その時は、きっと君は僕に恨み言なんて言わんと家庭に収まってくれたんやろうな。それやのに……すまん。僕が頼りなかったばっかりに君を狙っていたヤツを見抜けへんかった。

芳雄は泣きながら何度も「すまん」と謝った。

——いいのよ。こうしてあなたとここで出会うことができたから。一緒にハルを見守っていきましょう。

芳雄はゆう子にふれようと試みたが、肉体の感触がつかめなかった。そのうち、ゆう子に誘われてふわりと肉体から離脱し、彼女と並んで池の中をぐるぐると旋回しはじめた。

ゆう子の笑い声が池中に反響した。芳雄がボートを揺すったときに笑い出したあの時の声だ。五感で吸収したすべての幸せが太陽の光と一緒に水中に降ってくる。生前の幸福だった記憶を浴びているうちに、魂だけになっても、幸せを感じられるようになった。

第十九章　神の源

――二〇〇八年――

なんだか視界がはっきりしない。おかしな具合に揺れているのだ。呼吸しようとすると、ごぼごぼと音がして口から泡が噴き出した。

私は水の中にいる、とやっとそのことに気づいた。どうして水の中にいるのに自分は生きているのだろう。

前方を見ると、二人の男女が手をつないで人魚みたいに軽快に泳いでいる姿が見えた。女の人はエンジ色のコート、同色のフレアスカートをはいている。あれは、母、ゆう子だ。男の方の顔ははっきりと分からないが、なぜかそれは岩沢芳雄なのだと思った。彼は青い猫の花瓶を右手に握りしめている。

二人の楽しそうな笑い声が水中なのに、私の耳にまでぶくぶくと響いてきた。

その時、母と岩沢芳雄は幸せなのだ、そう思い、二人の救われた魂に向かって、私はエールを送った。

これは夢の中？

そう思った瞬間、ノックの音が聞こえてきて目が覚めた。自分は、知らないうちに眠っていたのだ。

上体を起こして意識がはっきりしてみると、私は、悲壮感の漂うヴァイオリンのメロディーに包まれていた。凍った湖、雪で覆われた山、そんな風景が頭に浮かんできた。

これはヴィヴァルディの四季の「冬」だ。そういえば、自分は、これをかけたまま眠ってしまったのだ。

意識がはっきり戻ってみると、翡翠の勾玉の入った瓶を右手にしっかり握りしめているのに気づいた。

さきほどの夢の光景、あれは母からのメッセージだったのではないか。

岩沢芳雄はこれを拾うために池に飛び込み、冬の凍える水の中で死んだのだ。そして、そこに漂っていた母の魂と再会し、その喜びを二人で分かち合って、水の中を舞っていた。

彼はこれを奪うために母を殺したのではない。

ベッドから起きあがって、ドアを開けると、予想通り悠斗が立っていた。まるで懐かしい顔に出会ったみたいだ。今、私を呼びにきてくれたのが、彼であることが心底嬉しかった。

「なんかいい曲やな、これ。どっかで聞いたことある」

「ヴィヴァルディの四季よ」

「もしかして、この部屋で君のお母さんが聞いていたんかな？」

「多分ね。私も母のお腹の中でこれを聞いていたかもしれない。このカセットデッキ、居間に持っていって、食事の時かけてもいい？」

「そうやな、食事のいいバックグラウンドミュージックになるし」

悠斗がコンセントを抜いて、コードを折り曲げて、カセットデッキを持ちあげたので、私は、他のカセットを手に取り、悠斗の後に続いた。

食卓の準備はすでにできていた。

真ん中に大きな塩のかたまりらしきものが置いてあった。これはいったいなんなのだろう。皿に載せてあるところを見ると、これが今日のご馳走なのだ。

私の疑問に答えるように、ジングルベルをステファニーが口ずさみはじめた。クリスマス間近なのだということは思い出したが、この大きな塩のかたまりの意味はわからない。

「これな、塩を卵白で固めたもので包みこんでオーブンで焼いたんや。こうやると、鯛のうまみが封じ込められて美味しいんや」

悠斗が説明した。

「鯛？」

「ああ、鯛や」

「でも……どうして、クリスマスに鯛の丸焼きなの？」

「私の提案なの。昔ここに住んでいた時にね、チキンだったら、スイスでも食べられるから、鯛の丸焼きが食べてみたいって、わがままを言ったの。それがきっかけで、ここではクリスマスに鯛の丸焼きが出るようになったのよ」

「へーえ、ステファニーさんのアイデアなんだあ」

「そうよ。それで、せっかくだから帰る前に食べてらっしゃいって、美奈子さんが用意してくれたの」

「いつ日本を発つんですか？」

「明日の朝よ」

カレンダーを確認する。今日は、十二月二十三日だった。そうか。彼女はもうスイスに帰ってしまうのか。連絡先を聞いておこうとメモ用紙を取りに部屋へ戻った。

再び居間に行くと、サティのジムノペディがかかっていた。装飾のない簡素な曲調が独特の愁《うれ》いを喚起する音色だ。これは、ジムノペディアという神々を全裸でたたえる祭りの曲に由来しているといわれているが、そういう激しさのない、もの寂しいピアノのメロディーだ。

多恵が美奈子に車いすをおされて席についた。

今日は、田村和夫以外は全員がそろっている。もっとも彼の顔を食卓で見たのは一度きりだった。

塩のかたまりを割ると、中から鯛の丸焼きがでてきた。みんなで取り分けて、すだち汁で食べた。あれだけの塩に包まれていたにもかかわらず、塩加減もちょうどよかった。

ワケギとわかめのぬた、澄まし汁、それに栗のおこわもあった。

「十年ぶりだわ」

ステフが満足そうに、鯛の身を皮ごと口に運んだ。

「もう、そんなになるんか。あんたとここでクリスマスしてから」

工司が日本酒のお燗《かん》を自分のコップに注ぎながら「時はかってに過ぎていきよるから残酷や」と独りぶつくさ言った。

「これ、多恵さんに編んでもらったのよ。未《いま》だに大切に着ているの」

そう言って、ステフは白いモヘヤのセーターを親指と人差し指でつまんで見せて、「ねえ、覚えてる?」と多恵の肩に手をかけて訊いた。

「おふくろ、昔はよう編み物しとったな」

「子どもの頃はおばあちゃんの編んでくれたセーター、僕もよう着てた」

「器用な人やったのに、リュウマチ患ってから、編めんようになってしもて」

美奈子が残念そうに言った。

「今でも編めるで。ついこの間、さらの毛糸買うてきたばっかりや。芳雄と和夫に、色違いのセーター編んでやろうと思うてな。去年こしらえたアルパカのセーター、えらい気に入ってくれてたやろう。今度のも、どの色がええか選んでもらわんとあかんわ。芳雄にはブルーかグレー、和夫にはからし色がやっぱり似合うんとちゃうやろか」

「お母さん、あの二人にようセーター編んでやってたな。私にはいっこうに編んでくれへんかったのに。そういえば、そんなん言うてけんかしたん覚えてるわ。ほんま、よその子にばっかり親切な人やさかいに」

美奈子が懐かしそうに苦笑した。

食事が終わってから、いつものように南都子と亮太と三人でソファに座ると、ステファニーがそこに加わってきた。

「私、思いだした、どこでひょうたんの形をした痣を見たのか。ここへ多恵さんの知人の女性が来たことあるのよ。その人、二、三歳の幼児をつれていてね」

それは私のことではないか？　そう言いかけたが、言葉を飲み込み、その続きを待った。

「その子が、北側にある倉庫に入ってしまったんを多恵さんが抱き上げて連れ戻してきたの。その時見たのよ、その子の右足のくるぶしに痣があるのを。でも、一つ信じられないことがあるの。その人がその子のことを……」

そこでステファニーはまじまじと私の顔を見た。

「さくら、と呼んでいたのですね。それは私のことです」

「えっ、やっぱり、そうなの。そう、さくらって呼んでたの。だから、私、あなたに初めて会った気がしなかったのよ」

ということは、その頃の私にはひょうたんの痣が右のくるぶしにあったことになる。

「じゃあ、痣というのはやっぱり……」

「でも、今の私にはそんな痣はないのよ」

「さくらさん、痣のこと、お母さんにきいた？」

南都子が聞いた。

「いいえ、まだ」

「どうして、今のあなたにその痣がないのか、お母さんに聞いてみたほうがいいわ。だって、悠斗が……」

悠斗は自分に痣があることを気に病んでいる、と言いたいのだ。早く確かめたほうがいい。

「じゃあ、今から聞いてきます」

私はさっと立ち上がると、自分の部屋に戻って、机の上に置きっぱなしになっている携帯を手にした。天橋立の番号をプッシュしてみる。

いきなり電話に出たのは母だった。京都駅で話をしてから、なんとなく気まずくなって連絡していなかった。どう切り出していいのかとまどったが、しどろもどろになりながら痣についてきいてみた。

母の話では、確かに、私には小さいとき、そんな形の痣があったそうだ。医者に診てもらったところ、火炎状血管腫《けっかんしゅ》とよばれる種類の痣で、通常は三歳くらいまでに消失するそうだが、私の場合は、めずらしく小学校へあがる前頃まであったのだという。

その後、痣は自然に消滅してしまったのだ、と。

居間にもどってみると、悠斗もソファに腰掛けていた。その横で、ステファニーが呆然としていたが「なんかいろいろと複雑な話なのね」と言い、私の顔を深刻な表情で見つめた。おそらく、南都子からあらましの真相を教えられて、ショックをうけているのだ。

私は母から聞いたとおりのことをみんなに説明した。

「そうか。消えたのか。じゃあ、悠斗、あなたの痣はきっと偶然同じようなやつがあって、それは消える種類のものじゃなかったってことなのね」

「それは、母にきいてみんとわからんへんけど」

悠斗が顎《あご》で示した方向には、テーブルに布巾《ふきん》をかけている美奈子がいたので、みんなはそちらを一斉に見た。その気配に振り返った彼女は、泣きはらした直後みたいに目が真っ赤に充血していた。

彼女は布巾を持ったままふらふらとした足取りでこちらに近づいてきた。そして一言こう言った。

「あの人、逮捕されたんやって」

「あの人って、いったい誰？」

全員が殆ど同時に発していた。

「和夫さん。さっき、携帯にメールが入った」

美奈子は宙を見つめたまま、ぼんやりとそう言った。

田村和夫が逮捕された？　それはいったいどういうことなのだろう。それぞれが顔を見合わせながら、その意味を探った。

「なんで、逮捕されたん?」

「殺人罪やって」

殺人ときいて一瞬、母ゆう子のことかと思ったが、すでに時効がすぎているので、今頃逮捕されるはずはなかった。

「誰を殺したん⁉」

「詳しいことはよう分からん。万事休す、ってメールに……。あの人、なんかやばいことやってるような気いしてたけど、まさか、逮捕されるやなんて……」

美奈子の目がうっすらと涙で濡れていた。その涙は、田村和夫と彼女の関係の深さを物語っているようだ。

「田村さんからお金を受け取ってましたよね。私見たんです。『ひろさわ茶屋』で……ですから、話していただけませんか。田村さんとのこと?」

思い切ってそう言うと、美奈子はしばらく悠斗の顔を見つめていたが、感極まって「かんにんしてや」と言って泣き崩れた。

「お金?……それ、いったいなんや?」

悠斗の声がうわずっている。

私たちは美奈子が落ち着くのを待ってから、事情をたずねた。

美奈子は、二十年前にこのペンションを出て、男と同棲《どうせい》し、悠斗を出産した。しかし、それから一年半もたたないうちに、つきあっていた男がバブル崩壊で借金まみれになった。どうにもならなくなり、悠斗をつれてペンションに戻ってきた。

衣食住は多恵に頼ればなんとかなったが、問題は、美奈子本人にも借金があることだった。そんな時、彼女に近づいてきたのが、田村和夫だった。

ゆう子がここで出産した子どもの父親は、名前こそ明かせないが、さる有力政治家なのだと美奈子に教えた。それで自分はその子を見守る役目だったのだという。ところが、ゆう子が殺された時、赤ん坊が姿を消してしまった。恐らく犯人に殺されたのだろう。だから、悠斗をその子と偽って育てれば、養育費がもらえるのだ、と。最初は半信半疑だったが、借金の返済に窮した美奈子は、背に腹は代えられない状態に追い込まれ、和夫の話に乗ることにした。

どうやって偽るのか、と尋ねると、その方法についてはこの写真を参考にするといい、と田村が撮影したらしい写真を見せられた。そこにはゆう子の赤ん坊のハルの写真が何枚も写っていた。望遠レンズでこっそりとったものらしい。和夫がまるでストーカーのようにゆう子と赤ん坊の写真を撮り続けていたことを、その時、初めて知ったのだった。

数枚の写真の中に、赤ん坊の足がアップになっているものがあり、くるぶしにひょうたんの痣がはっきりと刻印されていた。

美奈子は和夫に、写真そっくりのひょうたん形の入れ墨を悠斗のくるぶしに入れるように勧められた。それから、嘘のような話だが、その有力政治家らしい人物から、三ヶ月に一度、百万円ずつ金を渡してくれるようになったのだという。すべて和夫を介して渡されていたので、その政治家がいったい誰なのかは美奈子はいまだに知らない。

「僕はそんな汚れたお金のおかげで大学まで行けたんか。こんなせこい入れ墨のおかげで」

悠斗は、激した声で美奈子を責めると、自分のくるぶしにあるものを汚らわしいものでも見るように睨んだ。美奈子はそれには何も答えずに嗚咽した。

気まずい空気になったので、悠斗と美奈子を残して私たちは自室へ引き上げることにした。

私は、居間の棚に載せたカセットデッキとテープを再び部屋に持って帰った。

部屋に戻ると、最後のテープを手に取った。ケースをあけた拍子にビニールにつつまれた何かが落ちたので拾った。

小さなビニール袋の中にもじゃもじゃしたものと四つに折りたたんだ紙が入っていた。

それを引き出しの奥にしまうと、テープを確認した。このテープは、ラベルも貼られていないし、何も書かれていない不透明のものだ。

カセットデッキにテープを入れて再生ボタンを押してみる。が、音は出ない。これは空テープなのだ。

今日一日で分かったことをもう一度整理してみた。

もし、美奈子が和夫から聞かされた話が本当だとしたら、私の父は有力政治家なのだろうか。母の手紙には、父のことは何一つ書いていなかった。結局、母にとってはそれだけの人だったということなのだ。どういう人物であろうと、今の自分には関係ない。自分は藤野木ゆう子の娘であるというだけで十分だ。その母は私のことを本当に愛してくれていたのだから。

そんなふうに納得するとベッドに横たわり、目を閉じた。

私は、自分が赤ん坊だった頃の夢を見た。

必死で泣き叫んで母を呼んでいると、すぐ目の前に母の顔が現れた。優しい笑顔で私をむかえながら「よしよし」と抱き上げてくれた。それから「あっ、ぬれてるね」とベッドに寝かせて、ホックをはずしておむつを替えてくれた。

私は母に抱きかかえられて、広沢の池の周辺を散歩した。少し涼しめの風が頬にあたりすっかり機嫌がよくなった。こうやって体が移動している間は、流れる景色が物珍しくて気分がまぎれるから、不安は消える。私は母の腕の中で揺れる感覚の心地よさにすーっと意識が薄れ、うたた寝し始めた。

ふと、目をさますと、ベッドに仰向けに寝かされていた。母がどこかへ行ってしまったと思い、不安に駆られ、声を張り上げて泣いた。それから私は長いこと泣き続けた。泣いても泣いても母は現れない。

目を覚ました。私はもう赤ん坊ではない。今度こそちゃんと目を覚ましたのだ。ところが、赤ん坊の泣き声がすぐ間近から聞こえてきた。夢の中で泣いていたのとそっくりの声だ。私はまだ夢の中にいるのか。

部屋は真っ暗だが、意識ははっきりしていた。赤ん坊の泣き声は相変わらず、部屋中に響き渡っている。

目を覚ましても、目を覚ましても夢の中にいる、というおかしな状況に自分はいるのだろうか?

いや、私はちゃんと目を覚ましている。起きあがって、部屋の明かりをつけた。いったい泣き声は、どこから聞こえてくるのだろうか。部屋を見回した。棚の上にあるカセットデッキに視線がとまった。よく見ると、再生ボタンが押されたままになっているのだ。なるほど、そういうことだったのか。

私は、やっと母がどうやって殺されたのかを突き止めた。

母は岩沢芳雄以外の人間に決してドアをあけなかった。彼でもない人間がドアの向こうにいたとする。それでも、母がドアをあけてしまうであろう、たった一つの可能性に私は到達した。

それは、このカセットテープだ。

母は岩沢にハル、つまり私を預けた後、この部屋で、別れの苦しみに耐えられず泣いていた。そんな時、もし赤ん坊の泣き声がドアの向こうから聞こえてきたとしたらどうだろう?

即座にドアをあけたに違いない。なんらかの都合で戻ってきた我が子を抱きしめようと。

ところが、そこには、赤ん坊ではなく、カセットを持った犯人が立っていた。

犯人は母にナイフを突きつけ……。

私はまぶたを閉じ、それ以上の想像を阻止した。

このカセットテープは貴重な証拠品だ。だから、あの物置においてあったのだ。

そこで私は、思い出した。あのカセットのケースの中に入っていたビニール袋のことを。

慌てて、机の引き出しをあけて奥を探り、ビニール袋を出した。

それをゆっくり天井にかざしてみる。ビニールの中に入った、そのもじゃもじゃしたものは、恐らく毛糸かなにかだ。

四つに折りたたんだ紙を広げてみる。それは十センチ四方のメモ用紙のようなものだった。

「死んだゆう子の手に握りしめられていたもの↓犯人を示す証拠品」と書かれていた。これは岩沢芳雄の字だ。母は死んだとき、これを手に握っていたというのか。

私は、昨日、夕食の時、多恵が言っていた言葉を思い出した。

「……去年こしらえたアルパカのセーター、えらい気に入ってくれてたやろう。今度のも、どの色がええか選んでもらわんとあかんわ。芳雄にはブルーかグレー、和夫にはからし色がやっぱり似合うんとちゃうやろか」

私はじっくりと毛糸を観察した。色はからし色。これは、多恵が編んだアルパカのセーターからむしり取られたものだ。

つまり……。犯人の顔が浮かび、私は戦慄した。

あのカセットテープを物置に保管したのは岩沢芳雄だ。ということは、いったいどういうことになるのだろう。

そこで、脳の電気がぱっと光ったように最後の謎が解けた。母が殺されて数日後、和夫の部屋に泥棒が入ったと西岡教授は言っていた。入ったのは岩沢芳雄。盗んだのは、このカセットテープだったのだ。

田村和夫が某弁護士殺しの容疑で起訴されたというニュースがテレビで報道された。警察の調べによると、和夫は、十年前にさまざまな殺人事件を起こし、現在観察処分となっている「Mの会」から独立し設立された「神の源」という組織の幹部だった。かつて「Mの会」が起こした事件でリーダーの尾汰剛と殆どの幹部陣は逮捕され、組織が分裂したにもかかわらず、「神の源」はいまだに、リーダーの尾汰が説く教義が絶対ともいえる影響力を持っているといわれている。尾汰に帰依するものが観察処分を逃れるために組織した団体だとマスコミに批判されていた。殺された某弁護士は、「神の源被害者の会」の弁護団の一人だったという。

＊

田村和夫は、警察から凶器のジャックナイフの購入経路、目撃証言、現場に残された指紋など、決定的な証拠をつきつけられ、来る日も来る日も厳しい取り調べを受けた。

取調室で、刑事に血痕の付着したジャックナイフの写真を見せられ、どうやって殺したのかを詳細に説明しろ、と凄《すご》まれた。

会の存続、それこそが田村にとっての正義だった。だから、弁護士一人を殺したところで、なんの罪悪感もない。悪の分子一人を抹殺して、それで人類を救済することができるのだ。そんなことは、明々白々だというのに、それに気づいていない愚かな人間どもがこの世の中にはなんと多いことだろう。

和夫は再び刑事の差し出した写真に目を落とした。

昔、これとそっくり同じ種類の凶器で殺した女の断末魔が脳裏に浮かんだ。

あの時、あまりに簡単に心臓にナイフが突き刺さったので、同じ凶器を選んだのだが、今度は、あの時のようにうまく一突きで射止めることはできなかった。

和夫は、大学で超能力の会というサークルに入ったのがきっかけで、「Mの会」の存在を知ることになった。

和夫がペンションの住人になった藤野木ゆう子という女に関心を示すようになったのは、それと、ちょうど同じ時期だった。というのは、映画界から忽然と姿を消した女優、桐岡葉子に彼女が似ていたからだ。

どうもよく似た女がいるという話を「Mの会」で知り合った京都の某大学生に話した。その話が会の一部の人間に広まり、幹部の耳にも入った。

和夫は、黒井という男によばれ、詳しい話をするように命じられた。黒井の話によると、桐岡葉子は、以前、「Mの会」にいたというのだ。その女が本ものの桐岡葉子である証拠が欲しいので、彼女の写真を手に入れるように頼まれた。

和夫は、池の周辺を散歩する彼女を盗み撮りした。望遠レンズで何枚か彼女の顔をアップで撮影することに成功すると、それを黒井に見せた。

写真の女は間違いなく、女優の桐岡葉子、つまり藤野木ゆう子だと黒井は断言した。その時、彼の目に憎しみの光が宿ったのを和夫は見逃さなかった。

黒井の宿敵と自分は同じ建物に住んでいるのか。なんという偶然だろうと和夫は、興奮した。

黒井からこの女がいかに悪辣な裏切り者であるかを長々と教えられた。女は言葉巧みに尾汰に近づき、彼を独占して会を意のままにしようとした。結局、それがうまくいかず、あげくの果てに、組織の金を横領した上に、会の秘宝である古墳時代の「翡翠の勾玉」を盗んで姿をくらました。

会のことを不当に恨んでいるので、悪徳弁護士とつるんで、いずれ組織を破壊しようと企んでいるのだという。あの女は、内部の事情に詳しいだけにたちが悪い、と黒井はことのほかそのことを恐れているようだった。

和夫には、ゆう子という女は、どこからどう見ても、ただの妊婦にしか見えなかった。そんな大胆なことをする女なのか、と半ば驚きつつ、しかし、これは自分が会に貢献できる願ってもないチャンスだと思った。

和夫は勾玉のネックレスを自分が取り戻してみせる、と宣言した。黒井は、それができたら、会の幹部にしてやると約束した。

それからというもの、和夫は黒井の協力を得て自分が「Mの会」のメンバーであることを周到にかくして、ゆう子を密かに見張り、隙を見つけて、彼女の部屋に侵入し、勾玉を取り戻そうと試みた。しかし、そう簡単に部屋に入ることはできなかった。来たときから組織に追われていることを知っていた彼女は、岩沢芳雄以外の人物がノックしても部屋をあけないのだ。

なんとか部屋で彼女と二人になる方法はないものか、とあれこれ考えたが、結局、いい策は見つからなかった。そこで、彼女が赤ん坊を出産するのを待つことにした。そうすれば赤ん坊に気を取られて、隙ができるだろう、と。

ところが、出産してからもゆう子の用心深さはかわらなかった。

思案したあげく、和夫は、いい案を思いついた。まず、赤ん坊の泣き声を録音しておく。そして、彼女が多恵に我が子を預けている時を狙って、ドアの前でテープの泣き声をきかせる。そうすれば、岩沢芳雄の声を確かめる前に彼女はすぐさまドアを開けるかもしれない。一か八かの勝負だ。

まず、第一段階として、和夫は密かに録音テープで赤ん坊の泣き声を録音しつづけた。しかし、ゆう子が赤ん坊から離れることは片時もなかった。多恵がほんの小一時間ほど預かることになった時も、人見知りの激しいハルは、母親以外に抱かれると、烈火のごとく泣き叫ぶので、結局、ゆう子がすぐに自分の腕に取り戻してしまうのだ。

そんなある日、庭に出ると、激しい赤ん坊の泣き声が聞こえてきた。部屋の中からではとうてい聞こえてこないような大きさだ。どうやら、ゆう子は赤ん坊を抱いて、庭にいるのだと察した。庭の西側へ回り込んでみると、岩沢芳雄がゆう子の部屋の窓のところに立っているのが見えた。あわてて植木のかげに身を隠して、様子を窺った。なんと、彼は窓越しに赤ん坊を受け取っているではないか。ゆう子が泣きながらハルに別れを告げている声がきこえてきた。いずれ迎えに行くから、といったような内容だった。

岩沢芳雄はそのままハルを自分の軽トラの助手席に乗せると、府道の方へ運転していった。

どこへ行くのか確かめようかと思ったが、自分には車がないので、後をつけるのは不可能だと判断した。

それよりも、今、ゆう子が赤ん坊からはなれている、このチャンスを逃す手はない。いそいで自分の部屋に行き、用意しておいたカセットテープを引き出しから取り出した。

まてよ、そんなにあわてる必要はない。

いずれ迎えにいくから、とゆう子は言っていた。ということは、ここしばらくハルと離れ離れということだ。

和夫は、丸太町通りまで自転車でとばし、ベビー服を売っている店に行った。そこで、ハルを包んでいたのとそっくりの柄のおくるみを購入した。

タオルをぐるぐる巻きにして、それをおくるみの中に入れ、その上にカセットテープを仕込む。それから、ペンションの住人がいまどこにいるかをあらかじめ把握しておくことにした。まず、ステファニーは四時頃から部屋に帰ってきていたのを確認している。二階の工司の部屋へ行くと大相撲中継を見ながらブランデーを飲んでいた。あの状態だとしばらく下りてくることはないだろう。

ペンションを出て、池の方を見渡す。多恵が『ひろさわ茶屋』の方へ歩いていく姿が見えた。西岡博士はまだ帰ってきていない。山越中町のバス停にバスがつくのは五時ちょうどだ。そこからここまで歩いて十分から十五分はかかる。岩沢芳雄の軽トラはまだ『ひろさわ茶屋』の駐車場にないので彼は帰ってきていない。さっき喫茶を通りかかったとき、アルバイトの女子学生がやめたいと話していたので、岩沢芳雄とゆっくり相談するように勧めておいたから、帰ってきても、彼女につかまって時間をくってしまうだろう。

今、このペンションにいるのはステファニーと工司、それにハルと別れて悲嘆にくれているゆう子だけだ。他のものが帰ってくるのに、十分以上の余裕がある。

この機を利用しない手はない。和夫は一か八かの勝負に出ることにした。ステファニーの部屋の手前まで注意深く忍び足で歩いていくと、わざと足音を響かせながら、テープを再生し、赤ん坊の声を流した。

ゆう子の部屋の前でさらにボリュームを大きくする。

案の定ドアが開いた。同時に「ハル！」と叫ぶゆう子の姿が目の前に現れた。ゆう子は和夫の顔を見ると、顔色を変えたが、そんなことはお構いなしで、ずかずかと中に入り、後ろ手でドアを閉めた。おくるみの中から赤ん坊の泣き声がするので、ゆう子は半狂乱になって、赤ん坊の名前を呼んだ。

おくるみに飛びつこうとしたゆう子を阻《はば》んで、素早くジャックナイフを取り出すと、彼女に黙るように指図した。

しばらくにらみ合いが続いた。隣の部屋のドアががちゃりと開き、勢いよくバタンとしまる音がきこえてきた。ステファニーが、ハルの泣き声に苛立《いらだ》って、出て行ったのだ。それも計算済みのことだった。これでゆう子が少しぐらい騒いでも誰にも聞こえない。

和夫は初めて声を出した。

「勾玉のネックレスをどこへやった？　出したら、赤ん坊は返してやる」

ナイフを突きつけながらそう脅した。

「あなただったの！　『Mの会』の回し者は」

そう言うと、ゆう子は一瞬ひるんだが、赤ん坊の泣き声が本物ではないと疑ったのか

「それは……もしかして、ハルじゃないの？」と訴えかけるような目でこちらを見つめた。

和夫はあわてて、おくるみを後ろに隠した。

「勾玉を早く返すんだ。でないと、あんたを窃盗の罪で警察に突き出すぞ！」

焦った和夫は、そう怒鳴ると、ナイフの先端を彼女に突きつけた。和夫は自分の手が震えているのに気づいた。今更だが、自分がこんなことのできる人間であろうとは夢にも思わなかったのだ。ゆう子は身構えたまま押し黙っていた。

「あんたは、会の秘宝を盗んだ、そうだろ？」

和夫は勇気を振り絞って言った。

「よく聞いてちょうだい。あれは『Mの会』のものではないの。元々私が祖父から受け継いだものなのよ。それをあたかも自分のものみたいに尾汰が吹聴していただけなの。そんなことよりその子を早く」

ゆう子は手をさしのべた。

「嘘をつけ。あれは会の秘宝だ。早く出せ！」

和夫はすごんだ。

するとゆう子は、もし自分に非があるのだったら、彼らはとっくに警察に通報しているはずだ。なぜ、そうしなかったのかというと、尾汰たちの方が悪いことをしているからだと、もっともらしい説明をし始めた。

言葉巧みにリーダーをそそのかした女……。和夫は黒井の言葉を思い出した。

――こんなヤツの言葉など信用できるものか！

「秘宝をどこへやった！　早く出さないと、赤ん坊もろとも殺してしまうぞ！　それでもいいのか？」

「あなた、引き返すのなら、まだ間に合うわ。自分が何をしているのかわかっている？　多恵さんがいつも言っていたじゃない。あなたは虫も殺すことのできない優しい人だって。こんなことのできる人じゃないはずよ。そんなあなたにこんなことをさせるなんて、真っ当な組織だと思う？　冷静になってよく考えてちょうだい。あなたは尾汰に騙されているのよ。ね、目を覚まして、このことは誰にも言わないから。それより、その子を返して、お願い！」

ゆう子は泣きそうな声で懇願した。

自分が崇拝しているリーダーを侮辱《ぶじょく》されて、和夫は、頭が真空になった。自分の生きる意味そのものを踏みにじられたような気がした。やはり、この女は悪魔だ、そう確信した。

ゆう子は赤ん坊を取り戻そうと、おくるみにしがみついてきた。

それを引き離し、それからは無我夢中でナイフを突き立てていた。刃先は意外なほど簡単に女の胸にめり込んだ。

ゆう子は和夫のセーターの胸のあたりを握りしめたまま、自分に起こったことが信じられないという表情で、胸に突き刺さったナイフを数秒間見つめていた。

和夫自身もいったい何が起こったのか分からなかった。自分の手にしたナイフが一人の人間をあやめてしまった。その時、和夫の中で何かが壊れたような気がした。別の人格が自分の魂を乗っ取ってしまった、そんな感覚だった。もう昔の自分に引き返すことはできない。自分はこのまま突き進むしかないのだ。

「子どもの命を助けてもらいたかったら言うんだ。どこにあるんだ、勾玉は？　さあ、早く白状しろ！」

「残念ね。あの勾玉はもうここにはないの。ケニア山のヒョウがくわえてどこかへ持って行ってしまったのよ。だから、取り返すことはできないと、そう尾汰に伝えてちょうだい……」

低い声でそう言うと女は「ハル、お母さんはここにいるわよ。早くこっちにいらっしゃい、ほら、おっぱいをあげるから」と血だらけになった自分の胸に左手をあてて震える指でボタンの場所をさぐっていたが、力尽きてぐらりと、和夫にもたれかかってきた。和夫は彼女が右手でつかんでいる自分のセーターを無理矢理引き離し、突き飛ばした。彼女は、そのまま、ベッドに仰向けに倒れた。

しばらく「ハル、ハル」と口から血の泡を吹きながらつぶやいていたが、「いしたか……迎えにいけなくて……ごめんね」そう最後に発し、やがて何も言わなくなった。悲しげな目はうっすらと見開かれたまま静かに天井を仰ぎ見ている。

和夫は、思わず女の死顔から目をそらしたが、両足の力が抜けて、その場にへたり込んでしまった。心臓が破裂しそうなほど激しく鼓動し、全身ががたがたと震えだした。目を閉じて必死で深呼吸するが息苦しさは増すばかりだった。

こんなところでもたもたしてはいられない。そう思い、なんとか呼吸を整え、我に返ると、テープから赤ん坊の泣き声がまだ流れているのに気づいた。

必死で立ち上がり、時計を確認する。午後五時十五分だ。博士はもう帰ってきているかもしれない。だとすると、六時になったら、いつものように廊下に出てきて、居間に向かうはずだ。このテープにはハルの泣き声が一時間十五分録音してある。

和夫は、部屋の棚にカセットデッキがおいてあるのを見つけて、テープをそれに入れ換えると、大音量で赤ん坊の泣き声を流し、ドアを開けて、廊下に誰もいないことを確認してから部屋を出た。そのまま階段を上り、工司の部屋をノックした。日曜日のこの時間にはいつも彼と二人で将棋をさすことになっているので、ごく自然の流れだった。案の定、彼の部屋に行くと、将棋盤が机の上に広げられていた。それから工司と二人で将棋をさした。

六時四十五分頃に、岩沢芳雄の叫び声が聞こえてきたので、工司と一緒に階段を下りて、ゆう子の部屋へかけつけた。

みんなの意識が死体に集中している間に、カセットテープを回収した。

居間に集まると、西岡が一人一人に話を訊いて、全員にアリバイのあることを確認した。多恵は、犯人が出入りした証拠がないため、心配になり、ゆう子の死体を池に移動させることを提案した。彼女はどうやら岩沢芳雄が犯人ではないかと疑っているようだった。彼しかあの女の部屋に入ることができなかったのだから当然のことかもしれない。和夫にとって、それは好都合なことだった。自分が犯人であるという痕跡をかりに残していたとしても、死体を移動させれば、それで、消すことができるのだ。和夫は多恵に加勢して、その意見に賛成した。

夜中になってから、みんなでゆう子の死体を池に運んで、水に浮かべた。

これで、すべては終わった。完全犯罪だ。

勾玉はあの女の部屋に忍び込んでゆっくり探そう、と考えた。

亡くなったゆう子の部屋の荷物を彼女の家族が引き取りに来ることになったので、その前日の夜、和夫は、密かにゆう子の部屋に忍び込んで、ネックレスを探すことにした。が、結局、どこをどう探しても見つからなかった。

それからしばらくして、和夫の部屋に泥棒が入った。部屋中荒らされ、鍵のついた机の引き出しまでこじ開けられていた。こじ開けられた机を確認すると、アリバイトリックに使ったテープが盗まれていた。泥棒は自分がゆう子殺しの犯人だとあらかじめ知っていて、証拠品を探しに部屋に入ったのだ。

和夫は、テープを盗んだ人間に脅されるのではないか、警察に通報されて逮捕されるのではないかとびくびくして過ごした。おびえているくらいなら、先回りしようと思い、泥棒がいったい誰なのかをあれこれ推理した。そして、それは恐らく岩沢芳雄だという考えに行き着いた。

ところが、岩沢芳雄はカセットのことを明らかにすることなく、広沢の池に飛び込み自殺した。幸いなことに、和夫のところに警察が来ることはなかった。

それから数ヶ月後、美奈子が、ちょうどハルと同じくらいの年齢の子を抱きかかえて、ペンションに戻ってきた。

ハルは、尾汰とゆう子の子どもだと黒井は言っていた。そこで和夫は思いついた。美奈子の産んだ子が成人したら、尾汰の後継者として祭り上げてはどうか、と。

お金に困っていた美奈子に、ハルにあったのと同じ入れ墨を赤ん坊にするように勧めた。そして、会には悠斗を尾汰の実子と偽り、養育費をもらうことにした。

「Mの会」の主流の幹部たちが逮捕されてから、会の存続が危ぶまれたため、残った者たちだけで「神の源」を設立した。尾汰は「神の源」の中でも、いまだにカリスマ性を維持していたので、彼の話している姿をビデオテープで流すと修行の際には、絶大な効果があった。

悠斗には、いずれ、尾汰の再来として会に君臨してもらうことを和夫は夢見ていた。だから、和夫は悠斗の成長をずっと見守ってきた。尾汰と接見した際に、彼のパワーを受け取り、それを密かに悠斗に送り続けていたのだ。

その甲斐あって、静かで凛《りん》とした彼には、立ち居振る舞いに品格が宿り、「神の源」の後継者としてふさわしい人間に育っていった。密かに彼の写真を撮影し、次期後継者として、会の幹部陣にだけ紹介しておいた。

彼の様子を見ているうちに、いかにも彼は後継者にふさわしく、神々しいパワーを備え始めていることに、恍惚《こうこつ》となることがあった。

自分は逮捕されたが、会にとって、宿敵だった弁護士の息の根は止めた。悠斗が後継者になってくれれば、それですべてはうまくいく。

ただ、二点ほど、気になることがあった。

まず、ゆう子の赤ん坊を岩沢芳雄はいったいどこへ連れて行ったのか、ということだった。それから、翡翠の勾玉が実際にはどこにあるのかということだ。西岡にさりげなくいろいろな角度からカマをかけてみたが、彼がそのことについて知っているようには見えなかった。ケニア山のヒョウがくわえて持っていった、というのは、本当の場所から和夫の目をそらすために、死ぬ間際に、ゆう子がついた嘘なのではないだろうか。

だとすると、可能性として高いのは、あの時、赤ん坊と一緒に岩沢芳雄がどこかへ持っていったということだ。つまり、勾玉はハルが持っているのだ。

尾汰とゆう子の間には、もう一人、あのハルより四歳年上の、石貴という男の子がいる。その子の居所もわからないままだった。

ハルが勾玉を持って石貴と一緒に現れたらどうなるだろうか。悠斗の強力な対抗馬になるのではないか。あの勾玉のパワーは絶大だというから。

二人は尾汰の子どもではあるが、なんといっても、あの恐ろしい裏切り者の血を引いているのだ。ゆう子という悪魔の血を引いた者たちに、会が乗っ取られてしまったら取り返しのつかないことになるのではないだろうか。

そこまで考えて、机を挟んで向かい側に座っている刑事のすごみのある表情とかち合った。なめるなよ、と彼の視線は言っている。このまま、自白するまでじっと待っているつもりなのだ。

和夫は自分がどうやって弁護士を刺したのか、ようやく話し始めた。血しぶきが飛び散る光景が鮮明に蘇ってきた。ゆう子を殺した時は一突きだったのだが、どうしてああも手こずったのかがどうしても思い出せない。記憶の糸をたぐり寄せながら、淡々と順を追って説明した。

厳しい取り調べが何日も続いた。そうしているうちに、和夫の中で自分がいままで信じてきた世界が少しずつ崩れていくように感じられた。

取り調べはそれから何日も続いた。心身共に疲労し始め、殆ど何も考えられなくなった。その時、ふいに子どもの頃のことを思い出した。あれは、雪のよく降る日だった。いじめられっ子だった和夫は、小学校が大嫌いだった。だが、その日は多恵がプレゼントしてくれた手編みの手袋をはめていたので、いつになく元気だった。手袋を汚さないように細心の注意をはらっていたのだが、休み時間に滑り台をすべって、雪の積もった手すりにさわってしまい、びしょびしょにしてしまった。濡れた手袋を見つめているうちに、多恵の暖かい心を冷たい雪で台無しにしてしまったような気がして、それが悲しくて、涙が止まらなくなった。

あの時の切ない気持ちを思い出し、和夫は取り調べの最中に、激した感情に襲われ、嗚咽した。

「やっと反省する気になったか」

刑事は重い声でそう言うと、深いため息を漏らした。

鼻水をすすっていると、刑事がティッシュを差し出してくれた。ティッシュで鼻を拭っているうちに、また、別のことが頭をよぎった。

自分はどれくらいの刑期になるのだろう。これからの人生の殆どを刑務所で過ごすことになるのか。もう娑婆《しゃば》へ出ることは二度とないのか。あったとしても、そのころにはすっかり老いぼれているのだろうか。

そんなことをあれこれ考えているうちに、「神の源」の将来のことなどもはや自分には関係のないことだと悟った。

エピローグ

——二〇〇八年——

仁和寺《にんなじ》の石段を上りきると、仁王像が両脇で睨みをきかせていた。

仁王門をゆっくりと通り抜ける。中門内の西側には見事な桜林ができていて、ちょうど今満開だった。狙いどおり、ここは遅咲きで有名な桜なのだ。

あれから、私は自分の出生の秘密を誰かと共有したくなり、アメリカの伯父夫婦の承諾を得て、ピエールに長い手紙を書いた。彼の返事には、手紙を受け取ったこと、内容に衝撃を受けたこと、休暇が取れたら日本へ来たいこと、が書かれていた。

さらにそれから三ヶ月が過ぎ、ピエールが来日した。空港へ迎えに行くと、彼は、すり切れたジーパン、色褪せたTシャツにバックパックを背負っていた。身長がかなり伸びていたが、目元が、母ゆう子とよく似ていて、一目見て彼だと分かった。彼はまず母の墓参りに行くことを希望した。

そこで、私たちは、まず宮津にある母の墓にお参りに行った。

墓の前でピエールと手を合わせて、「やっとピエールと一緒に来ることができました」と母に報告した。心の中の母が笑顔で私たちを迎えてくれた。

それから、天橋立の旅館で、母の出演したビデオを彼に見せた。

「僕、この人知っている。ずっとずっと待っていた人なんだ」と何度も何度もそう繰り返し、懐かしそうな顔をした。三歳で母と引き離された彼の悲しみが伝わってきて、泣きそうになったから、私はぐっと言葉を飲み込んだ。

きっと母は私たちと一緒に暮らすことを夢見ていたに違いない。それは叶わなかったが、こうやってピエールと二人で母の映像を見ているだけで、三人でやっと落ち合えたような、自分の本当の居場所に帰ってこられたような気持ちになった。

「私たちのお母さんって綺麗ね。まるでこの世の人じゃないみたい」

「でも、僕はこの人のことを頭の中で描いていたんだ。はっきり、この人だって言い切れるよ」

彼は、誇らしげにそう言った。

結局、母が私にハルと名付けた由来は分からなかった。コンピューターのハル、それとも春が好きだったからなのか。それにしても私が春に咲く花の名前、さくらになったのは面白い偶然だ。

天橋立で数日間を過ごしてから、ピエールを京都へ連れてきて、ペンションの仲間に紹介した。気負いも飾り気もない彼は、ペンションの仲間とすぐにうち解けた。本物の桜をゆっくり観察したいというのが彼の二番目の希望だったので、私たちは花見に行く計画を立てた。

「もう四月下旬やから、御室《おむろ》の桜がええかもな。あそこは遅咲きやから」

悠斗がそう提案したので、私たちはここ、仁和寺に来ることにしたのだった。

満開の桜は鮮やかだが、どの桜も高さ三メートル前後しかない可愛らしさだから、まるで、ミニチュアの国に来たみたいだ。

「これが御室の桜かあ。なんだか普通の桜と違って背が低いのね」

「お多福桜って呼ばれてるんや。わたしゃお多福～御室の桜～鼻（花）が低くても～人が好く、なんて歌まである」

なんだか、おかしな歌だ。悠斗の調子っぱずれの声がよけいに滑稽《こっけい》で、私は声を出して笑ってしまった。

「遅咲きの上に、鼻が低いお多福だなんて、まるで、私みたいじゃないの。ところで、どうして、こんなに背が低いの？」

「もともとそういう種類らしいんやけど、土にも問題があるみたいや。なんでも、根が十分に伸びない硬い地質やときいたことがある。得意分野の亮太に聞いてみたらええ」

「可愛いね。さくらはさくらでも、まるで子どもの頃のさくらに再会したみたいだ」

ピエールがそう言った。彼の横顔を見上げる。修学院離宮のマンションで、私と一緒に遊んだ頃のことを思い返しているのか、遠く彼方の昔を見るような現実に焦点が定まらない目をしている。

背の低い桜の後ろにそびえる五重塔がなかなか立派だ。ピエールが私の視線を追って塔に目を向ける。

「あの高いお寺は？」

「五重塔や。屋根が五つあるやろう」

「なるほどだから五重というのか」

ピエールが感心したように頷いた。

「五重塔は一般的には上に行くほど屋根の大きさが小さくなるもんやけど、この塔は、屋根が五つとも同じ大きさなんや。これって、江戸時代の特徴らしい」

なるほど、屋根の大きさを比較してみると確かに大きさが均等だ。

「よく知っているのね。あなた、そういうことには疎《うと》いのかと思った」

「学校からよう写生に来たんや。絵が苦手やったから、苦労した。悩んだ末に、五つの同じ大きさの二等辺三角形を定規でぱっぱっぱっと引いて、それに色塗って……」

「なんなのそれ。そんなふうに絵を描く人、初めてだわ。絵心もへったくれもないのね」

私は呆れて言った。

「風景をどうしても図形として見てしまうんや、この脳が」

コンピューターなんかやっている人は風情がないわ、まったく、と思いながらも、私はこんな悠斗にすっかり慣れてしまっていて、一緒にいるとほっとした。

ピエールの方を見ると、彼は満開の桜を一心に見つめ、その美しさに心を奪われているようだった。

向こうの方で亮太と南都子がこちらに向かって手を振っている。早くから来て、場所を取ってくれているのだ。

「腹へったな。早う弁当食べよう」

「あきれた、まだ十一時過ぎよ。花より団子ねえ」

「あたりまえやろう。食べるもんがのうて、花見に来てどうする」

全く自慢にならないようなことを悠斗は力を込めて言った。

悠斗にせかされて、私たちは、手を振る亮太と南都子の方へ歩いていった。

その時、突風が吹いてきて、花びらがくるくる舞い上がり、母の姿が目の前に現れた。

母は私とピエールに微笑んだかと思うと、また風になり私たちの首筋をさらりとなでて通り過ぎて行った。

幻覚？　そう思いピエールの方をみると、彼は人差し指で今母が現れた方を示しながら「今の見た？」と、目線だけで私にそう告げた。

なんて心地よい春の風なのだろう。

私は久しぶりに絵を描いてみようと思った。

母とピエールと私の、家族《ファミリー》の絵を。

〈参考文献〉

高山植物と「お花畑」の科学　水野一晴
ひとりぼっちの海外調査　水野一晴
邪馬台国への道　幻の女王　卑弥呼　朝日新聞社
翡翠展　勾玉　国立科学博物館
その他、インターネットのウィキペディアを参考にさせていただきました。

解　説

栗俣力也（書店員）

『天使の眠り』『めぐり会い』と本格ミステリーでありながら、極上の人間ドラマである作品を次々とヒットさせてきた岸田るり子さん。今回の『Fの悲劇』では、さらに不可能犯罪という要素が加わり、より読み手を飽きさせない作品に仕上がっています。

「7日午前6時ごろ、京都府京都市山越北○町のペンションの住人、藤野木ゆう子さん（27）がナイフで胸を刺され、広沢の池に浮かんでいるのをペンションの経営者、英堂多恵さん（55）が発見した。警察では殺人事件と見て、捜査をしている。」

物語は2008年、主人公の一人であるさくらが空想で描いたはずの家を実際に見つけるところから始まります。

「間違いない、私がさがしていたのはこの家だ。改めて自分の描いた絵を広げて、実物と見比べてみた。（中略）まだ記憶の不確かな幼い頃、私はここへ来たことがあるのだ。」

さくらには映像記憶といって、眼に映った対象を写真のように細部までくまなく記憶する能力があり、この家の絵もその能力を使って描いたもの。

しかし、さくらにはこの家に来た記憶がまったく無いのです。

しかもペンションであったこの家で、さくらの叔母で元女優であったゆう子が最後の時間を過ごし、そして奇怪な死を遂げていたのです。

さくらは幼稚園の頃、その家の絵とは別にもう1枚不思議な絵を描いていました。

「私はある日、夜の池に浮かんでいる若い女の人の絵を描いた。女の人はグレーのブラウスにエンジ色のスカート、同色のコートを羽織っていて、黒々と光る水に足だけ沈めていた。上半身は水上に露出していて、水面には、皓々《こうこう》と輝く月が映っている。（中略）それだけなら驚かないが、その人の胸にはナイフが突きささっているのだ。」

そう、冒頭に書いた新聞記事の通り、さくらが描いたのはゆう子の殺害現場そのものの絵だったのです。

ここまでですでに、ミステリーファンならば気になって仕方がないであろう謎がいくつも出てきます。

そうです、この物語の謎の一つは「ゆう子の死」。

そしてやはり気になるのはそれを何故さくらが描くことができたのか？

この物語は過去と現在のふたつの時間をいったりきたりしながら描かれていきます。

現在はさくらの物語。

そして過去はゆう子の物語。

同時進行する二つの物語が交わるとき、衝撃の真実が明らかになるのです。


ここまでかなりミステリー色の強い物語紹介をして来ましたが、実はこの作品は単なるミステリー小説ではありません。もちろん不可能犯罪を取り扱っていますし、それ単体でも十分本格ミステリーの小説が1本書けてしまうような部分もあります。

しかし、それだけではないのが岸田ミステリー、いやむしろ、ミステリーとしてではなく、特に初めて岸田作品に触れるかたには「普通小説」として読むことをお勧めします。

なぜかと言うと、私が今、この本を読み終わった後に心に残っているのは謎解きが終わった達成感や騙された！　というミステリー小説ならではの快感以上に、極上の人間ドラマを味わったという大きな感動だからです。

ここではネタバレ防止のため本の内容を詳しくお話できませんが、ある人物の死の真相のシーン。ここが凄い！

脇役のはずのこの人にこんなに感情を揺さぶられるなんて！

となる事間違いなしです。しかも表現が幻想的で美しすぎるんです！

作品を読むたびに思いますが、岸田るり子さんの小説の魅力はミステリーの面白さと人間ドラマの感動を合わせ持っているところだと私は思っています。


今さらなのですが、今回この解説を書かせていただいている私は、普段は書店員をしています。

書店員という仕事上、本を人にお勧めするという機会はそれこそ毎日のようにあります。でも、人に本を勧めることはどれだけ繰り返し行ってもやっぱり難しいです。

本と人には相性があります。しかもその相性は一日で、もっと言ってしまえば本を買ってから、家に帰るまでの些細な出来事一つでも変わってしまいます。

ですから本当に今、この瞬間の自分が感動できる一冊に出会えるというのはとても幸運で素敵なことだと私は思っています。

そして、そんな一冊に出会える場所を作りたい。そんな思いでいつも本のお勧めをしたり展開を考え売り場を作っているのです。

そんな私が特に力を入れ、大きく展開をした作品に岸田るり子さんの『天使の眠り』があります。

『天使の眠り』は男性から女性へ、女性から男性へ、そして母から娘へと注がれる深い愛の物語です。特に母から娘への愛は、自分の人生全てを捨てて娘のために生きた本当の無償の愛が書かれていて、今まで読んできた作品の中でも特に深い愛の物語だと思います。

私は『天使の眠り』を電車で読み始めたのですが、目的地の駅についても読むのを止められずそのままホームの椅子に座りこみ、最後のページまで一気に読んでしまいました。後にも先にもこんなことはこの時一度しかありません。文章も読みやすく頭の中に場面が自然に浮かびあがり、本を読む事に疲れを感じさせませんし、「さらになぜ？　どうして？　どうやって？」と気になる謎を与え続けページをめくる手を止めさせないのです。

ミステリーの面白さでぐいぐいと物語に引き込み、感情移入を完全にしてしまっている所にラストは極上の感動が押し寄せてくる。

後にこの『天使の眠り』の帯を書かせていただくことになるのですが、その時の文句の通りに私は号泣してしまいました。

このような本に出会えた時は、書店員である前に一人のただの本好きである事を確認できる幸せな時間になります。

それと同時にこの感動をできるだけ多くの人にも味わってもらいたいと思いお店で大展開をいたしました。

私は本を好きな方はもちろん、本を苦手な方にもそんな幸運を味わってもらいたいといつも考えています。

本を読むのが苦手な方は、きっと本をせっかく買われても大抵その本を一冊読み切らず途中で閉じてしまうでしょう。その瞬間、その本との出会いは終わってしまうわけです。

最後まで読めばもしかしたら自分にとってとても大切な一冊になったかもしれないのに。

だから本を読むことが苦手な方には内容が面白い事も大切ですが、それ以上に最後まで読むことが出来る。それが大切なんです。

『天使の眠り』そしてこの『Fの悲劇』はそれを考えても本が苦手な方にもお勧めできる作品だと思います。

もちろん結末まで読んで絶対面白いです！　とは言いません。

先ほども書いた通り本と人には相性があります。なのでそんな事は言えないんです。

しかし、結末まで読まずに本を閉じてしまう事なんてまずないとは言えます。

だってこんなにドキドキしながらページをめくれる本を途中で閉じてしまうなんて無理だと思いますから。
最後になりますが、この『Fの悲劇』はいくつもの顔を持った作品だと思います。一度読み終わった後に何年かしたらもう一度読んでみてください。きっと違う読み味、感動を与えてくれるはずです。

二〇一二年三月

この作品は2012年5月徳間文庫として刊行されたものの新装版です。なお、本作品はフィクションであり実在の個人・団体などとは一切関係がありません。

徳間文庫

Fの悲劇《ひげき》

〈新装版〉

2019年4月15日 初刷

著者 岸《きし》田《だ》るり子《こ》

発行者 平野健一

発行所 株式会社徳間書店
東京都品川区上大崎三─一─一
目黒セントラルスクエア 〒141─8202

電話 編集〇三(五四〇三)四三四九
販売〇四九(二九三)五五二一

振替 〇〇一四〇─〇─四四三九二

印刷
製本 大日本印刷株式会社

ISBN978-4-19-894457-5 (乱丁、落丁本はお取りかえいたします)

徳間文庫の好評既刊

永嶋恵美
泥棒猫ヒナコの事件簿
別れの夜には猫がいる。

恋人を取られた女の元に現れたカレの同級生。彼女から、二人を別れさせる提案をされて……（「宵闇キャットファイト」）。勤務先の上司との別れ話がこじれてしまい「あなたの恋人、友だちのカレシ。強奪して差し上げます」という広告に飛びついた（「夜啼鳥《ナイチンゲール》と青い鳥」）。ＤＶ元夫から、子供を取り戻したい（「烏《からす》の鳴かぬ夜はあれど」）。女たちが抱《かか》える問題を〝泥棒猫〟ことヒナコが見事に解決！